EL
PROBLEMA
FINAL

ARTURO
PÉREZ-REVERTE

◆

EL
PROBLEMA
FINAL

ALFAGUARA

El papel utilizado para la impresión de este libro ha sido fabricado a partir de madera
procedente de bosques y plantaciones gestionadas con los más altos estándares ambientales,
garantizando una explotación de los recursos sostenible con el medio ambiente y beneficiosa para las personas.

Penguin
Random House
Grupo Editorial

El problema final

Primera edición en España: septiembre de 2023
Primera edición en México: septiembre de 2023

D. R. © 2023, Arturo Pérez-Reverte

D. R. © 2023, Penguin Random House Grupo Editorial, S. A. U.
Travessera de Gràcia, 47-49, 08021, Barcelona

D. R. © 2023, derechos de edición mundiales en lengua castellana:
Penguin Random House Grupo Editorial, S. A. de C. V.
Blvd. Miguel de Cervantes Saavedra núm. 301, 1er piso,
colonia Granada, alcaldía Miguel Hidalgo, C. P. 11520,
Ciudad de México

penguinlibros.com

ISBN: 978-607-383-535-0

Impreso en México – *Printed in Mexico*

A Carolina Reoyo, holmesiana (casi) infalible.
A Pierre Lemaitre.
Y a Basil Rathbone, naturalmente.

Como bien sabe usted, Watson, no hay nadie que conozca mejor que yo el mundo del crimen.

A. Conan Doyle. *El problema final*

1. El hombre que nunca existió y nunca murió

Una mentira enorme, contundente, aplas-
tante, sin paliativos. Con eso nos encontramos
nada más llegar.

El valle del terror

En junio de 1960 viajé a Génova para comprar un
sombrero. Había adquirido esa costumbre cuando roda-
ba películas en Italia: pasar unos días en el Grand Hotel
Savoia y comprar un Borsalino de fieltro o panamá, según la época del año, en Luciana de la via Luccoli. Hacía
tiempo que lo de rodar películas pertenecía al pasado,
pero aún conservaba algunos de los viejos hábitos y dinero suficiente para mantenerlos; y Génova, con transbor-
do en Ventimiglia, estaba a sólo cuatro horas de tren de
mi casa de Antibes: el tiempo necesario para leer la última novela que mi amigo Graham Greene acababa de en-
viarme con una amable dedicatoria. Lo del sombrero era
un pretexto adecuado para pasar unos días en la ciudad,
paseando por el puerto viejo y comiendo pasta en mi
trattoria favorita. En esa ocasión me decidí por un panamá clásico de cinco centímetros y medio de anchura de
ala, con una bonita cinta color tabaco; y una hora más tarde, después de visitar un par de librerías, lo colgaba en
una percha de Al Veliero, donde tras conversar con el propietario, viejo amigo, disfruté de unos agradables spa-
ghetti con almejas y botarga. Salía a la calle poniéndome el
sombrero cuando me encontré con Pietro Malerba. En
realidad, casi tropecé con él.

11

—*Cazzo*, Hoppy. Qué sorpresa.

Detesto que me llamen Hoppy. Sólo la gente relacionada con mis primeras películas suele hacerlo. Me refiero a los que siguen vivos. Ni siquiera el nombre artístico con que me conocen quienes se acuerdan de mí me satisface: Hopalong Basil es vulgarmente eufónico, lo reconozco —se lo debo a un agente teatral fallecido en 1935—, y durante veinticinco años figuró en las carteleras de cine y en los títulos de crédito de mis películas, a menudo en tamaño mayor que el de los otros intérpretes. Pero nunca me sentí cómodo con él. Prefiero el nombre real, inscrito en la plaquita de latón que la señora Colbert, mi sirvienta, bruñe con líquido limpiametales en la puerta de la casa con vistas al Mediterráneo donde vivo desde hace tiempo: Ormond Basil.

—Qué sorpresa —repetía Malerba, encantado de verme allí.

Me abrazó con sonoras palmadas en la espalda. Muy meridional, todo, y muy propio de él. Muy italiano. Forzaba un poco el afecto, así que supuse que con mi vieja gloria pretendía impresionar a su acompañante, una señora madura pero todavía de buen ver cuyo rostro me resultaba muy familiar.

—Él es Hopalong Basil, ¿lo recuerdas? —me miraba bajo las cejas grises que le daban aspecto de Mefistófeles malvado—. A Najat Farjallah la conoces, claro.

Lo dijo con evidente orgullo de propietario. Nada tenía yo que objetar a eso, así que me quité el sombrero, besé la mano enjoyada y cumplí con los rituales de rigor. Algo extinto ya el fervor del público que la había aclamado como a una semidiosa, la célebre soprano estaba en posesión de una belleza a punto de marchitarse, aunque todavía eficaz: ojos grandes y oscuros bajo un turbante de seda, boca bien dibujada, nariz poco semítica a pesar de su origen libanés, vestimenta adecuada —había leído en alguna parte que la vestía su amiga milanesa Biki Bouyeure—, aunque el escote me pareció excesivo para las dos y cuarto de la tarde. Modales lánguidos acostumbrados a la admiración ajena, conscientes de sí mismos.

—Oh, sí, claro —dijo ella—. El señor Sherlock Holmes en persona.

Sonreí cortés, casi cómplice; qué otra cosa iba a hacer. No era la primera vez que la diva y yo nos encontrábamos —después de conocerla en Roma la había visto en la Scala haciendo *Medea*— y advertí que, como en otras ocasiones, me observaba con interés, de abajo arriba. Yo acababa de cumplir los sesenta y cinco años, y mis vértebras ya no eran lo que habían sido: la edad encoge un poco, pero conservaba la mayor parte del metro ochenta y siete de estatura, el vientre plano y el rostro anguloso y flaco que en otro tiempo habían hecho muy popular las pantallas de cine. También cierta flexibilidad de movimientos. De haber vivido Errol —me refiero a Errol Flynn, por supuesto—, aún habría podido darle un par de estocadas como las que le asesté en los ensayos para la escena de la playa de *El capitán pirata*: el pobre siempre fue un pésimo esgrimista, mientras que a mí se me daba realmente bien. En un duelo de verdad lo habría matado cinco o seis veces, igual que a Leslie Howard en *La máscara de hierro* y a Tyrone Power en *La espada española*. Pero, bueno. Ésas son antiguas historias.

El caso es que allí estaban Pietro Malerba y Najat Farjallah, y allí estaba yo con mi sombrero nuevo en el puerto viejo de Génova, ignorante de que en ese preciso momento un centro de bajas presiones se desplazaba hacia el Mediterráneo oriental e iba a inmovilizarse entre Chipre y el mar Negro. Aquello haría soplar desde el golfo de Tarento vientos de fuerza 9 a 10, infrecuentes en esa época del año, que azotaron el mar Jónico y la costa occidental de Grecia con un temporal tan violento que durante varios días quedó suspendida la navegación en torno a Corfú: una isla grande que los griegos llaman Kerkira, cuyo nombre Malerba acababa de pronunciar en relación con su yate, el *Bluetta*.

—Ven con nosotros, hombre. Un par de semanas relajado y al sol. Tengo un asunto que tal vez te interese: una coproducción de la Warner y la RAI para la televisión.

Aquello no sonó mal del todo. Desde que había interpretado el papel secundario de un aristócrata ruso en *Guerra y paz*, yo llevaba cinco años sin trabajar, si exceptuamos otro papelito de segunda en la serie de televisión *Ivanhoe* con Roger Moore —regular actor, simpático muchacho—, donde interpretaba el personaje de villano elegante; que, Holmes aparte, siempre fue otra de mis conspicuas especialidades. Era ahorrativo y de gustos discretos. Además, la vida aprieta pero no ahoga: mis dos ex esposas habían fallecido, gracias a Dios. La primera, alcoholizada en la finca de Pacific Palisades de la que se había apropiado tras nuestro divorcio —empezamos a beber casi al mismo tiempo, pero ella fue más deprisa que yo—. La segunda, en un oportuno accidente de automóvil: ciento cincuenta metros de acantilado en la carretera de Villefranche, con traca final de gasolina inflamada al llegar abajo. Por lo demás, mi bonita casa de Antibes estaba pagada desde hacía mucho; pero no me iba mal rellenar el colchón de cara a los tiempos inciertos, la vejez tan próxima, la Guerra Fría y otros etcéteras que por aquella época oscurecían el horizonte. Y Malerba era un productor de peso en Cinecittà y en los grandes proyectos del cine y la televisión norteamericanos en Europa. Le dije que sí, por tanto, con gran satisfacción suya y visible interés de la divina soprano, que me seguía poniendo ojitos. Dediqué el resto de la tarde a hacer las compras oportunas, hice trasladar mi equipaje del hotel al puerto y esa misma noche dormí en un lujoso camarote del *Bluetta*.

Una semana después, contra todo pronóstico, me vi atrapado en la pequeña isla de Utakos, frente a Corfú. O nos vimos los tres. Pietro Malerba, la Farjallah y yo habíamos bajado a tierra para comer en el hotel Auslander, cuyo restaurante gozaba de cierto renombre, cuando se complicaron las cosas. Desde la terraza vimos que el mar empezaba a salpicarse con los primeros borreguillos de un inesperado temporal y que el viento hacía oscilar y gemir los cipreses, aullantes como almas en pena. No estaba el tiempo para regresar a bordo, pues se anunciaba una noche incómoda, así que Malerba reservó tres habitaciones: una para la Farjallah y otra para él, aunque comunicadas entre sí —estaba separado de una conocida actriz en Italia, donde no existía el divorcio, y prefería guardar las formas—, y una para mí. La idea era embarcar de nuevo en cuanto remitiese el temporal, pero éste alcanzó tal intensidad que, cuando a la mañana siguiente quisimos dejar el hotel, se nos informó de que toda la navegación en la zona había quedado suspendida hasta que mejorase el tiempo, y que el capitán del *Bluetta* se había visto forzado a levar anclas y refugiarse a sotavento de Corfú.

—Qué emocionante, Ormond —decía la Farjallah, asida de una mano de Malerba aunque pestañeando hacia mí—. Como en vuestras películas.

Malerba la dejaba coquetear, bonachonamente irónico, porque me conocía de sobra. Las divas, más o menos castas, no me daban frío ni calor. Mis años de caza habían pasado, y además soy un caballero inglés de la vieja escuela: nunca se me ocurrió rondar el territorio de un amigo o un conocido, y mucho menos si de él dependía o podía depender un trabajo. David Niven, viejo y querido camarada —habíamos coprotagonizado un par de buenas películas, incluida la deliciosa *Dos caballeros y una rubia*, con Ginger Rogers—, solía comentarlo entre copa y copa: nunca te empalmes hacia el bolsillo donde llevas el dinero. Que, dicho por el muy británico Dave, suena más elegante de lo que parece.

Pero lo que de verdad interesa a esta historia es que me vi, o nos vimos Malerba, la Farjallah y yo, interrumpido nuestro crucero, confinados en aquella isla de poco más de un kilómetro cuadrado. Aunque eso no supusiera consuelo, había otros huéspedes en situación semejante: unos, porque tampoco habían podido tomar el ferry que comunicaba la isla con Corfú y Patras; otros, porque tenían previsto prolongar su estancia. En total éramos nueve de diversas nacionalidades. Y todos, huéspedes del único lugar habitado, nos vimos allí de grado o por fuerza. Como en las novelas de Agatha Christie.

Incluso en tales circunstancias, Utakos era bellísima: un minúsculo paraíso de olivos, cedros, cipreses y buganvillas, con el embarcadero en forma de espigón bajo las ruinas de un antiguo fuerte veneciano, una colina espesamente arbolada que conservaba arriba los restos de un templo griego, y en una concavidad de ésta, protegido de casi todos los vientos, el hotel Auslander: una villa del siglo XIX con espléndidas vistas a la costa de Albania y al relieve montañoso de Corfú, que cada mañana se recortaba en la distancia sobre el contraluz de increíbles amaneceres. Ni siquiera el temporal quitaba un ápice de belleza al paisaje, pues el intenso noroeste que agitaba el mar mantenía el cielo sin una nube, despejado, azul y luminoso.

El caso es que a las 12:05 de la segunda jornada, tras leer un rato en la terraza de mi habitación —*Mani*, el viaje a Grecia de Patrick Leigh Fermor—, bajé al comedor y Gérard, el encargado, me condujo a la misma mesa que Malerba, la Farjallah y yo habíamos ocupado el día anterior.

—¿No lo acompañan sus amigos, míster Basil?

Le dije que no. La diva solía levantarse tarde y Malerba revisaba un contrato a firmar por su socio Samuel Bronston sobre una película que querían rodar en España con Charlton Heston y Sophia Loren. Estaba solo y pedí la carta. Algo más lejos comía también solo, inclinada la cabeza sobre el plato, un individuo bajo y grueso de aspecto levantino, y en la mesa contigua conversaba una pareja madura de aire germánico que por el idioma supuse suiza, alemana o austríaca. En cuanto a Gérard, el encargado, era flaco, distinguido y francés, y vestía con sobrio aplomo el traje negro y la pajarita propios de su digno oficio. Tenía un hermoso cabello gris, una aristocrática nariz aguileña y un diente de oro que, al sonreír, le relucía en el lado izquierdo de la boca, bajo el fino bigote. También era un razonable pianista, y la noche anterior, después de la cena, nos había amenizado la velada tecleando en el viejo Steinway del salón.

—Le recomiendo el pescado, míster Basil —propuso, servicial.

—¿Qué pescado es?

—Dorada, y nos llegó hace sólo dos días —tras mirar de soslayo el comedor, bajó la voz hasta un punto discreto—. Y se lo recomiendo mucho, porque si el tiempo sigue así tardaremos en tener pescado fresco.

—No se hable más —asentí—. Considere mío ese esquivo pez.

—Sabia elección, señor, aunque le ruego disculpe las deficiencias del servicio. La cocinera y otra camarera han tenido que quedarse en Corfú y es la señora Auslander quien se ocupa de la cocina. El pescado tendrá que ser a la plancha.

—No importa. Así me parece bien.

Me dirigió una ojeada de duda.

—¿El vino?... ¿Un Goumenissa Boutari, por ejemplo?

—No bebo alcohol, gracias —le recordé.

Reprobó aquello con una leve mueca y un destello áureo. En su silenciosa y mediterránea opinión, no beber vino con el pescado era una blasfemia. Pero yo le había visto demasiado de cerca las orejas al lobo: llevaba casi cinco años a base de voluntad, lejos de bebidas fuertes. O suaves. Lejos de todas.

—De postre tenemos pastel de frambuesas negras, muy sabrosas. Cogidas en la isla misma.

—Lo tendré en cuenta. Gracias.

Se fue a otras mesas. Si de algo estoy orgulloso, incluso más que de la orden de caballero del Imperio Británico que nunca me puse en la solapa —la reina Isabel fue muy fan mía en sus primorosos años jóvenes—, es de mi trato con el personal subalterno. Desde muchacho aprendí que son ellos quienes solucionan los problemas, y que su buena o mala voluntad depende del juicio crítico que inspires. Las dos guerras vividas en mi ya larga existencia —la primera más incómoda que la segunda, pues la pasé en el barro de Flandes con Ronnie Colman, Herbert Marshall y algún otro viejo amigo— no habían hecho sino redondear una idea confirmada en el cine: son los sargentos y no los generales, o sea, los eléctricos, los carpinteros de estudio y las maquilladoras, por mencionar algunos, quienes deciden las batallas y las películas.

Seguí a Gérard con la mirada mientras me dedicaba a los entremeses: aceitunas negras, queso fresco y pulpo guisado en vino —la señora Auslander era una buena cocinera—. Suponía un placer verlo trabajar moviéndose con elegante soltura de una mesa a otra, circunspecto y profesional, atento a todo, descorchando botellas, pendiente de cómo Evangelia y Spiros, los jóvenes camareros, atendían la sala.

Fue entonces cuando se abrió la puerta vidriera que daba al vestíbulo y un hombre apuesto entró en el comedor. Gérard lo vio llegar.

18

—Oh, señor Foxá —dijo.

Fue a su encuentro con el diente reluciendo a través del comedor y lo condujo a una mesa próxima a la mía. El recién llegado era bien parecido y no pasaba mucho de los cuarenta. Yo lo había visto de lejos la noche anterior, durante la cena. Ahora vestía blazer azul oscuro, camisa a cuadros sin corbata y pantalón de franela. Lo observaba discreto cuando un agradable aroma a pescado me hizo volver la cabeza. Evangelia, la camarera, solía caminar silenciosa como una gata.

—Aquí tiene su dorada, señor.

—Ah, sí... Gracias.

Durante un rato me concentré en manejar tenedor y cuchillo —detesto la pala del pescado— disfrutando del plato y de mi vaso de agua fresca. Después observé a los demás huéspedes. Estaba mirándolos cuando vi entrar a una mujer: treintañera a punto de doblar el cabo de Hornos de los cuarenta, típica visitante ocasional de las islas griegas. Vestía un estampado ligero de tirantes que descubría sus hombros bronceados y llevaba en la mano un sombrero de paja de alas anchas con una cinta roja. Tenía el pelo muy rubio, las piernas bonitas y los ojos grises o azules; yo no había estado lo bastante cerca para comprobarlo. No era en absoluto una belleza, pero para ser inglesa no estaba mal.

Fue a sentarse ante la mesa donde la condujo el solícito Gérard, pero lo hizo con aire irresoluto, mirando alrededor. Parecía inquieta. Cambió con el encargado algunas palabras que no alcancé a escuchar y éste negó con la cabeza. Volvió a mirar en torno, desconcertada, y estuvo contemplando la puerta como si esperase que alguien apareciese por ella. Deduje que aguardaba a su compañera de viaje, otra mujer de aspecto muy parecido al suyo. Compartían habitación, creía yo entender, y me había fijado en ellas el día anterior.

Pedí a Evangelia que me sirviera el café en la terraza, dejé la servilleta, me puse en pie y crucé el comedor en dirección a la puerta vidriera. Al pasar junto a las mesas, sin mirar a nadie en particular, advertí que todos me observaban. Acostumbrado a la curiosidad del público —aunque mucho menor en los últimos tiempos, como digo—, correspondí mediante un leve saludo con la cabeza.

La vista desde la terraza era magnífica y justificaba de sobra el lugar. La antigua villa había sido construida ante un paisaje formidable: las ruinas del templo griego sobre la colina con cipreses y cedros negros escalonados en la espesa pendiente; el jardín de olivos, mimosas y buganvillas que descendía hacia la playa; y más allá del mar, que el sol y el viento convertían en lámina azul cobalto encrespada de salpicaduras blancas, las montañas lejanas de Albania y la costa escarpada de Corfú, nítidas a pesar de la distancia.

Evangelia me trajo el café, oriental, muy turco. Saqué del bolsillo mi lata de puritos Panter y encendí uno con el Dupont de oro que veinte años atrás me había regalado Marlene Dietrich durante el rodaje de *La espía y el bribón*, donde ella y yo tuvimos algo más que palabras y celuloide. La terraza estaba protegida del sol por un toldo que colgaba inmóvil, pues no había allí ni un soplo de brisa. El brebaje, espeso igual que barro, me quemó los labios y la lengua. Así que lo dejé enfriar.

Otros huéspedes habían tenido la misma idea que yo. La pareja de aspecto germánico —luego supe que eran alemanes y se llamaban Hans y Renate Klemmer— pasó por mi lado para ocupar una mesa cerca de la escalinata de piedra blanca, bajo las ramas de un frondoso magnolio y una desvergonzada Venus de mármol por la que trepaba, púdica, una enredadera. Detrás, disimulado entre arbustos de mimosa, estaba el generador de gasóleo que durante el día y parte de la noche daba energía eléctrica al hotel.

Sentí otra presencia cercana y levanté la vista. El hombre al que Gérard había llamado Foxá estaba de pie cerca de mí. Sonreía, cortés.

—Estará cansado de que lo molesten —dijo.

Hablaba un buen inglés con acento español. Negué con la cabeza, amable, indicando la silla contigua. Pareció dudar un momento.

—No quiero ser impertinente.

—No, por favor. Se lo ruego... Tome asiento.

—Francisco Foxá —se presentó—. Paco, en realidad. Todos me llaman así.

Nos estrechamos la mano. La suya era franca, vigorosa. Estaba moreno de sol, y el pelo negro, un poco ondulado, le daba aire de galán cinematográfico. Su aspecto era el de quien sabe perfectamente diferenciar una samba de un mambo. Se parecía mucho a un joven que por esa época empezaba a destacar en Hollywood, Cliff Robertson.

Se acomodó en uno de los sillones de mimbre, y cuando vino Evangelia le pidió un coñac.

—¿Quiere usted otro?

—No por ahora —repuse—. Gracias.

Saqué mi lata de puritos, le ofrecí uno, me dio fuego con la caja de fósforos del hotel que estaba sobre la mesa y fumamos mientras él daba sorbos a su copa y charlábamos sobre banalidades. Conversamos un buen rato. Le impresionaba, dijo riendo —tenía una risa agradable—, escuchar mi voz, tantas veces oída en el cine: la que calificó de «precisa y sólida pronunciación inglesa», idéntica a la que yo utilizaba en las películas para decir cosas como «¡Empieza el juego, Watson!» o «¿Sabe que para morir basta con perder tres litros de sangre?».

Asentí complacido. Siempre era consolador que le recordaran a uno tales cosas.

—Disculpe que lo mire así —se excusó—, pero es maravilloso estar frente a usted. Por supuesto, las películas de Sherlock Holmes eran mis favoritas... ¿Cuántas llegó a rodar?

—Quince.

—Dios mío, creo que las vi todas. No me sorprende que al imaginar al gran detective lo hagamos con su rostro.

Ahora fui yo quien se echó a reír.

—Pues ya ve —me toqué la cara con dos dedos—. Su detective ha envejecido. No hice ninguna de Holmes desde *El perro de Baskerville*, y eso fue hace diez años. Apenas piso un estudio cinematográfico ni el escenario de un teatro. Esa clase de películas basadas en novelas de misterio dejaron de interesar al público. Ahora éste exige persecuciones de automóviles, disparos, sobresaltos y espectáculo... Ya no se trata de encender con elegancia un cigarrillo, sino de empuñar una pistola. Y yo las pistolas las manejo fatal.

Foxá hizo un ademán simpático.

—Lo vi no hace mucho, en un serial de televisión.

Le dirigí una sonrisa agradecida.

—Un pequeño papel de villano, sólo eso. Nada serio como trabajo.

—Es igual lo que haga o deje de hacer, porque Sherlock Holmes sigue siendo usted.

Entre sorbo y sorbo de coñac expuso por qué. Unos pocos pliegues más en torno a los párpados y en la frente, comentó con indulgencia, y algo más acentuado el rictus de concentración o fatiga en las comisuras de la boca. Ésos eran los cambios más destacados, lo que no suponía gran cosa. Ahora yo tenía canas, pero seguía peinándome hacia atrás con raya alta, iba bien afeitado, y la chaqueta de tweed muy usada —Anderson & Sheppard, naturalmente— y la corbata de punto sobre la camisa gris me conferían, en su opinión, un elegante desaliño. Mis ojos oscuros y vivos, un poco saltones, seguían mirando el mundo con penetrante interés. O eso le parecía a él.

—Son los ojos de Holmes, se lo aseguro —miró alrededor—. Incluso espera uno ver aparecer de un momento a otro al doctor Watson... ¿Cómo se llamaba el actor? —hizo memoria—. Ah, sí. Bruce Elphinstone.

Asentí tristemente. Mi querido Bruce, que en las quince entregas encarnó al personaje del doctor Watson, había fallecido de cáncer cuatro años atrás. Se lo dije a Foxá, que lo ignoraba. Expresó sus condolencias y luego alzó su copa, cual si brindase por él.

—Magnífico intérprete —dijo.

—Y gran muchacho —añadí—. Dudo que, sin él, las películas que protagonicé hubieran tenido tanto éxito.

Mi interlocutor me observaba con extrema fijeza. Empecé a sentirme incómodo.

—Por Dios, se lo ruego —dijo de pronto—. Hágalo por mí.

Aquello me sorprendió.

—¿Qué pretende que haga?

—No sé. Cuando esto pase, usted se irá de aquí y no volveré a verlo en mi vida.

—¿Y qué quiere decir con eso?

—Míreme. ¿Qué deduce?

Tardé en comprender a qué se refería. Entonces reí.

—Sólo soy un actor, estimado amigo.

—Por favor. No puede imaginar lo que significa para mí.

Lo miré largamente, todavía sorprendido. Al fin esbocé una sonrisa. Por qué no, me dije. Es amable y no tengo nada mejor que hacer.

—Practica deportes —dije—. Tenis, tal vez.

—Correcto.

—Y es zurdo.

Dirigió un rápido vistazo a sus manos.

—Vaya. ¿Es muy evidente?... Desde niño me educaron para utilizar la derecha. Hasta llevo el reloj en la otra muñeca. ¿Cómo se ha dado cuenta?

—En el cine lo llamaríamos salto de eje.

Cogí de la mesa la caja de cerillas, se la arrojé y la atrapó en el aire. Después se me quedó mirando, confuso.

—Todos los gestos instintivos —le aclaré— los hace con la mano izquierda.

Soltó una carcajada.

—Que me lleve el diablo.

Decidí arriesgarme un poquito más. Aquel español era divertido y empezaba a complacerme el juego.

—Además —añadí, osado—, se afeitó durante el apagón de luz de media hora que tuvimos esta mañana.

Esta vez me contempló con la boca abierta. Tardó en reaccionar.

—Eso ya es asombroso —dijo al fin—. Cómo ha podido...

Me toqué una mejilla, mejor rasurada que la otra.

—También me ocurrió a mí. Imagino que la ventana de su cuarto de baño le iluminaba más el lado derecho de la cara que el izquierdo.

—¡Sí! —exclamó, maravillado.

—Yo veía mejor el izquierdo.

—Es asombroso —repitió.

—No, hombre. Es elemental.

—¿Querido Watson?

—Sí.

Reímos a carcajadas. Yo estaba pasando un buen rato. Encendimos otros dos puritos de los míos y él pidió más coñac. Procuré mantener la mirada lejos de su copa y el pensamiento ajeno al aroma deliciosamente francés que llegaba hasta mí.

—¿De verdad llegó a penetrar tanto en el personaje?
—se interesó.

—Durante quince años conviví con él. Leí cada novela y relato docenas de veces. Era una buena forma de entrar en el carácter. Casi nada de lo que le acabo de decir proviene de mis propias deducciones.

—Lo dice con cierto pesar. Como si no estuviera satisfecho.

—Oh, no crea. Lo estoy. Obtuve mucha satisfacción, pero también me encasilló en el personaje. Me temo que no se me recuerda por otras interpretaciones, sino por ésas.

—Yo sí me acuerdo de otros papeles: hacía unos villanos magníficos. En *La aventurera de Sumatra*, por ejemplo, o aquel espadachín en *La venganza de los Pardellanes*... Por no hablar del malvado recaudador de impuestos de *La reina de Castilla* —me dirigió una mirada de respeto casi religioso—. ¿Qué tal es Greta Garbo?

—Bella. Tímida. Más sensible que un sismógrafo.

—¿Y es verdad eso que dicen, que como buena sueca le gustan las bebidas fuertes?

—Despachaba el vodka como quien bebe cerveza.

Le respondí algo distraído, pues la inglesa a la que había visto en el comedor acababa de atraer mi atención. Había aparecido en la terraza, acompañada por Gérard, y los dos interrogaban a Evangelia. La mujer se mostraba nerviosa.

—Es usted muy amable al recordar mis películas
—dije.

—En cualquier caso, otros interpretaron a Sherlock Holmes, y siguen haciéndolo; pero ninguno como usted.

—Pues no crea que eso hace feliz a quien también fue un actor clásico —repliqué con amargura—: treinta y dos papeles en diecisiete obras de Shakespeare, dos docenas de películas como intérprete de otros personajes...

Todo eso cayó en el olvido. Se lo tragó el famoso detective.

Hice un ademán resignado y observé otra vez a la inglesa. Se había sentado junto a la puerta vidriera, cual si esperase algo. Gérard parecía querer tranquilizarla. Vi que Evangelia cruzaba la terraza y bajaba por la escalinata, dirigiéndose al jardín contiguo a la playa del hotel.

—¿Y qué hace usted aquí? —volví la atención a mi interlocutor.

Lo contó con sencillez, sin reservas. Se veía confinado en Utakos casi por casualidad, al término de una aventura sentimental con desenlace poco feliz. Ella, casada, había decidido romper la relación, furiosa por su negativa a apoyarla en una separación legal de su marido. Así que dos días atrás, después de una noche de discusiones y reproches, hizo las maletas y pidió que las bajaran al ferry. Tuvo suerte y embarcó en la que iba a ser última nave que tocara Utakos antes de que el temporal incomunicara la isla. A él, por esperar al siguiente, ya no le dio tiempo.

—Es soltero, entonces —supuse.

—Afortunadamente.

—¿Y a qué se dedica?

—Escribo novelas.

—Ah, vaya. Tal vez haya leído alguna suya.

—Lo dudo. Son historias baratas, policíacas y del Oeste, que se publican en España e Hispanoamérica. Ninguna, excepto un relato corto, está traducida a otras lenguas... Novela popular, figúrese, que escribo con dos seudónimos distintos: Frank Finnegan y Fox Creek —me guiñó un ojo, cómplice—. ¿Qué le parecen?

Sonreí.

—¿Cuál es el del Oeste?

—Creek, por supuesto. El otro, Finnegan, está especializado en rubias platino y detectives privados borrachos.

—Vaya. Me impresiona.

Soltó una alegre carcajada.

—No sé si lo dice en serio. Pero no crea, me va muy bien con eso.

—Lo he dicho sinceramente. De novelas de indios y vaqueros no sé gran cosa, pero siempre tuve curiosidad por la construcción de las novelas policíacas. Releí muchas en mi época Holmes, claro, de autores diversos.

—¿Releyó?

Mi interlocutor parecía complacido al oír aquello. Lo confirmé, divertido.

—Lo que me gusta de esa clase de novelas es que, grandes clásicos aparte, son las únicas que se prestan a leerlas dos veces.

—Comprendo. Una para desvelar el misterio y otra para comprobar cómo se ha planteado... ¿Se refiere a eso?

—Sí, exacto. Y lo que más me fascina es el arte narrativo del engaño.

Asintió con agrado.

—Me gusta que lo vea de ese modo, porque tiene toda la razón. En las buenas novelas con enigma, la solución está a la vista desde el principio.

—Convenientemente oculta —apunté.

—Exacto. Usted debe de ser muy buen lector.

Hice un ademán de modestia, o de la modestia que es capaz de permitirse un actor. Que nunca es demasiada.

—Sólo razonable y por razones biográficas —repuse—. Interpretar aquellas películas me dejó ciertos hábitos.

—Es maravilloso —me contemplaba, admirado—. Nada menos que Hopalong Basil en persona...

—En todo caso, supongo que las novelas policíacas requieren un gran dominio de la técnica narrativa.

Lo vi hacer un gesto ambiguo.

—Más bien hace falta ser capaz de renunciar a lo que algunos llaman novela seria.

Enarqué las cejas.

—Un enfoque injusto, a mi entender.

—Celebro que lo diga, porque tan obra maestra es *Crimen y castigo* como *El asesinato de Rogelio Ackroyd*. Pero en las historias policiales clásicas, donde se plantea un problema, la profundidad psicológica perjudica más que beneficia: pasión, amor u odio están de más. No caben ahí, porque en esa clase de relato es necesario que el novelista olvide cierto concepto de la literatura y se centre en otros aspectos... ¿Me sigue?

—Creo que sí.

—Ahí las complejidades humanas son simples motores de la trama, pues de lo que se trata es de estimular la inteligencia o la emoción del lector.

—¿Y es usted bueno en eso? ¿En tramas enrevesadas?

—Ah, no mucho. El público es ahora menos exigente. Era distinto en tiempos de las novelas-problema, que tenían más reflexión que acción... Y digo *tenían* porque hoy están pasadas de moda: demasiados imitadores de Conan Doyle devaluaron el asunto, y las últimas guerras nos arrebataron la inocencia que nos quedaba.

—¿Tal fue su caso?

—Sí, claro. Empecé con relatos de misterio intelectual, pues los devoraba de niño, pero acabé pasándome al policial moderno. A la novela que llaman negra: más músculo que cerebro.

—¿Ha hecho alguna aportación destacada?

Torció la boca en una mueca medio canalla.

—Pocas.

—Algo bueno habrá escrito, ¿no?

Vi cómo se le acentuaba la sonrisa lenta.

—Para ser honesto: de mis treinta y tantas novelas, ni media docena pasaría un filtro de calidad. Las despacho en menos de un mes.

—Por Júpiter.

—Sí... El récord son doce días.

—¿Y se venden bien?

—No me quejo. Publico las policiales en dos colecciones que se llaman FBI y Servicio Secreto, muy populares. Raro es un kiosco de ferrocarril o puesto de periódicos donde no haya un par de libros míos.

—¿Y de ninguno está orgulloso, o satisfecho?

—Soy un cazador mediocre, me temo.

—Resulta curioso que diga eso —me sorprendí—. Siempre relacioné la idea de la caza más con el investigador que con el autor. Hasta Sherlock Holmes lo decía.

—A mí me gusta pensar que el primer narrador policial fue un cazador prehistórico, sentado ante el fuego mientras relataba la secuencia de hechos, lectura de signos o huellas dejados por la presa a la que había seguido el rastro.

—Brillante —admití—. Pero hábleme de sus novelas.

Lo pensó un momento.

—*El caso de la rubia estrábica* y *Un enigma del 9 largo* no están mal del todo —dijo—. Aunque mi favorita es la historia corta *El puñal desvanecido*; ésa fue la última vez que probé suerte con la novela-problema antes de dedicarme a los detectives privados y los policías corruptos: el asesino fabrica un puñal de hielo mediante una bombona de gas carbónico, a ochenta grados bajo cero. Lo clava en la víctima y el arma desaparece al derretirse mezclada con la sangre, sin dejar indicios —me contempló, esperanzado—. ¿Qué le parece?

—Suena bien —aprobé con amabilidad—. Original, quiero decir.

—Se lo agradezco. Como le dije, es el único relato mío que han traducido al inglés. Se publicó hace un par de años en *Mystery Magazine*.

—Lo buscaré.

Hizo un ademán indiferente para restarle importancia.

—Antes yo era un escritor ingenuo, si entiende lo que quiero decir. De los que se rompían la cabeza buscando una solución que al menos fuera tan ingeniosa como el misterio planteado.

—Imagino que no es fácil.

—Tenga la certeza. Ensordecer al lector cuando se le muestra algo y cegarlo cuando escucha. También, jugar con su capacidad de error y de olvido. Lo importante es tener una idea, ocultarla y confundir a quien te lee con todo aquello que pueda llevarlo a una idea distinta... La verdad es que nunca disfruté tanto como cuando escribía esa clase de historias.

—¿Ahora no disfruta? —me interesé.

—Es otra cosa. Me gano la vida con el género que está de moda, y seguiré haciéndolo hasta que todos escriban novela negra y la saturación aburra a los lectores.

—¿Qué hará entonces?

—Pasarme a los relatos de espías, que empiezan a pegar fuerte: Eric Ambler, Ian Fleming y todo eso.

Se detuvo con una mueca melancólica, pensativo. Después parpadeó cual si volviera de un lugar remoto.

—¿Y usted? —inquirió con simpatía—. ¿Vive en Inglaterra desde que se marchó de Hollywood?

Sonreí.

—No, si puedo evitarlo. Hace tiempo que me instalé en el sur de Francia.

—¿Desde que dejó el cine?

—Desde que el cine me dejó a mí.

—¿Y cómo una gran estrella se acostumbra a eso?

—No sabría decirle —lo pensé un momento—. Lo que sí es cierto es que hasta ahora conseguí mantenerme ajeno a ese despiadado rencor, tan irracional, que a menudo le inspira a uno el sentirse viejo, o al margen.

—Sabiduría.

—No, sólo comodidad. El rencor fatiga mucho.

Miré otra vez a la inglesa, que seguía sentada junto a la puerta vidriera. Cada vez parecía más nerviosa.

—¿Quién es ella?

Siguió Foxá la dirección de mi mirada.

—Se llama Vesper Dundas. Viaja con una amiga, una tal Edith Mander. Tal vez las viera juntas ayer.

—Sí, las vi. Ahora está inquieta, ¿no?

—Puede ser. Por lo visto, la amiga no aparece.

Apagué el resto del cigarro, dando por terminada la conversación. Mi interlocutor se puso en pie.

—Gracias, señor Foxá —dije.

—Puede llamarme Paco.

—Oh, no podría. Demasiado...

—¿Familiar?

Reí con ganas.

—Eso me temo. Permítame seguir siendo un inglés formal, casi victoriano.

Miré otra vez de soslayo a la inglesa, considerando su actitud. Sus nervios. Gérard había vuelto al interior.

—Por mi parte no voy a sugerir que me llame Hopalong —dije—, porque lo detesto. Mi nombre real es Ormond... De todas formas, como estaremos aquí hasta que mejore el tiempo, y habrá más ocasiones de hablar, puede llamarme Basil, si le parece bien.

—Me lo parece, naturalmente —hizo una afable inclinación de cabeza—. Ha sido un honor charlar con usted.

Se encaminó hacia el salón del hotel mientras yo buscaba otro purito. Pero no llegué a encenderlo, porque en ese momento Evangelia regresó gritando por la escalinata. Como en las malas películas.

Fue así como empezó todo, o como lo que ocurría empezó a manifestarse. No había cerca más autoridad que la señora Auslander, propietaria del hotel y la isla. Apareció al oír los gritos, y fue ella quien tomó las primeras decisiones.

—Que nadie baje a la playa —ordenó con gran presencia de ánimo.

Era una mujer enérgica y tenía motivos para serlo: judía austríaca, había sobrevivido a Auschwitz. Su nombre era Raquel y usaba el apellido de soltera. Después de la guerra estuvo casada con un comerciante albanés que, prematuramente fallecido, le había dejado dinero suficiente para comprar la villa. Ésa era su historia, o al menos la que de ella se conocía. Pasaba de los cincuenta y era una mujer alta, hermosa, de cabello negro y largo que siempre llevaba recogido en la nuca o en una trenza. Estaba muy bronceada, no lucía otras joyas que dos anillos de matrimonio en el dedo anular de la mano derecha y vestía túnicas de algodón amplias y cómodas.

—Acompáñeme, doctor Karabin —se dirigía al hombre bajo y grueso que había estado comiendo solo—. Los demás quédense aquí, por favor.

Y allá fueron los dos, caminando por la arena hacia el pabellón de la playa situado a poco más de doscientos metros, mientras todos permanecíamos agrupados en la terraza y la señora o señorita Dundas y Evangelia, sentadas en un peldaño de la escalinata, deshecha en llanto una, presa de un ataque de nervios la otra, eran atendidas por Gérard. En ese momento aparecieron, procedentes del salón, Pietro Malerba y Najat Farjallah; que, desconcertados, se unieron al resto de nosotros.

Al cabo de quince minutos volvió el doctor, al que acogimos con natural impaciencia. Se trataba de un turco rechoncho, con barba rizada veteada de canas, cuyo pelo demasiado caoba era un evidente peluquín postizo;

director, comentó alguien, de una clínica privada en Esmirna. Las rodilleras de su pantalón blanco estaban sucias. Venía secándose el sudor del rostro con un pañuelo.

—Terrible —murmuraba—. Terrible... La pobre mujer.

—¿Qué mujer? —preguntó Malerba.

—Edith Mander —Karabin miró conmiserativo hacia la escalinata—. La amiga de la señora Dundas.

Estábamos conmocionados, todavía incrédulos. El doctor señaló el pabellón.

—Necesitaremos la presencia de alguno de ustedes. ¿Comprenden?... Como testigo.

Cuando lo dijo era yo quien estaba más cerca, así que me miró. Tal vez mi cara conocida le inspiraba confianza.

—Naturalmente —asentí sin dudarlo.

Vi cómo se fijaba en Paco Foxá.

—Si no tiene inconveniente, señor...

—Con mucho gusto —dijo el español.

—Yo también voy —se apuntó Malerba.

Seguimos los tres a Karabin por el jardín hacia el pabellón y la playa, protegidos del viento por la colina cubierta de árboles.

—Procuren no pisar esas huellas en la arena —nos pidió el doctor señalando a su izquierda—. Son las únicas que había cuando la señora Auslander y yo pasamos por aquí.

Miré las huellas. De una sola persona, en dirección al pabellón. Sólo camino de ida. Un único rastro impecable, sin regreso. Y eso me estremeció de una forma que —Dios o el diablo me perdonen— me atrevo a calificar de deliciosa.

El pabellón de la playa era una cabaña de madera. Los huéspedes del hotel lo utilizaban para cambiarse de ropa de baño y tener a mano hamacas y sombrillas. Contaba con una ducha y un retrete, una estantería con toallas, una mesa con una pila de revistas ilustradas —*Life, Epoca*, la griega *Zephyros*— y una pequeña nevera de hielo que estaba abierta y vacía. No había luz eléctrica, sino un farol de queroseno. La única ventana daba al lado del hotel y la puerta se abría casi a la orilla de la playa. Por esa parte la colina no ofrecía tanto resguardo y el viento soplaba en rachas a ras del suelo, borrando toda huella.

El piso del pabellón era de tarima y había un poco de arena en él. Sobre la tarima, boca arriba y con una cuerda atada al cuello cuyo extremo estaba roto —el otro colgaba de una de las vigas del techo—, se hallaba Edith Mander. Tenía los ojos muy abiertos, con expresión espantada, y estaba muerta. Su piel mostraba la tonalidad de la cera. Junto a su cabeza había un taburete de madera de teca, volcado.

—¿Desde cuándo? —pregunté.

—Hay rigor mortis —comentó Karabin—. Ha pasado la noche así.

Sentada en una hamaca, inmóvil, la señora Auslander contemplaba el cadáver.

—¿Suicidio? —quise saber.

Titubeó el doctor, cambiando una mirada con la dueña del hotel: permanecía inexpresiva, sin despegar los labios.

—Es muy probable —dijo al fin Karabin—. La ventana y la puerta estaban cerradas y había una silla detrás de ésta, arrimada a ella.

—¿Arrimada? —me sorprendí.

—Sí, apoyada en ella. La puerta tiene cerradura, pero nunca está aquí la llave y se usa el picaporte. Sin duda, la infeliz acercó la silla para... No sé. Mantener la puerta cerrada y preservar la intimidad.

—¿Intimidad?

—Ignoro si es la palabra adecuada. Ahora no se me ocurre otra.

Miré de soslayo a Foxá, que sonrió vagamente cómplice.

—Habitación cerrada —comenté.

Asentía el español, captando la idea. Aquello me era familiar por mis películas y a él por sus novelas: un cadáver en un lugar de donde nadie más ha podido salir o entrar. Un suicidio en principio evidente.

—¿Fue Evangelia quien abrió la puerta? —inquirí.

—No. Se asomó por la ventana, a la que se llega primero viniendo desde la villa. Vio a la señora Mander y corrió para avisarnos.

—¿No llegó a entrar?

—No.

Señalaba Foxá la silla, ahora a un lado de la puerta.

—¿Y quién la movió, entonces?

—Se desplazó cuando la señora Auslander y yo empujamos para abrir.

Miré a la dueña del hotel, que corroboró lo dicho por el doctor.

—¿Cortaron ustedes la cuerda?

—No —repuso ella—. Estaba así cuando llegamos.

—¿Eso significa que Evangelia no vio a esta pobre mujer colgada, sino ya en el suelo?

—Así es.

—Quizá la cuerda se rompió con las últimas convulsiones —opinó Malerba.

—Puede ser.

Observé al productor. Tenía un habano humeante entre los dedos y se inclinaba sobre el cadáver. Pietro Malerba y yo nos conocíamos desde hacía quince años. Era bajo, fuerte, tenía el pelo prematuramente cano, y sus ojos un poco oblicuos hacían pensar en la huella remota de algún bárbaro de los que siglos atrás saquearon Italia. Por lo demás era romano hasta la médula: un curtido pirata con sólidos anclajes sociales y económicos. Sólo creía en el cine, la televisión, el dinero y el sexo, por ese orden.

—Tiene un golpe en la cabeza —comenté.

Lo dije sin especial énfasis. Era obvio, y fue un frío comentario de observador; pero todos me miraron como si hubiera dicho algo importante. Supongo que tal como me encontraba, enmarcado en el rectángulo de luz de la ventana, mi cara alargada y angulosa, inclinada y con aire reflexivo, los remitía al personaje.

Asintió Karabin, solemne.

—Sí, el hematoma en la sien —señaló el taburete—. Seguramente se golpeó con él al romperse la cuerda y caer. Pero lo natural es que ya estuviera muerta. Falleció por asfixia, sin duda. Lo indican la marca de la cuerda en el cuello, la boca y la posición de la lengua. Y los ojos desorbitados por la agonía. Muestra todos los síntomas.

—¿Y ese pequeño golpe en la espinilla izquierda?

—Ya lo veo... No sé. Puede ser de esto o anterior.

Nos mirábamos indecisos. Durante un momento sólo oímos el viento y el oleaje afuera. La señora Auslander seguía sentada, inmóvil como un juez, sin apartar los ojos del cadáver. Me sorprendió su serenidad hasta que recordé Auschwitz.

—Su amiga no debe verla así —dijo de pronto.

Todos nos mostramos de acuerdo. Aquello era sentido común.

—Será mejor que la lleven al hotel —propuso Malerba—. Que la instalen de una manera... Eh... Decente, quiero decir.

El doctor se mostró en desacuerdo.

—No deberíamos moverla. Las autoridades...

—Con el temporal, las autoridades pueden tardar días. No vamos a dejarla tirada en el suelo.

—Podemos taparla con algo.

—Voy a comunicar por radio con Corfú —dijo la señora Auslander—. Con la policía. Ellos sabrán qué hacer.

—No vendrán con este tiempo —insistió Karabin.

—Ya. Pero debo informar de la desgracia.

Miré el rostro de la mujer muerta: su expresión desencajada por la agonía, fijada por el enfriamiento del cadáver. Tras los labios entreabiertos se veían los incisivos, ligeramente manchados de un leve tono violáceo.

—¿Y eso? —pregunté.

—No sé —dijo el doctor—. Algo que habrá comido.

—El postre de frambuesas negras —dijo la señora Auslander.

La media melena rubia se veía apelmazada y sucia, y el hematoma de la sien se extendía hasta casi el ojo izquierdo. Llevaba un vestido de lino beige abotonado por delante y manchado entre los muslos, como si se hubiera ensuciado al morir. Tenía los pies descalzos: sus zapatos de tacón estaban junto a la puerta. Seguramente los había traído en las manos para caminar más cómoda por la arena.

—¿Por qué lo haría? —comentó Foxá.

Con el cigarro entre los dientes, Malerba emitió una risita sarcástica.

—Ellas son muy raras.

—Alguien debería hablar con su amiga, ¿no?... Algo sabrá.

Karabin hizo un ademán evasivo.

—Es trabajo de la policía, supongo.

El español dio por no oído el comentario. Miraba a la dueña del hotel.

—No podemos quedarnos sin hacer nada —dijo.

Yo llevaba un rato observando el cadáver y de vez en cuando alzaba la vista a las vigas del techo o estudiaba la habitación. Por algún motivo más o menos perverso me sentía cómodo allí; o tal vez no sean ésas las palabras adecuadas. Parecía el regreso a una situación conocida, familiar. Casi me vi buscando mi marca en el suelo, con los técnicos y el director en la penumbra esperando a que pronunciara el diálogo correspondiente. Es momento de observar, Watson, no de hablar. La trama se complica. Etcétera.

—¿Qué se sabe de ella y su acompañante? —pregunté, volviendo a lo real.

Lo dije con sencillez pero todos me miraron en silencio, cual si hubiera sonado la voz de una autoridad.

—Llegaron hace cuatro días —respondió la señora Auslander, que permanecía sentada—. Dos turistas como tantas otras. Vesper Dundas es una mujer acomodada —miró a la muerta—. Y ella era su amiga. Una señora de compañía, en versión actual. No está el mundo para que viajen mujeres solas.

—¿Qué más?

—Poco más. No eran conversadoras. Apenas lo que figura en sus pasaportes y fichas de registro —seguía contemplando el cadáver—. Ella es Edith Mander, cuarenta y tres años, domiciliada en Cromer, Norfolk.

—¿Y la otra?

—Treinta y nueve años. Con domicilio en Londres, viaja desde hace tiempo. Enviudó no hace mucho y su marido le dejó algún dinero.

—¿Mucho? —se interesó Malerba.

—Lo suficiente, tengo entendido.

—¿Qué más puede contar? —intervine.

—Nada. Ya digo que eran poco sociables. Sólo buenos días, buenas noches y cosas así. Muy inglesas, las dos.

Yo seguía mirando el cadáver con intensa atención. Me incliné a observar la arena en los pies y después palpé la cuerda rota enlazada al cuello.

—No debería tocar nada —protestó Karabin.

Ignorando al doctor, seguí estudiando de cerca la cuerda. Luego levanté de nuevo la vista hacia el trozo que pendía del techo antes de dirigirme otra vez a la dueña del hotel.

—¿Alguna complicación sentimental a la vista? ¿Entre ellas o con terceros?

Era una pregunta inconveniente, pero procuré formularla con naturalidad. Estaba seguro de que todos habían pensado en eso aunque nadie lo llegara a plantear de modo abierto. Sólo Malerba volvió a emitir su risita desagradable.

—Yo no lo habría dicho con esa delicadeza —apuntó.

—Nada, hasta donde puedo saber —respondió la señora Auslander—. Ocupaban una habitación con dos camas.

—¿Usaba cada una la suya? —insistí.

Vaciló la dueña del hotel, evaluando la pertinencia de la pregunta.

—Por supuesto —respondió al fin—. Evangelia las hace cada mañana, al ventilar y limpiar la habitación. Diría que...

Se detuvo como si dudara en continuar. Yo aguardaba, cortés.

—¿Sí? —la animé.

—Pues eso. Hace ocho años que dirijo este hotel y tengo cierta experiencia en huéspedes. No sé si me entienden.

—La entendemos —dijo Malerba.

—Me atrevería a asegurar que no eran pareja. No era ése su estilo. ¿Comprende, señor Basil?

—Comprendo.

—¿Qué ve en todo esto? —preguntó Foxá, que no me quitaba ojo.

Me había incorporado, metida la mano izquierda en el bolsillo de la chaqueta —sólo el duque de Windsor mete la mano en el bolsillo con la elegancia de Hoppy Basil, solía decir Gloria Swanson—, y fruncí los labios igual que cuando era Sherlock Holmes en las películas.

—Veo una sucesión de hechos, pero no veo el conjunto.

La sensación agradable de un momento atrás se había esfumado, cual si un director hubiese ordenado terminar la secuencia. De pronto me pareció ridícula mi actitud. Pretenciosa, incluso. Yo era el primero en saber que la mayor parte de las deducciones e inferencias de Sherlock Holmes —como las de Hércules Poirot o cualquier otro— no resistían un análisis lógico. Si triunfaban era porque sus creadores novelistas permitían que lo hicieran.

—No acabo de ver el significado —insistí.

Los miré a todos como pidiendo excusas. Me sentía un poco avergonzado, y ya no despegué los labios.

—¿Qué hacemos con ella? —dijo Malerba.

—Creo que lo mejor será dejarla aquí —repitió el doctor Karabin—. Colocada en una posición más decorosa.

Foxá se mostró en desacuerdo.

—En tal caso habría que moverla —objetó—. Y la policía querrá saber cómo estaba todo exactamente.

La dueña del hotel propuso una solución práctica.

—Tengo una cámara Polaroid, de esas que hacen fotos instantáneas —se puso en pie con desgana, alisándose el vestido—. Puedo traerla.

—Buena idea —Foxá indicó donde estaban apiladas las revistas—. Ahí estará bien, si retiramos eso. Cubierta con algo.

—Mañana empezará a oler —comentó Karabin—. La descomposición...

Volvimos a mirarnos, incómodos. Fue el doctor quien habló de nuevo.

—No hace demasiado calor aquí. De todas formas, no veo otra opción mejor.

—Haré traer hielo de la cámara frigorífica —dijo la señora Auslander—. Tal vez eso ayude.

—Ah, sin duda.

Yo me mantenía callado. Una prolongada racha de viento ululó entre la playa y el pabellón.

—¿Cuánto puede durar el temporal? —preguntó Foxá a la dueña del hotel.

—En esta época del año, aunque son raros, de tres a cinco días —señaló el cadáver—. Deberíamos cubrirle el rostro, ¿no creen?

Fui hasta la estantería donde había toallas dobladas, cogí una y cubrí con ella a la muerta, tapándole cabeza y torso hasta las rodillas.

—Pobre chica —dijo Karabin—. ¿Qué la habrá empujado a esto?

—Quizá *la hayan* empujado —estimó ácidamente Malerba—. No hay suicidio sin causa.

—No diga barbaridades, hombre. Esto es inexplicable.

—Que algo parezca inexplicable —objeté— no implica que lo sea.

Todos seguían pendientes de mí y era fácil adivinar lo que pensaban. Después de tantas películas enfrentado a situaciones semejantes en la ficción, me hallaba ante una de verdad, con cadáver auténtico. Imaginé, por tanto, que la frontera entre lo real y lo irreal debía de resultarles más imprecisa que a mí. A fin de cuentas, una película no es más que una sucesión de momentos separados entre sí que los actores ruedan sometidos a continuas interrupciones y repeticiones: un minuto, corten, treinta segundos, corten, minuto y medio, corten. Y hay escenas que se ruedan antes de otras que irán delante. No existen la continuidad ni la realidad y todo es una prolongada mentira: una incoherencia narrativa a la que sólo da sentido el posterior montaje. Pero en ese momento, en el pabellón de la playa y ante el cadáver de la pobre Edith Mander, ellos ignoraban todo eso, o parecían ignorarlo. Incluso preferían ignorarlo. Comprendí una vez más la poderosa fuerza del cine. El detective al que habían visto en las pantallas no era una interpretación, sino la encarnadura física e intelectual de lo imaginado por Conan Doyle. El actor Hopalong Basil salía de puntillas y dejaba en escena al personaje: Sherlock Holmes era yo.

—¿Qué opina? —me preguntó Foxá, como si resumiera el sentir general.

Opuse un ademán ambiguo, aunque en el fondo aquello me complacía mucho.

—No opino nada en absoluto.

—Ha estado observando.

—Miraba, nada más —asentí distante, casi distraído—. Eso es todo.

—Pero tú fuiste Sherlock Holmes —intervino con sorna Malerba.

Me volví a mirarlo. Sonreía su boca, dedicado el gesto a los otros, pero los ojos estaban serios. Vi en ellos una curiosidad que nunca había notado antes. *Et tu, Brute?*, pensé. También él, aunque lo tomaba a broma, estaba bajo el influjo del asunto.

—No digas insensateces —me eché a reír—. De interpretar un personaje a serlo hay gran diferencia. Sólo soy un actor. O lo fui.

—Algo se le habrá pegado, ¿no? —terció Foxá, alentador—. Suficiente para tener una opinión.

—Les repito que no tengo opinión ninguna.

—Usted me dijo que llegó a saber de memoria las novelas y relatos de Sherlock Holmes. Y veinticuatro de esos relatos contienen crímenes.

—Veintisiete —lo corregí.

Miró el español a todos, cual si eso le diera la razón. Hice un gesto evasivo.

—Es absurdo —concluí.

—No tanto —intervino Malerba, que parecía divertirse con aquello—. Sam Goldwyn, que produjo varias películas tuyas, me dijo una vez que nunca vio a nadie identificarse tanto con sus personajes. Si Basil hiciera *Otelo*, comentó, acabaría estrangulando de verdad a la actriz que interpretase a Desdémona. Y me parece que...

—No es momento, Pietro —lo interrumpí.

—No será momento, pero Goldwyn lo dijo.

Siguió otro silencio incómodo, que acabó rompiendo el doctor Karabin.

—En cualquier caso, alguien debe hablar con Vesper Dundas. Una pequeña averiguación, ¿no creen?... Para informar con más detalle a la policía de Corfú.

—¿Y quién hará eso? —preguntó desabrido Malerba, masticando su cigarro.

—Pues no sé. Yo mismo puedo ocuparme, naturalmente. Soy médico. Pero ya que estamos en esto, podríamos formar una comisión —el doctor miraba a la dueña del hotel—. Para descargar de peso a la señora Auslander.

Emitió un gruñido Malerba.

—Me parece muy capaz de llevarlo sola.

—Sin duda —intervino ella—. Pero también debo atender a los demás huéspedes. Es mi responsabilidad. Así que el doctor tiene razón. Agradecería su ayuda, caballeros.

—No se hable más —dijo Foxá, solícito—. Puede contar con nosotros.

—Gracias.

De espaldas al grupo, yo me había acercado a la puerta. Sonaba la resaca en la playa mientras permanecía inmóvil observando pensativo el umbral, la silla puesta a un lado y los zapatos de Edith Mander. Mi sombra, larga y delgada, se proyectaba en el suelo como en los créditos de las películas junto a la de Bruce Elphinstone, con aquella música siniestra que hacía pensar en un Napoleón del crimen acechando en las tinieblas.

Lo extraño, pensé —o más bien recordé—, encierra poco misterio. Es lo común lo que resulta desconcertante de verdad.

En ese momento habría dado media vida, o lo que me quedase de ella, por un vaso con tres dedos de whisky.

Comienza el juego, Watson, me dije. Comienza el juego.

Empezaba a gustarme mucho aquella isla.

2. Huellas en la arena

No tiene ninguna importancia lo que usted haga en este mundo. La cuestión es lo que puede hacer creer a los demás que ha realizado.
Estudio en escarlata

Vesper Dundas era atractiva, como dije: no exactamente guapa, pero sí dotada de esa cualidad carnal propia de muchas mujeres y de pocas inglesas. Según la señora Auslander tenía treinta y nueve años; pero su piel, un poco bronceada, mostraba un aspecto lozano y tibio: pelo rubio en media melena, iris acerados —de cerca confirmé que eran de color gris niebla—. Se parecía un poco a Jean Arthur, con la que yo rodé *Un caso de identidad* en 1943; aunque Jean había sido, por supuesto, mucho más bella.

Por lo demás, estaba deshecha. Aturdida por la tragedia, enrojecidos los ojos de llanto, le temblaba la barbilla al responder a nuestras preguntas, que a menudo debíamos repetir porque se veía desconcertada, absorta en el suceso que aún no terminaba de encajar. Como si tardase en comprender lo que le decíamos. El doctor Karabin, ella y yo conversábamos en la sala de lectura, sentados en modernos sillones contiguos a una mesa central, anaqueles con libros y volúmenes de revistas encuadernadas. Por la ventana podían verse los árboles del jardín. En cuanto a la señora Auslander, había ido con Malerba y Foxá a explicar la situación a los otros huéspedes.

Con paciencia, despacio, fuimos reconstruyendo el pasado reciente. Vesper Dundas y Edith Mander viajaban juntas desde hacía tres meses: una especie de clásico *grand tour* que las había llevado de Montecarlo a Venecia, y de allí a Corfú con intención de visitar Grecia durante el verano. Eran amigas desde que se conocieron en París, en una escalera del Louvre, justo delante de la Victoria de Samotracia. Dos inglesas solas en Europa, igual que en las novelas de Henry James. Y como no podía ser de otro modo, habían simpatizado en el acto.

—Ella acababa de terminar una relación sentimental desafortunada —explicó Vesper Dundas— y se encontraba libre, sin nada que hacer. Con escasos recursos. Yo estaba en París para resolver asuntos relacionados con el patrimonio de mi esposo, fallecido semanas atrás.

—Lo siento —comenté—. Lo de su esposo.

Por primera vez los ojos grises se posaron en mí con detenimiento. Hasta entonces parecía no haberme reconocido. Ahora se aclaró su rostro mientras asentía.

—Un aneurisma de la aorta. Apenas llevábamos medio año casados.

—Oh, vaya —me mostré solícito—. Terrible.

—El caso es que yo estaba sola y Edith también. Congeniamos con facilidad; y una noche, cenando en Le Grand Véfour, le propuse que me acompañara. La intención era viajar, normalizar nuestras vidas e instalarnos en una casa que mi marido tenía en el norte de Italia. Ella aceptó entusiasmada, y así llegamos hasta aquí.

—¿Qué sabe de esa relación sentimental desafortunada de su amiga?

La vi dudar, indecisa o molesta. Al cabo asintió cual si reconociese algo que hubiera preferido negar.

—Al principio no supe gran cosa. Pero poco a poco, con la confianza adquirida, Edith me fue abriendo el corazón... Al menos, hasta cierto punto.

—¿Cómo era ella? —me interesé.

Lo pensó un momento.

—Era culta, con estudios y gran capacidad matemática. Siendo muy joven había probado suerte como actriz de teatro, aunque sin éxito. Al estallar la guerra se alistó en la WAAF, el cuerpo femenino de la fuerza aérea británica. Estuvo casada con un aviador que murió tras ser derribado sobre Alemania y después trabajó varios años como mecanógrafa y contable en el hotel Cliftonville de Cromer, Norfolk, hasta que conoció a otro hombre: un extranjero.

—¿Eso fue lo que la llevó a París?

—Por lo que me contó, él era un tipo atractivo, de esos que seducen a una mujer pero con los que resulta imposible vivir. La cosa acabó mal y ella se vio en una ciudad extraña, sola y sin dinero. Nuestro encuentro fue providencial.

Se detuvo ahí mientras Karabin y yo escuchábamos atentos.

—¿Es todo? —pregunté.

—Básicamente.

—¿Y cree que su amiga quedó marcada por aquella aventura?

—Disculpe, no veo...

Se interrumpió, confusa. Al cabo, sin necesidad de que dijéramos nada más, pareció comprender la pregunta.

—Al principio sí, aunque lo fue superando. En los últimos tiempos ya no hablaba de ese individuo.

—¿Recuerda su nombre?

—Nunca me lo dijo. Siempre lo mencionaba como *él*.

—¿Era extranjero, ha dicho?

—Sí.

—¿Y su nacionalidad? —preguntó Karabin.

—Tampoco quiso decírmela, aunque deduje que podía ser español o italiano —nos dirigió una ojeada voluntariosa e insegura—. Pero eso nada tiene que ver con esta desgracia, ¿verdad?

—Supongo que no —dije.

—Edith estaba ilusionada con nuestro viaje y la perspectiva de visitar Grecia. Pasaba el tiempo leyendo guías y libros sobre la Antigüedad, hablando de héroes y dioses. Y la perspectiva de vivir en Italia la ilusionaba todavía más.

Se quedó callada, pensativa. Al fin negó con la cabeza.

—Su muerte es absurda.

Karabin y yo intercambiamos un vistazo significativo.

—¿No le pareció deprimida estos últimos días? —inquirió el doctor.

—En absoluto.

—¿Melancólica, tal vez?

Se inclinó hacia Karabin con vehemencia, como reprochándole palabras inconvenientes.

—Si se refiere a algo que anunciara un suicidio, la respuesta es no. Rotundamente no. Además, ni siquiera dejó una carta.

—Hay quien se suicida sin dejar ninguna —dije.

—Ella sí la habría dejado. Dirigida a mí, al menos.

—¿Tiene alguna explicación para que su amiga tomase tan horrible decisión?

—Ninguna. Y no dejo de pensar en ello —se retorcía las manos debatiéndose entre el desconcierto y el afán de explicarse con claridad—. Ninguna, se lo aseguro... Hasta el último momento me pareció vital, con ilusiones. Los días amargos habían quedado atrás. Tenía un gran sentido del humor: nos reíamos mucho con sus observaciones y sus chistes.

—¿Cuándo la vio por última vez?

—Ayer por la noche. Después de la cena me propuso dar un paseo hasta la playa, pero me dolía la cabeza. Subimos a nuestra habitación, ella bajó de nuevo, tomé una aspirina y me quedé dormida. Dormí hasta muy tarde y esta mañana me sorprendió ver su cama sin deshacer. Ni rastro de ella. Y después... Bueno. Ya saben lo que ocurrió después.

—¿No volvió a verla?

—Ya he dicho que no.

Ahora yo asistía a la conversación, sin intervenir. Sentado un poco aparte, permanecía inmóvil con una pierna cruzada sobre la otra, la mano derecha caída junto al brazo del sillón. Escuchando muy atento.

—¿Sabe si la acompañó alguien en ese último paseo? —inquirió Karabin.

—Lo ignoro. En todo caso, no me dijo nada.

—¿Se lo habría ocultado a usted?

La vi erguirse con brusquedad, visiblemente molesta.

—Por supuesto que no. ¿Cómo se le ocurre preguntar eso?... Nuestra confianza era extrema.

Saqué la lata de puritos, me incliné hacia ella y le ofrecí uno. Negó con la cabeza.

—¿Le molesta que yo lo haga?

—En absoluto.

Me puse el cigarro en la boca, presioné el encendedor y acerqué la llama.

—Voy a hacerle una pregunta delicada —dije—. ¿Me lo permite?

—Se lo permito.

Dejé salir el humo despacio, dando a todo su tiempo.

—¿Tenía su amiga alguna relación especial en el hotel?

—Disculpe —parpadeaba, indecisa—. No comprendo.

—Me refiero a si alguien...

Lo dejé ahí. Al caer en la cuenta, ella pareció enrojecer.

—Ah... No, por Dios.

—¿Está segura? —insistí—. ¿No la vio conversar con ninguno de los huéspedes, en los tres días que llevaban aquí?

Lo pensó un instante.

—Conversaciones normales, supongo. Breves y con buenos modales, como es lógico. Pero poco más. Éramos inglesas en el extranjero, ¿me entiende?

—Desde luego.

—La sociabilidad no es nuestra principal virtud.

—Bien —miré a Karabin y después me dirigí de nuevo a ella—. ¿No hay nada más que pueda decirnos?

Reflexionó otra vez, como antes. De pronto enarcó las cejas.

—Sólo ese chico griego, Spiros.

Me sorprendió.

—¿El camarero?

—Sí.

—¿Qué puede contarnos de él?

—Nada en especial. Es un muchacho guapo, y Edith me lo comentó alguna vez. Nos sonreía y ella le dejaba sonreír. Ya sabe.

—¿Hasta qué punto?

—Oh, nada indecoroso, se lo aseguro. Tal vez un inocente coqueteo. Supongo que ese joven está acostumbrado a sonreír a todas las clientes del hotel con edades comprendidas entre los siete y los setenta años.

—¿Era su amiga sensible a esa sonrisa?

—Un poco. Pero en realidad eran niñerías. Me daba con el pie por debajo de la mesa cuando él nos servía. Reíamos por lo bajo, bromeando, y eso era todo.

—¿Cree que pudo haberse visto con Spiros en la playa?

Casi se sobresaltó.

—No, en absoluto... Eso es una impertinencia.

Apoyé los codos en los brazos del sillón, cruzados los dedos bajo el mentón, que descansaba en ellos junto al purito humeante.

—¿Cree, en fin, que su amiga se suicidó?

—Disculpe —me miraba con sorpresa—. Me confunden ustedes. Ella se colgó de una soga, ¿no es cierto?... Al menos eso han dicho.

Asentí dulcemente.

—Así fue, en efecto. Mi pregunta es si usted piensa que se ahorcó de modo voluntario.

Movía la cabeza, de nuevo confusa. Nos miró con angustia.

—¿Qué otra cosa pudo ocurrir?

Cambié una ojeada rápida con el doctor Karabin.

—Por supuesto, tranquilícese. Ninguna otra cosa pudo ocurrir.

A primera hora de la tarde, los huéspedes nos sentamos con la señora Auslander en el salón —muebles de estilo nórdico y paisajes enmarcados de Corfú en las paredes—, donde la dueña del hotel expuso un informe detallado y muy sereno sobre el suicidio de Edith Mander. En términos cinematográficos, aquello podía considerarse una especie de *establishing shot*, o plano general preparatorio: además de mí estaban Pietro Malerba y la Farjallah, el doctor Karabin, Paco Foxá y el matrimonio Klemmer. Raquel Auslander se había puesto otra vez en contacto por radio con la comisaría principal de Corfú, nos explicó, y allí aseguraban que cuando el tiempo mejorase vendrían con un juez a hacerse cargo del cadáver. La actuación oficial se demoraría un poco, y lo razonable mientras la isla siguiera incomunicada era volver a la normalidad, o intentarlo.

Fue el doctor quien primero planteó el asunto. Acababa de dejar a Vesper Dundas en su habitación al cuidado de Evangelia, tras darle a la inglesa una dosis de veronal que la haría descansar el resto del día. Se rascó la barba, carraspeó ligeramente y tomó la palabra.

—Hasta que lleguen la policía y el juez, y como dueña de este lugar, usted, señora Auslander, es la autoridad aquí —nos dirigió una ojeada para asegurarse de que todos estábamos de acuerdo—. ¿No es cierto?

—Podríamos considerarlo de ese modo —respondió ella tras una corta vacilación.

Karabin hizo un ademán que incluía a Foxá, Malerba y a mí.

—En tal caso, ¿damos por cerrada nuestra pesquisa?

Raquel Auslander le lanzó una mirada suspicaz.

—Es excesivo llamarla así —volvió a dudar un momento—. Acudieron al pabellón más en calidad de testigos que de otra cosa.

—Naturalmente —Karabin se mostraba inseguro—. Sin embargo, tengo algunas dudas. Y quizá no sea sólo yo quien las tiene.

Incómoda, la dueña del hotel se tocaba las dos alianzas que llevaba en la mano derecha.

—No entiendo qué pretende decir.

El doctor parecía buscar las palabras adecuadas.

—Hay aspectos poco claros —dijo al fin— en el desdichado accidente del pabellón.

Emitió Pietro Malerba una risa vulgar. Tenía un vaso de whisky en las manos y entornaba los ojos con gesto agrio.

—¿Volvemos a que podría no ser un suicidio?

—Yo no digo nada, excepto lo que he dicho.

El productor gruñó, hastiado.

—Usted encontró en el pabellón lo mismo que los demás. Todo estaba a la vista.

—Menos lo que podría no estar —el doctor me señaló, preocupado—. Algunas observaciones hechas por este señor me inquietan un poco.

Soporté impasible el escrutinio general. De pronto, todos nos mirábamos cual si fuéramos sospechosos.

—En cualquier caso, es asunto de la policía —dijo Hans Klemmer.

Era corpulento, sanguíneo, con unos ojos azul claro idénticos a los de su esposa. Una cicatriz horizontal le cruzaba la mejilla izquierda: la inequívoca marca estudiantil de las antiguas universidades alemanas. Me pregunté, no sin malicia, qué habría hecho durante la última guerra.

—La policía —insistió con evidente fe germánica en las instituciones.

—Tardará días en llegar —objetó Karabin—. Además, por mucho que procuremos retrasarlo, el cuerpo de esa pobre mujer entrará en descomposición.

—Dios mío, no lo había pensado —gimió Najat Farjallah.

Se había puesto pálida. Malerba le dirigió una sonrisa de aliento.

—Leyes de la naturaleza, querida. Polvo al polvo, con una fase intermedia bastante desagradable.

—¿Y qué sugiere, doctor? —inquirió Foxá.

Karabin miraba a la señora Auslander.

—No soy médico forense, pero estoy capacitado para un estudio más minucioso.

—¿Autopsia? —preguntó ella.

—No llego a tanto, aunque podría comprobar algunos detalles complementarios.

—¿Sobre el suicidio?

—Sobre lo que haya ocurrido.

Siguió una tensa pausa. Paco Foxá contemplaba una pared como si esperase ver aparecer en ella signos nefastos; los Klemmer se cogían de la mano; Malerba había sacado un cigarro y le daba vueltas entre los dedos sin decidirse a encenderlo; y junto a él, sentada en el borde del sofá que ambos ocupaban, la Farjallah miraba en torno con suspicacia.

—¿En qué se basa, doctor? —quiso saber Foxá.

—No me baso en nada. Sin embargo, hay detalles...

Quiso dejarlo ahí, pero el otro insistió.

—¿Raros?

—No sé. Detalles, en fin. Cosas que no encajan —se dirigió a la señora Auslander apelando a su buen criterio—. Y que tal vez no sea lugar ni momento para plantear.

—Puede que no —comentó ella, prudente.

Demasiado tarde. El desconcierto del salón se había convertido en recelo.

—¿Insinúa usted...? —empezó a decir Klemmer, dando un respingo.

—No insinúo nada —Karabin movía la cabeza—. Sólo me ofrezco para reconocer más a fondo el cadáver.

—¿Y qué hacemos con eso? —inquirió Malerba—. ¿Cuál es la diferencia?

—Aconsejo...

—Quien aconseja no suele ser el que paga.

Reinó otro silencio incómodo. Fue Paco Foxá quien acabó rompiéndolo.

—La diferencia es saber si Edith Mander realmente se suicidó o si alguien más intervino. ¿Es lo que intenta decir?

—No con esa brusquedad —repuso Karabin.

El español sonrió con impertinencia. Me parecía el suyo un aire demasiado ligero, en tales circunstancias. Cual si la muerte de una mujer en el pabellón de la playa le pareciera un incidente menor.

—Pero se refiere a eso.

Ni el doctor ni ningún otro dijimos nada. Foxá nos miró a todos hasta acabar deteniéndose en la señora Auslander.

—La cuestión, en tal caso —señaló—, es que esperar de brazos cruzados el fin del temporal no sería conveniente —en este punto hizo una pausa más bien dramática—. Me refiero a si el responsable de la muerte fuese uno de nosotros.

Brotó un coro de protestas. A la Farjallah le temblaban las pulseras de excitación.

—¿Uno de nosotros? ¡Válgame Dios! —cristiana libanesa como era, se santiguó sin recato—. ¿Creen que es posible?

—Qué mal suena eso —coincidió Malerba, sarcástico.

—¿Un responsable? ¿Aquí dentro? —a Klemmer le había subido un golpe de sangre al rostro. Hizo ademán de levantarse, y volvió a dejarse caer en el sofá—. ¡Es absurdo! No podríamos dormir tranquilos.

—De eso se trata precisamente —argumentó con calma Foxá—. De dormir tranquilos o no dormir.

—Me parece disparatado —opinó el alemán arrastrando las erres, y su esposa asintió, solidaria.

—Quizá no sea un disparate lo que apunta el señor Foxá.

Fue la señora Auslander quien dijo eso, y nos volvimos a mirarla.

—¿Está diciendo...? —empezó a decir Klemmer, pero no siguió adelante, como si lo asustaran sus propias conclusiones.

—Sí. Eso estoy diciendo.

Se mostraba convencida, muy serena, cual si hubiera llegado al término de un largo y prolijo razonamiento.

—Haría falta un policía —sugirió alguien—. Un detective.

—Tenemos uno —dijo Foxá.

Lo dijo vuelto hacia mí, y todos siguieron la dirección de su mirada. Desde el sillón en que me había mantenido inmóvil, callado y al margen, dirigí en torno un vistazo sorprendido al principio, irritado después o con apariencia de tal. En el fondo me sentía halagado; pero eso era asunto mío.

—¿Por qué me miran? —inquirí.

—Sabe muy bien por qué —respondió Foxá.

—Eso es ridículo... ¿Se han vuelto locos?

—Cuando se conoce una serie de hechos, cualquiera puede predecir el resultado. Otra cosa es, a partir del resultado, establecer los hechos.

—¿Y?

—Usted fue Sherlock Holmes.

Abrí la boca lo conveniente, como no dando crédito a mis oídos.

—*Nadie* fue Sherlock Holmes —tras un momento, descrucé las piernas y me ladeé un poco en el sillón—. Por Júpiter. Ese detective no existió jamás. Es una invención literaria.

—Que usted encarnó de modo admirable.

—Eso fue en el cine —me recosté de nuevo y encogí los hombros—. Nada tuvo que ver con la vida real.

—Hiciste quince películas sobre el personaje —apuntó Malerba, divertido.

—¿Y qué, Pietro? Otros actores lo interpretaron también: Gillette, Clive Brook, Barrymore... Hasta Peter Cushing, aunque es bajo y nervioso, acaba de hacerlo. Al menos hubo una docena.

—Pero nadie lo hizo como usted —terció Foxá—. Todos lo recuerdan con su rostro, sus gestos y su voz.

Moví una mano en el aire como para apartar una mosca o una idea.

—Eso no tuvo nada de particular. Me eligieron porque en Hollywood nadie hablaba correctamente el inglés excepto Ronald Colman, David Niven y yo; y sobre todo porque me parecía a las ilustraciones de *The Strand Magazine*, donde Conan Doyle publicó sus relatos.

—Pocos recuerdan esas ilustraciones —comentó Hans Klemmer—. Las ediciones modernas no suelen traerlas.

—Tenemos una edición facsímil en la sala de lectura —dijo la señora Auslander—. En el estante más alto de la librería, junto a las novelas de Remarque y Colette.

—Novelas o películas —insistió Foxá—, el hecho obvio es que el rostro que se asocia con unas y otras es el suyo, Basil.

Yo había recobrado la flema.

—Nada hay más engañoso que un hecho obvio —dije.

Tras decir eso arrugué la frente, como sorprendido de mi propio comentario. Después me removí en el sillón, aparentando incomodidad, antes de cruzar las piernas de nuevo. Mis zapatos de ante marrón aún tenían adheridos granos de arena.

—¿Ves?... No puedes evitarlo —se echó a reír Malerba—. Te guste o no, eres el detective por excelencia.

Negué con la cabeza.

—Te equivocas —dije con la aridez adecuada—. Sólo aparenté serlo durante cierto tiempo.

—Casi veinte años.

—Quince, para ser exactos: los transcurridos entre *Un escándalo en Bohemia* y *El perro de Baskerville*... Precisamente porque me harté de parecerlo, o se hartó el público, o nos hartamos todos, se fue apagando mi carrera.

—Puede que se hubiera apagado igual —opinó Malerba con ecuánime crueldad—. Vivimos otros tiempos.

—Sí, es posible.

Permanecí callado, consciente de sus miradas. Pensando en lo que acababa de decir. Es imposible expresar lo que siente un intérprete encasillado al que atan a la espada y al caballo; o, en mi caso, a la pipa, la lupa y el elemental, querido Watson. Ansioso de recordar al mundo que, ante todo, es un buen actor.

Nadie apartaba los ojos de mí.

—Se equivocan conmigo —dije al fin.

Sonrió Paco Foxá, cortésmente irónico.

—¿Está seguro de eso?

—Por completo. Cuando ven a un personaje en la pantalla, en realidad no lo ven a él, sino a un actor haciendo lo que mejor sabe hacer, que es actuar.

—Lo observé cuando estábamos en el pabellón —dijo el español—: cómo estudiaba el cadáver, la cuerda rota, las huellas en la arena... Y en ese momento no tenía una cámara cinematográfica cerca. No estaba actuando. Sin embargo, se comportaba como Sherlock Holmes.

—Es cierto —confirmó Malerba, que lo pasaba en grande.

—Ridículo —repetí.

—No, en absoluto —volvió Foxá a la carga—. ¿Vio *La ventana indiscreta*?

—¿La de Hitchcock?

—Ésa. El protagonista mira, ve, reacciona. Un proceso mental que parte de elementos visuales. Se vuelve detective sin pretenderlo.

—¿Y a dónde quiere ir a parar con eso?

—A que ignoro cuánto caló en usted el detective de sus películas, ni de qué manera influyó en su personalidad. O tal vez fue usted quien marcó al personaje... Pero eso no importa ahora. Quien hace unas horas se encontraba en el pabellón no era el actor Hopalong Basil, sino el detective del 221B de Baker Street: el hombre que nunca existió y nunca murió.

Paseé la vista por el salón. Me contemplaban admirados, y lo cierto es que yo mismo estaba empezando a entrar en situación, como si acabaran de encender los focos y oyese el suave rumor de la cámara rodando. La idea me suscitó una sonrisa que pude reprimir a tiempo. Mi proverbial flema británica. Aun así decidí mantenerme silencioso, cruzados los dedos bajo la barbilla, para prolongar el efecto de aquel agradable estímulo. No había disfrutado tanto, lo confieso, desde el rodaje de *El perro de Baskerville*.

—No contamos con nadie más —insistía Foxá—. Seguiremos aislados del mundo durante unos días, sólo lo tenemos a usted y alguien debe recopilar los datos para cuando venga la policía.

—Suena razonable —dijo el doctor Karabin.

—Quizá lo sea —convino la señora Auslander.

Todos expresaron su conformidad, incluso los Klemmer.

—Supongo que nada perderíamos con probar —resumió Malerba, malévolo.

Aparenté haber perdido la paciencia. Al fin y al cabo sé comportarme en un plató de rodaje o un escenario. Me puse en pie con cierta brusquedad, abroché el botón superior de la chaqueta, estiré mis largos huesos e hice ademán de irme, digno y sobrio.

Malerba me retuvo por un brazo.

—Venga, Hoppy... Sé razonable.

—No me llames así, diablos.

—Vamos, siéntate, hombre.

Me senté a regañadientes. Malerba se dirigió a los otros.

—No le falta razón —concedió—. Siendo serios, la verdad es que suena a disparate. Es sólo un actor. Excelente, desde luego; pero sólo eso.

—También este lugar era sólo un hotel hasta que esa mujer apareció muerta —opinó Karabin.

—Eso es verdad —convino Hans Klemmer.

—Y ahora es la isla de los diez negritos —apuntó Foxá, frívolo.

—¿Qué podemos perder?

La Farjallah emitió una risilla nerviosa. Después me dedicó un pestañeo de admiración.

—¿No es fantástico, Ormond? Parece que hayamos entrado en una película.

—La magia del cine, querida —se burló Malerba, que no me quitaba ojo.

Eché atrás la cabeza en el respaldo del sillón, desentendiéndome.

—Lo he visto, ¿comprenden? —argumentaba el irreductible Foxá—. Cómo miraba cuando estábamos en el cobertizo de la playa.

Karabin seguía de su parte.

—Es cierto. Yo también me fijé. Su actitud mientras examinaba la cuerda rota.

—Y eso no era cine.

Ahora el silencio fue largo. Todos estaban pendientes de la señora Auslander, que emitió un suspiro dubitativo. Luego hizo un gesto de asentimiento. Entonces todos aplaudieron como si aquello fueran los créditos de una película y Malerba soltó una carcajada.

—Inténtalo, Sherlock —dijo.

Yo seguía necesitando con urgencia una copa, o más de una, para digerir aquello. De vez en cuando dirigía miradas hacia el bar como quien contempla una tierra prometida e inalcanzable, pero mi cabeza estaba fría como nunca en mucho tiempo. En atardeceres brumosos iluminados por lámparas de gas, recordé, proporciónenme problemas. Denme los más complicados criptogramas o el más intrincado análisis y me encontraré en mi ambiente. Podré prescindir de estimulantes artificiales y de ese violín que en realidad detesto. Odio, Watson, la estúpida monotonía de la existencia.

—Es imposible —dije.

Estaba con las manos en los bolsillos ante los escalones de la terraza que daba al jardín y al sendero que conducía a la playa. Miraba hacia arriba, en dirección a los restos del templo griego donde el viento sonaba lejano, curvando las estilizadas copas de los cipreses. La colina, interpuesta entre el hotel y el vendaval, daba resguardo a los olivos y buganvillas del jardín, donde no se movía una hoja ni una flor. Allí chirriaba, monótono, el canto de las cigarras.

—No perdemos nada por intentarlo —dijo Foxá con suavidad.

Hice un gesto ambiguo y sostuve entre los dedos el purito que aún no había encendido.

—Yo no soy un detective.

—Usted es el detective por excelencia —mi interlocutor parecía convencido—. De hecho, cuando la mayor parte de la humanidad piensa en uno, éste tiene sus rasgos. O quizá los de Humphrey Bogart. Pero aquí no tenemos un Bogart a mano.

—Insisto en que... Por Júpiter. No es mi trabajo. Mi responsabilidad.

—Véalo de otra forma. A falta de un detective real, y con todas esas películas en su biografía, posee más experiencia que ninguno de nosotros. Por otra parte, se trata menos de una investigación policial que de actuar como referencia de autoridad. Algo simbólico. Sólo tres o cuatro días, mientras pasa el temporal y las cosas se aclaran.

Me puse el purito en la boca, saqué la lata y le ofrecí uno. Lo tomó, inclinando el rostro mientras yo encendía los dos.

—Ironía, Holmes —añadió mientras dejaba salir el humo—. Piense en la ironía. En realidad, a usted lo contrata un cadáver.

Me agradó la idea. Pese a lo absurdo, me había agradado desde el principio. Otra cosa era el público.

—Supongo que todo es cuestión de apariencia —admití.

—Todo, Basil. Ahora el único aval reside en la apariencia. Sherlock Holmes no saldría hoy en la televisión por ser famoso. Sería famoso por salir en ella.

Me volví brevemente hacia la puerta del salón, pensativo. Foxá hizo una mueca de aliento.

—Fue fácil, ¿no se da cuenta? En el fondo lo desean. Su designación los tranquiliza.

—Los divierte, me temo.

—No —insistió—. Los tranquiliza. Creen de verdad que la uña de un pulgar, la ceniza de un cigarro, el cordón de un zapato pueden desentrañar un enigma... Es curioso que nos agarremos a lo que sea con tal de no encarar el lado turbio de las cosas.

Hice la pregunta que había reservado hasta ese momento.

—¿Y si no fue un suicidio?

Me contempló con calma y tardó en hablar de nuevo.

—De eso se trata. De que podría no haberlo sido.

—No comprende la situación, creo... ¿Y si hay entre nosotros un asesino?

Seguía estudiándome, inusitadamente grave.

—¿En serio lo piensa?

No respondí. Tras un momento, miré la brasa que humeaba entre mis dedos como si algo no me convenciese del todo en ella, en el humo o en el cigarro mismo.

—Habitación cerrada —dije otra vez, y Foxá asintió como lo había hecho en el pabellón de la playa.

—Está disfrutando con esto —dijo de pronto—. Reconózcalo.

Quise salirme por la tangente.

—Disfrutar no es la palabra exacta.

—Estoy seguro de que en su caso es adecuada.

—Sólo un poco —admití.

Me arrepentí en cuanto lo dije. Seguí mirando el cigarro, dubitativo.

—Bueno, ha muerto una mujer —añadí con repentina brusquedad—. Ha muerto de verdad, y quizás asesinada.

—Me gusta oírle decir eso. Cuando admite la posibilidad de un crimen.

—Oh, por Júpiter.

—Vi cómo lo miraba todo en el pabellón.

—¿Y qué?

—No puede evitar ser quien es. Tiene aquello, indefinible, que obliga a seguir mirando al actor aunque no diga nada: el carisma de un personaje de leyenda.

Colgado el cigarro humeante de los labios, yo contemplaba el jardín con aire absorto. Presté atención al canto de las cigarras, que parecía transmitir alguna clase de mensaje cifrado: *Al-co-hol*, sonaba. *Al-co-hol*. Un runrún monótono y añejo que para mí había empezado en serio dos años después de pasar de los teatros de Londres a Hollywood. En esa época aún no había comprado una casa en Pacific Palisades, ni soñaba con hacerlo: Errol Flynn tenía sus broncas con Lili Damita, Dave Niven se hallaba en plena euforia triunfadora, los tres habíamos alquilado juntos la casa de Rosalind Russell en el 601 de North Linden Drive, y llevábamos una vida de solteros desaforadamente etílica: del Trocadero al Chasen's, el Brown Derby, el Doc Law's y otros sitios similares, incluidos todos los antros del Boulevard. Había empezado así, para mí, un tiempo de mucho vino y pocas rosas, donde lo más seco que había ingerido eran los excelentes martinis secos que preparaban en su casa Clark Gable y Carole Lombard.

Dio Foxá dos pasos para situarse ante mí, forzándome a mirarlo.

—Tiene más condiciones de las que supone para hacer este trabajo. Le repito que vi todas sus películas.

Yo seguía con el cigarro en la boca, los ojos entornados por el humo.

—¿Y qué relación tiene eso con esta isla? ¿Con nosotros, ahora?

Pareció reflexionar sobre ello. Después hizo un ademán resignado y se metió las manos en los bolsillos.

—Cuando todavía escribía novelas-problema, casi todas eran variantes de soluciones inventadas por otros. Los autores solemos copiarnos los recursos sin demasiados escrúpulos.

—Insólita confesión —apunté.

—No hay nada que confesar. El propio Conan Doyle tomó préstamos de Edgar Allan Poe y de Gaboriau, entre muchos.

—¿Trucos viejos dentro de trucos nuevos?

—Exacto. Recuerde a Pascal: *Que nadie diga que no soy original: la disposición de los materiales es nueva...* Tenga en cuenta que Agatha Christie inventó prácticamente todas las situaciones imaginables y que Ellery Queen las llevó hasta el límite... ¿Los ha leído a los dos?

—Sí, por supuesto.

—Bajo su influencia, hasta el final de los años treinta se publicaron miles de novelas con enigma. Eso liquidó el género. Esclarecer un crimen mientras se beben tazas de té, como quien juega al ajedrez o resuelve un crucigrama, suena hoy blando. La novela que llamamos negra, más innovadora, arrinconó los enigmas elegantes.

—Es verdad —admití.

—Pues claro que lo es. Como le dije, el lector ya no resulta fácil de sorprender: exige detectives con gabardina, tipos violentos y bajos fondos. Se acabó que el criminal nunca gane y en el capítulo final, después de que el investigador enumere una serie de conclusiones más o menos pedantes y a menudo poco fundadas, confiese «sí, fui yo»... Me refiero a llevar el problema a un terreno matemático y resolverlo ahí.

—Comprendo a lo que se refiere. Ahora la investigación es sólo un pretexto, ¿no?

—Sin duda. Sam Spade y Marlowe ridiculizaron a Hércules Poirot o Philo Vance. Por eso los autores emigran al policial íntimo y social, como Simenon con su comisario

Maigret que tanto huele a Balzac, leen a esa turbia norteamericana, la Highsmith, con sus personajes de sexualidad confusa, o se abrazan a lo negro simple y duro, con policías más corruptos que los delincuentes a los que persiguen. Y si eso ocurre con las novelas, imagine el cine. El público prefiere temblar a pensar.

—El público siempre fue así. Recuerde los relatos de Fantomas y Rocambole, o las películas con Boris Karloff y Bela Lugosi.

Me miró interesado Foxá.

—¿Los conoció?... ¿Al monstruo de Frankenstein y a Drácula?

—Sí, claro. A los dos.

—¿Eran tan terribles como en la pantalla?

—Oh, no. Ligeramente trastornados, pero adorables.

Se mostró complacido mientras volvía al asunto.

—Pero ahora, Basil, el público va tan lejos y tan rápido que ni Sherlock Holmes puede alcanzarlo. Usted...

Se detuvo ante mi sonrisa. Con mucha calma concluí su frase.

—Soy un buen ejemplo, quiere decir.

—Sí, en cierto modo —admitió con un titubeo.

—Funerales por Sherlock Holmes —comenté con melancolía—. El *thriller* ha matado el escalofrío intelectual.

No respondió a eso. Esquivaba mis ojos cual si creyera haber ido demasiado lejos. Lo tranquilicé moviendo una mano con ademán amable. Muy holmesiano.

—¿Sabe, Basil? —dijo tras un momento—. Quizás esté cansado de ganarme la vida con detectives privados turbios, policías corruptos y rubias peligrosas. Por eso me atrae la idea de regresar a la novela-problema en esta extraña isla. Reivindicar la investigación criminal inteligente frente a la moda impuesta por el cine americano y la novela negra.

—Pero usted escribe inspirándose en esa última.

—Una cosa es ganarse la vida y otra lo que a uno le apetece hacer.

—¿Y ahora le apetecen Poe y Conan Doyle contra Hammett y Chandler?

—Considérelo así... Y eso que Hammett y Chandler son endiabladamente buenos.

Sonreí, divertido.

—¿William Powell o yo mismo —insistí— contra Bogart, Garfield o Cagney?

—Exacto. Porque en tiempos de antihéroes de gabardina y espías tras el telón de acero, el héroe victoriano de Baker Street sigue siendo válido y posible. Usted le confirió dignidad personal, encanto y prestigio. Su elegante apariencia. Por decirlo de algún modo, hizo que los espectadores confiáramos en él.

Mantuve mi atención en las cigarras del jardín.

—En un drogadicto sociópata.

—No exagere.

—En absoluto. No todo es tocar el violín, utilizar una lupa y fumar tabaco fuerte en pipa. Recuerde las inyecciones de cocaína al siete por ciento.

Hizo un ademán evasivo.

—Siempre hay un envés en cualquier trama. Pero aun así, Holmes conforta más que esos investigadores con una botella de whisky en el cajón del escritorio, que tanto se parecen a nosotros mismos. ¿No cree?

—Es posible.

—Es más que eso. En la pugna entre el bien y el mal, las novelas de Conan Doyle respiraban un candor inteligente. En ellas se daba un pacto entre el autor y el lector, que de algún modo renunciaba a su realidad adulta y su sentido crítico.

—Comprendo. Me habla de lectores que no dejaron atrás su infancia.

—O que desean recuperarla.

—¿Jugando a detectives?

—Sí.

—Dios mío —lo miré con asombro—. Es un romántico.

—Sólo cuando estoy de vacaciones y me abandona una mujer.

Sonreí al oír aquello.

—Creo que ustedes los novelistas dan demasiada importancia a las mujeres, convirtiéndolas en fascinantes enigmas. Si cada una de ellas les costase un millón de dólares por divorcio, las verían de una manera más vulgar.

—Tal vez se refiera a las norteamericanas.

—Oh, sí. En muchos aspectos ellas son mejores que las inglesas o las francesas, pero a la larga suelen salir más caras.

Di otra chupada y expulsé despacio el humo.

—En cuanto a lo de que te encasillen como actor —proseguí—, yo llegué a odiar a Sherlock Holmes, ¿comprende?... Entendí por qué su autor quiso deshacerse de él en las cataratas de Reichenbach. Nadie me daba otros papeles, y cuando dejé de interpretarlo terminó mi carrera. Sólo me ofrecieron secundarios en películas de poca clase.

Apuré el resto del cigarro hasta casi quemarme las uñas, miré en torno y, tras apagarlo con delicadeza en el borde de una maceta, dejé la colilla dentro.

—Permítame contarle algo —continué—. En una ocasión, la única de mi vida, me negué a firmar autógrafos a unos chicos que me los pedían. Iba por la calle y me llamaron: «Un autógrafo, señor Holmes». Me quedé mirándolos. «¿Cuál es mi verdadero nombre?», les pregunté. «Sherlock Holmes», respondieron. Me ofrecí a firmarlo como Hopalong Basil y se negaron. Entonces los mandé al diablo.

Hice una pausa corta y triste.

—Aún siento remordimientos por aquello, ¿comprende?

—Sí, claro.

Permanecí un momento callado. En el jardín, las cigarras seguían a lo suyo.

—¿Por qué su interés en esto?

—Fui lector de buenas novelas policíacas —respondió Foxá— antes de escribir las mías, rentables y mediocres. Y, como dije, ávido espectador de sus películas.

Hizo una larga pausa, cual si estuviese atento a los sonidos del jardín.

—Ahora estoy aquí, sin pareja —añadió al fin.

Contemplé su aspecto apuesto, tan meridional, entre simpático y canalla. Sin duda, concluí de nuevo, agradaba a las mujeres.

—Parece poco acostumbrado a estar sin compañía.

Se le atravesó una sonrisa lenta, cínica.

—No es mi estado habitual, si a eso se refiere. En todo caso, empezaba a aburrirme.

—Tal vez mató a la señorita Mander —dije fríamente—. Para entretenerse.

Me sostuvo la mirada, acentuando la sonrisa.

—Quizá lo hice. Tendemos a pensar en el crimen como algo difícil de emprender, pero es la cosa más sencilla del mundo. Más difícil resulta cocinar un estofado de ternera.

Sonreí a mi vez.

—Es posible.

—Existen tantas probabilidades de que haya sido yo como cualquier otro. ¿No le parece excitante la idea de un crimen sin móvil?

Estudié sus zapatos, sus manos, su chaqueta. Al fin me detuve en los ojos. Demasiado abiertos, pensé. Demasiado inocentes a ratos. Era aquélla una extraña mezcla de aplomo y admiración. De pronto me encontré pensando que me habría gustado saber español para leer alguna de sus novelas de kiosco y estación de ferrocarril. Los detalles pequeños, opinaba Sherlock Holmes, son mucho más importantes que los grandes. Paco Foxá, deduje, era más de lo que aparentaba ser. Pero al fin y al cabo también yo lo era.

—¿Le gusta jugar? —pregunté.

Me observó con atención y luego se volvió hacia el rumor de las cigarras. Movía los dedos levemente, cual si pulsara las teclas o las cuerdas de un instrumento invisible.

—Todo es juego —dijo—. Y lo que no puede convertirse en eso no merece la pena. *Homo ludens*, ya sabe... Ocurre con el cine y con la literatura. En mi opinión, cuanto más fieles a la ficción son los relatos que apelan a un pacto cómplice con el lector, más valiosos se vuelven. Demasiada realidad acaba traicionándolos.

—Es posible.

—Por eso desconfío de lo que ahora llaman *cinéma vérité*. ¿Y usted?

—En eso tiene razón. El cine sólo es de verdad cuando no pretende serlo. Cuando es mentira.

—Como mucha de la mejor literatura.

Una racha de viento más intensa mugió lejana, en la colina, atrayendo nuestras miradas hacia los cipreses que se movían en lo alto. El sol declinante rozaba sus estilizadas lanzas. Eran dos paisajes distintos bajo un mismo cielo: uno, arriba, agitado por la furia de los elementos; otro, abajo, apacible y sin un soplo de brisa. Un lugar tranquilo de olivos, flores, insectos y enigmas por resolver.

—Imaginemos por un momento —dije— que por un raro azar deduzco que no fue un suicidio y que hay un criminal. ¿Qué pasaría entonces? ¿Con qué autoridad utilizaríamos mis conclusiones?

Me estudió de arriba abajo. Yo tenía una mano en un bolsillo de la chaqueta, con elegante descuido, y adiviné lo que pensaba: Sherlock Holmes de vacaciones, una isla, un hotel, un caso para Poirot, Ellery Queen o Philo Vance. Tal vez no fuese descabellado en el fondo.

—Bueno —consideró—. Somos temporalmente una pequeña comunidad. Y una comunidad tiene normas, capacidad coactiva... Pero eso no es lo importante —indicó el salón a nuestra espalda—. Hace un rato todos entendieron que no se trata de satisfacer la justicia, sino la curiosidad. Así que olvide el aspecto policial del asunto, incluso la tragedia misma, y véalo como un ejercicio privado. Uno de esos pasatiempos de salón a base de tablero y fichas.

—¿Un juego de sociedad, como el Cluedo?

Se me quedó mirando penetrante, para establecer mi grado de sarcasmo. Al cabo sonrió como con retardo.

—Queremos saber, y usted puede ayudar. Eso es todo. Tal vez desde ese punto de vista se libere de las trabas morales.

Moví la cabeza.

—No tengo trabas morales.

—Tampoco Holmes las tenía.

Sonreí, recordando.

—No hay ética en esto, Watson. Sólo la caza.

Abrió mucho la boca, admirado.

—¡Dios mío!... Eso lo dijo usted en *La liga de los pelirrojos.*

—Sí. Aunque no era de Conan Doyle, sino del guionista de la película.

—¿Ve?... Hasta recuerda frases enteras.

—Es natural, hombre. Tener memoria va incluido en mi profesión de actor.

Nos quedamos callados, mirándonos. Al cabo hice un ademán ambiguo.

—La cuestión es que, incluso asumiendo lo absurdo de la situación, no sé por dónde empezar.

—Venga, Basil —insistió alentador—. Estoy seguro de que sí sabe. Tiene un cadáver y cierto número de posibles sospechosos. También, y es lo más atractivo, un enigma policial clásico. ¿Le suena todo eso?

—Volvemos al cuarto cerrado —respondí.

—Literalmente. O sea, al enigma por excelencia.

—Sólo había huellas de ida.

Advertí que lo agitaba un ramalazo de júbilo.

—Sé que se fijó en eso. ¿Cómo lo explica?

—Los signos pueden utilizarse para insinuar la verdad igual que para mentir —lo pensé un poco más—. O Edith Mander fue sola al pabellón, o alguien estuvo allí con ella y después borró su propio rastro.

—¿La arena?

—El viento soplaba en la playa, pero no entre el pabellón y el hotel.

—Exacto.

—Los asesinos no tienen alas.

—No, excepto los vampiros.

Me eché a reír. Era agradable conversar con él. Compartir sus guiños.

—Eso pertenece a otra clase de novelas.

Estuvo pensándolo un momento. Después me apuntó con un índice al corazón y luego a la cabeza.

—Sea sincero conmigo, Basil. Diga con franqueza si esto le hace cosquillas ahí dentro.

—¿Si me estimula?

Me observaba, irónico.

—Claro —dijo.

—Necesitaría un poco de niebla. ¿No le parece?... Es un extraño incidente.

Se detuvo en eso. Movía la cabeza.

—Los asesinos acechan en la niebla como el tigre en la jungla —comentó, pensativo.

Reí de nuevo. Eso me lo había oído decir en otra película.

—Pero no tenemos niebla —añadió de pronto, como cayendo en ello.

Asentí, críptico.

—Ése es el extraño incidente.

El sol se ocultaba ya tras la colina, el cielo en torno a ella empezaba a enrojecer y el contraluz recortaba nuestras siluetas, supongo que dándoles el aspecto de una estampa clásica. Realmente debíamos de parecer una ilustración del *Strand*.

—Sin niebla nada es lo mismo —alcé el rostro mirando hacia el extremo del jardín, con una vaga sonrisa—. Pero me las apañaré.

—¿Significa eso que acepta?

Moví los hombros, estoico, y saqué otro purito: el octavo del día. Foxá me acercó un fósforo encendido. Di una honda y pensativa chupada, dejando salir despacio el humo por la boca entreabierta y las fosas nasales. Pensaba en docenas de botellas de whisky con el precinto intacto. En paraísos perdidos y otros estragos. En la época en que ganaba ocho mil dólares a la semana y el maître del Stork Club de Nueva York me daba mesa al verme dejar abrigo y sombrero en el guardarropa, aunque no tuviera reserva.

—Esas huellas en la arena.

Lo dije como si hubiera estado aguardando la señal para hacerlo: luces, motor, acción. Quizá todo el rato no hice sino desear que me convencieran, pensé. O justificar el dejarme convencer.

—Necesitará un Watson —apuntó Foxá.

Sonreía cómplice, cual si eso estuviese resuelto: un ayudante dispuesto a serlo. Yo no tenía escapatoria, ni en verdad lo deseaba. *In and out of character*, decíamos los actores británicos. Y eso era exactamente lo que ocurría. Llevaba un buen rato dentro; más de lo que ellos suponían. Los personajes vienen, te habitan y se van, me había dicho Douglas Fairbanks —me refiero al hijo— cuando rodábamos *Noches de Montecarlo* con Fred Astaire y Claudette Colbert. Pero el buen actor permanece.

72

—Deduzco que ha estado usted en Afganistán —dije.

—Sí —respondió con toda naturalidad—. Una bala jezail me hirió en la batalla de Maiwand.

Nuestras carcajadas sonaron al unísono. Foxá parecía feliz.

—Estoy seguro de que también conseguiremos un profesor Moriarty —añadió.

—Nos las arreglaremos, ya verá —respondí—. No sería la primera vez que, en la misma función, un actor interpreta dos papeles.

3. El misterio de la cuerda rota

—No veo nada.
—Al contrario. Usted lo ve todo. Pero no
es capaz de razonar a partir de lo que ve.
El carbunclo azul

Antes de la cena conversé con Spiros, el camarero. Se trataba, como apuntó Paco Foxá oportunamente, de un cabo suelto que convenía atar antes de seguir la pesquisa. Así que, con autorización de la señora Auslander, en su presencia y la de Gérard, el encargado, nos reunimos con Spiros en el despacho de la dueña del hotel.

El camarero hablaba un inglés desenvuelto. Era moreno, delgado, bien parecido: pelo crespo, manos de campesino, ojos tranquilos. Tenía el aspecto físico, un poco descarado, de tantos jóvenes mediterráneos que merodean por hoteles y restaurantes a la caza de extranjeras que solucionen su vida durante unos días o una temporada; pero yo lo había visto trabajar y lo tenía por un muchacho eficiente y serio. También la señora Auslander y Gérard parecían estimarlo. Ella estaba sentada tras su mesa cubierta de papeles y bandejas con documentos, junto a la que había un gran archivador de madera y un carrito con una máquina de escribir. Gérard estaba en pie a su lado, y Paco Foxá y yo ocupábamos sillas contiguas a la radio Hammarlund que, a falta de línea telefónica, servía para comunicar con Corfú.

Aquella especie de comisión investigadora con aspecto de tribunal no impresionaba al joven, que permaneció erguido, las manos a la espalda en posición de descanso casi militar. Sereno y sin mostrar inquietud.

—Gracias por atendernos, Spiros.

—Estoy a su disposición.

En tono amable formulé algunas preguntas que respondió con naturalidad: su impresión sobre Edith Mander, el comportamiento de ella en los días anteriores a su muerte y otros detalles. Las había atendido a ella y su amiga como a los demás clientes del hotel, sin advertir nada raro. Las dos se comportaban de modo convencional. Eran turistas inglesas iguales a tantas otras.

—Atractivas, cuando menos —apunté con la adecuada suavidad.

Spiros miró a la señora Auslander y a Gérard. Por un instante, su expresión me hizo pensar en un zorro joven que olisqueara una trampa.

—No de manera especial —respondió con calma—. Hay muchas así.

Procuré que mi pregunta sonara inocente. Por lo general, la gente no responde a lo que se le dice, sino a lo que cree que estás pensando cuando se lo dices.

—¿Muchas?

El joven se encogió de hombros.

—Trabajo en hoteles y restaurantes desde los catorce años.

—¿Y qué edad tienes ahora?

—Veinticinco.

—Comprendo. Has visto de todo.

—Algo he visto, señor.

Lo estudiaba yo atento, con la sonrisa apropiada.

—Tengo entendido que le eras simpático a la señorita Mander.

—Es posible.

—¿Debido a algo en concreto?

—Tendría que habérselo preguntado a ella, señor.

La dueña del hotel creyó oportuno intervenir.

—Este joven —dijo— suele caer simpático a las señoritas y a las señoras. Por eso trabaja aquí, entre otras razones. Pero sabe cuál es su lugar... ¿No es cierto, Spiros?

—Lo sé, señora Auslander.

Asentí procurando hacerlo con aire distraído, cual si pensara en otros asuntos.

—Dime una cosa, Spiros. ¿Nunca se dirigió a ti en privado Edith Mander?

Frunció un poco el ceño el camarero. De pronto se mostraba indeciso.

—Creo que no comprendo la pregunta.

—¿Nunca hablasteis fuera del restaurante o el bar?

—En absoluto, señor.

—¿Nunca os visteis a solas?

Tardó un instante en responder.

—Por supuesto que no.

—No sé si me gusta esta conversación —comentó la señora Auslander.

Me había recostado en la silla, cruzados los brazos. La interrupción de la dueña del hotel había desvanecido una idea fugaz, imprecisa, que me rondaba la cabeza.

—Lo comprendo —dije—. Pero hay aspectos que conviene establecer con claridad. Sin lugar a equívocos.

—Tal vez yo pueda aclararlo más —intervino Gérard.

Hasta ese momento ni él ni Foxá habían despegado los labios, y me volví a mirarlo. Estaba vestido con el smoking de trabajo, tan formal como solía. El pelo gris ligeramente ondulado tras las orejas, el bigote y el diente de oro a un lado de la boca le daban aspecto de antiguo rufián de cine mudo. Una especie de George Raft pasado de moda, circunspecto y elegante.

—Uno de mis cometidos es controlar a los empleados —dijo con sencillez—. Y tanto Spiros como Evangelia son de comportamiento intachable. En lo que a la se-

ñora Mander se refiere, es cierto que observé... Bueno...
—dudó en busca de las palabras adecuadas, con su marcado acento francés—. Digamos cierta simpatía hacia Spiros.

—Simpatía —repetí, pensativo.

—No lo interprete mal, señor —el diente de oro emitió un pequeño destello—. No es la primera cliente con la que ocurre algo así. Pero, como en casos anteriores, el chico se comportó con absoluta corrección. No he visto en él nada que no sea irreprochable —miró brevemente al camarero, que escuchaba sereno—. Y no es sólo que sea un buen muchacho. Sabe que, a la menor inconveniencia, sería despedido.

—En el acto —apuntó la dueña del hotel.

Trasladé mi atención a Gérard.

—¿Y usted? —pregunté tras un corto silencio—. ¿Advirtió algo destacable en la conducta de la señora Mander con otros huéspedes?

El encargado se tocó el nudo de la pajarita negra.

—Nada en particular, señor.

—¿Se relacionaban con alguien más, ella o la señora Dundas?

—No, que yo sepa. Fuera de buenos días, buenas tardes o buenas noches, apenas las vi hablar con los demás.

—¿De verdad no recuerda a nadie?... Es importante.

—Ya lo he dicho, señor.

—¿El matrimonio Klemmer? —sugirió Foxá—. ¿El doctor Karabin, tal vez?

—Me temo que no.

—Díganos, por favor —intervine—, qué le pareció la relación entre ellas dos.

—Excelente, diría. Cómplice, si me permite el término. Quizá más expresiva y de mejor humor la señora Mander, más callada la otra. Con el servicio y conmigo eran frías y correctas.

—Muy inglesas —sonreí.

—Eso quería decir.

—¿Algún detalle adicional que pueda sernos útil?

—Me parece que no. En los días que pasaron aquí todo fue como le digo —se quedó callado, pensando—. Sólo una vez...

Lo observé con renovado interés.

—¿Sí?

Dudó un segundo.

—No creo que sea...

—Veámoslo.

Aún pareció pensarlo un momento.

—Como sabe —dijo al fin—, suelo tocar el piano a última hora, en el salón bar.

—¿Y?

—Anoche, cuando los huéspedes estaban allí después de la cena, incluido usted, una de las dos señoras vino a pedirme una melodía determinada.

—¿Nunca lo habían hecho antes?

—No, y por eso me acuerdo. Me sorprendió un poco. La señora se mostraba sonriente, animada.

—¿Algo bebida? —quiso concretar Foxá.

—Animada, como digo.

—¿Y cuál de ellas fue?

—Pudo ser una u otra, no me fijé bien —inclinaba el rostro, indeciso—. Aunque diría que la señora Mander.

—¿Y qué melodía era?

—*Fascinación*. La toqué y eso fue todo. Al terminar, las dos se levantaron y se fueron.

—¿Quiénes estábamos en el bar?

—El doctor Karabin —indicó a Foxá— y el señor. Creo que también el matrimonio Klemmer... Y usted, la señora Farjallah y el señor Malerba.

Me eché atrás en el asiento e hizo un gesto afirmativo. Gérard volvió a tocarse el nudo de la pajarita.

—Precisamente acababan de entrar desde el comedor. *Fascinación*, como digo. Después se fueron retirando poco a poco y dejé de tocar.

—¿Recuerda el orden en que nos fuimos?

Hizo memoria Gérard.

—Creo que primero usted y los Klemmer, y luego el doctor. Puede que el señor Foxá se marchara después que ellos, pero lo hizo antes que el señor Malerba y la señora Farjallah.

—Pero esa melodía la tocó dos veces —recordé.

—No —intervino Foxá, sorprendido—. La tocó sólo una.

Lo corrigió Gérard.

—Tiene razón míster Basil, fueron dos veces... La señora Farjallah me pidió que lo hiciera de nuevo. Para entonces ya sólo estaban allí ella y el caballero italiano.

—La oí desde mi habitación —miré a Foxá—. ¿Usted no?... La suya está frente a la mía.

—No lo recuerdo —el español encendía un cigarrillo—. Seguramente ya estaba dormido.

Fue una cena triste, más bien silenciosa. Vesper Dundas seguía en su habitación, atendida por la señora Auslander, que de vez en cuando subía a ver cómo se encontraba. Continúa dormida, comentaba al regresar, y eso era todo. En el comedor se notaba distinto el ambiente, pues cada cual había tenido tiempo para reflexionar. Apenas nos atrevíamos a levantar la vista de los platos por miedo a parecer impertinentes si mirábamos a los otros comensales. Nada de vestirse para la cena, por supuesto; aquello no era una película de Gregory La Cava. Sólo Gérard lucía su smoking, como Spiros la chaqueta blanca y Evangelia el uniforme azul con delantal. Los huéspedes vestíamos ropa informal, y yo era el único con corbata. No estábamos para usos sociales. Había una sensación general de irrealidad y sospecha, y el comentario inoportuno de Pietro Malerba no contribuyó a mejorar el clima.

—No estará envenenada la sopa, ¿verdad?

Eso le dijo a Evangelia mientras ésta le servía, y la pobre chica miró alrededor, estremecida, pidiendo amparo. Nadie hizo coro a la broma. Desde su mesa, los Klemmer se volvieron hacia el productor cual si desearan fulminarlo, y hasta Najat Farjallah alargó una mano ensortijada para tocarle un codo con callado reproche. Yo, que estaba sentado junto a ellos, no dije nada.

Al terminar la cena, igual que si hubiera un acuerdo tácito, a medida que cada uno se levantaba de la mesa nos fuimos dirigiendo al salón como esperando algo que nadie mencionaba. Los primeros fueron los Klemmer, que se sentaron en butacas junto a la gran puerta vidriera que daba al jardín. Paco Foxá eligió un taburete alto junto a la pequeña barra de bar americano que estaba en una esquina, y el doctor ocupó un sillón cerca de la puerta. La Farjallah y Malerba tomaron asiento en un sofá. Yo permanecí de pie junto al piano, enlazados los dedos a la espalda, consciente de que todos me miraban.

—Si esperan un discurso ridículo, se equivocan —dije en voz alta con mucha flema—. Esto es el mundo real y aquí nadie va a parodiar nada. Hagan su vida, y yo haré la mía.

—Usted... —empezó a decir Hans Klemmer, pero lo dejó ahí. Su mujer le asía una mano, dándole a entender que haría mejor en permanecer callado.

—Yo, en efecto —comenté, pensativo—. Desde luego.

Lo dije inclinando el mentón sobre el pecho, cual si no respondiera a nadie en particular. O como si me estuviera refiriendo a otra cosa. A alguna reflexión íntima.

—Puede que sí, naturalmente —murmuré en el mismo tono críptico.

Los demás me contemplaban silenciosos, y Malerba fue el primero en reaccionar.

—Tiene razón —comentó, divertido—. ¿Qué esperan de él? ¿Un discurso de últimas páginas mientras nos señala uno por uno hasta descubrir al culpable?

—Ése es Hércules Poirot —intervino Foxá—. Nosotros estamos en otra novela.

El italiano lo miró, zumbón.

—Estamos en el cine, querrá usted decir.

—Creo —dijo Klemmer con sus espantosas erres— que todos hemos leído demasiados relatos policíacos y visto demasiadas películas.

Pese a mi aparente serenidad, yo seguía indeciso. Los fui mirando a todos como si buscase pistas ocultas. Después, cual si volviera de pronto en mí, me giré hacia Karabin.

—¿Podríamos hablar, doctor?... En privado, si es tan amable.

—Sí, desde luego —dijo el otro.

—Por favor.

A pesar de sus palabras, Karabin pareció levantarse de mala gana, tras pasear en torno una ojeada insegura. Giré sobre mis talones mientras él, obediente, me seguía camino de la sala de lectura.

—Ya nos contarás —ironizó Malerba cuando pasé junto a él—. Querido Sherlock.

La sala de lectura era confortable. Excepto la ventana que daba a la oscuridad del jardín, las paredes estaban ocupadas por estantes con libros encuadernados en piel y en rústica, y en la mesa había revistas inglesas, francesas, griegas e italianas. El doctor y yo nos sentamos frente a frente, y en ese momento entró Foxá, a quien no había invitado a unírsenos. Le dirigí una mirada breve, neutra, que ni le daba la bienvenida ni se la negaba. Tras vacilar un instante, el español decidió quedarse de pie, ligeramente al margen, recostado en una de las librerías.

—Hábleme de su autopsia de esta tarde —le pedí a Karabin.

Dudó el doctor.

—Llamarla así es excesivo. No dispongo de la pericia forense ni de los medios necesarios... Sólo hice un segundo examen algo más detallado.

—De acuerdo. Hábleme de eso, si es tan amable.

Aún lo vi dudar un poco más.

—Está clara la causa de la muerte —afirmó al fin—. He visto algún ahorcado antes. Edith Mander murió de ese modo.

Me había recostado en la butaca, los codos en los reposabrazos y juntas las yemas de los dedos bajo el mentón, exactamente igual que en la secuencia inicial de *La ciclista solitaria*. Sólo me faltaban el batín, las zapatillas, la pipa y la señora Hudson entrando por la puerta. Buenos días, señor Holmes, aquí traigo su té y el del doctor Watson. Hay una dama que pregunta por usted en el vestíbulo.

—¿Pudo hacerlo alguien? ¿Colgarla allí después de estrangularla?

—No creo.

—¿Por qué?

—El ahorcamiento, incluso con sus tirones en las convulsiones finales, que las hubo, dejó una marca concreta, específica, que corresponde a la señal dejada por la cuerda.

Karabin se pasaba dos dedos por la garganta, situando la marca a la que se refería. Yo lo atendía con extremo interés.

—Si alguien la hubiera estrangulado antes, ¿la señal sería distinta? —inquirí.

—Muy distinta. Si hubieran apretado con las manos, y habría que tener fuerza para ello, el hematoma sería mayor y más difuso. Incluso podría haber determinadas fracturas en los huesos del cuello.

—¿Y si hubiera sido con otro objeto fino, como una cuerda?

—Es difícil que ambas marcas coincidieran con tanta exactitud.

—Se ahorcó, entonces.

—Desde luego.

—O la ahorcaron.

Karabin frunció la boca, evasivo.

—Eso es arriesgado decirlo. No es fácil colgar a quien no se deja.

—Supongo que no —concedí.

—Lo único seguro es que murió de ese modo, debatiéndose mientras estuvo viva. Que se hubiera... hum... ensuciado, quiero decir, es otro indicio. Ocurre a veces.

—¿Comprobó el estado del cuerpo?

—Sí. Me tomé la licencia de... Bueno. Desnudarla —el doctor hizo otro ademán ambiguo para justificarse—. Pensé que...

—¿Había más lesiones? —lo interrumpí, indiferente a sus escrúpulos—. ¿Algún indicio de que opusiera resistencia?

—Ninguno. No vi nada de eso. Sólo el golpe que se dio al caer y el ligero moratón en la espinilla.

—¿Alguna explicación para esa marca?

—No lo sé. Puede que fuese anterior, por algún motivo sin importancia.

Yo permanecía inmóvil, inexpresivo, y Paco Foxá escuchaba en silencio, recostado en la librería. Parecía disfrutar con la situación, así que le di entrada para el diálogo.

—¿Qué opina, Watson?

Parpadeó, confuso al principio. Al fin deslizó una sonrisa, sumándose al juego.

—Ese golpe en la cabeza —aventuró.

—¿Qué pasa con él? —preguntó Karabin, suspicaz.

—¿Pudo ocurrir que alguien la golpeara antes?

—Tal vez —lo pensó un poco el doctor—. Pero no veo la evidencia.

—Quizá para simular un suicidio.

—Demasiado burdo como simulación, me parece.

—Y demasiado extraño como suicidio —apunté con ecuanimidad.

Hizo Karabin un ademán que no comprometía a nada.

—Escuchen —dijo, molesto—. Soy el primero que advirtió detalles incongruentes en el pabellón, ¿recuerdan?... Lo comenté con ustedes, y luego pedí hacer un estudio más detallado del cadáver.

Lo miré sin comprender a dónde iba a parar.

—¿Y qué pretende decir con eso?

—Que tenía mis reservas, pero de las circunstancias que rodean esta desgracia, no de la desgracia en sí.

Se detuvo tocándose la barba, suspiró y levantó ambas manos para mostrar que estaban vacías de argumentos.

—Murió ahorcada —concluyó, tajante—. De eso no hay la menor duda.

Fue entonces cuando yo, que seguía impasible, hice un leve movimiento. Alcé, tan sólo eso, un dedo índice.

—Todavía está allí la cuerda, imagino.

De pronto, Karabin parecía desconcertado.

—Los dos trozos rotos —insistí—. El que el cadáver tenía al cuello y el que colgaba del techo.

Lo pensó el doctor un instante, arrugado el ceño. Después se pasó una mano por la cabeza para ajustarse mejor el peluquín. Parecía incómodo, cual si ya no le apeteciera hablar del asunto.

—Allí no hay nada de eso —dijo.

Yo me había puesto rígido.

—¿Qué pretende decir?

—Pues lo que oye... La cuerda con que se ahorcó Edith Mander ha desaparecido.

Aquella noche Gérard no tocó el piano y algunos huéspedes se retiraron pronto. Los primeros en irse fueron los Klemmer. El doctor Karabin los siguió por una de las dos escaleras que llevaban al piso superior, y no me pasó inadvertido que, incluso cuando se iba, el turco había estado esquivándome. Su nueva actitud era intrigante; pero no tuve tiempo de cambiar impresiones con Paco Foxá, pues Pietro Malerba y Najat Farjallah me acosaban con preguntas sobre la pesquisa en curso, que atendí con prudencia, vaguedades y lugares comunes.

—Estoy fascinada de verte actuar —decía la diva, tal vez demasiado cálida—. Es como si te transformaras en el personaje que fuiste en la pantalla —buscó la confirmación de Malerba—. ¿No te parece increíble, Pietro?

El productor no parecía molesto por la admiración de ella. Más bien se mostraba divertido.

—Siempre fue un gran actor —dijo, objetivo—. Aun viejo, lo sigue siendo.

Se escandalizaba la Farjallah al oír aquello.

—¿Viejo, Ormond? Qué tonterías dices —me apoyaba una mano en el brazo, situando el perfumado escote muy cerca de mi línea visual—. No le hagas caso a este bruto, de verdad. Te conservas estupendo: elegante y estupendo.

—En alcohol —apuntó Malerba, maligno—. Durante mucho tiempo, Hoppy se conservó en alcohol.

Le asesté una mirada fría, imperturbablemente victoriana.

—Oye, Pietro.

—Dime, viejo amigo.

—¿Cómo se dice hijo de puta en italiano?

Rió el productor, benévolo.

—Se dice *figlio di mignòtta*.

—Pues eso... Eres un hijo de mignòtta.

—Ay, por Dios —suspiraba la Farjallah—. Cómo sois.

Me libró de ellos la señora Auslander, que venía del piso superior. Con toda sencillez, cual si diera por indiscutible mi autoridad indagatoria, me dijo que acababa de ver otra vez a Vesper Dundas y que ésta aún descansaba bajo los efectos del somnífero. Pregunté si se habían hecho fotos en el pabellón de la playa con la Polaroid, y lo confirmó.

—¿Podré echarles un vistazo?

—Claro que sí. Las tomé desde distintos ángulos. Casi todas están repetidas, así que haré que le suban algunas a su habitación.

—Es muy amable... ¿Podría prestarme una linterna eléctrica?

Los ojos grandes y negros de la dueña del hotel me contemplaron con extrañeza.

—Pues claro. ¿Puedo preguntar para qué la necesita?

—Creo que daré un paseo por ahí afuera.

—¿Vuelve al pabellón?

Sonreí apenas, adoptando el aire de misterio adecuado.

—Es posible.

—¿A estas horas?

—Sí.

La señora Auslander dirigió una ojeada rápida al salón.

—Puede ver cuanto desee, por supuesto. Al fin y al cabo, usted...

Se detuvo mirando a Foxá, a Malerba y a la Farjallah, que nos observaban desde sus asientos.

—Siguen todos de acuerdo sobre ese particular, ¿no?

—Eso parece.

Ella se tocó las dos alianzas de la mano derecha.

—Es increíble cómo puede funcionar un mito en el imaginario de la gente.

Esbocé una sonrisa, sin responder.

—Parece que los tranquiliza verlo ocuparse de esto —añadió ella—. Ni siquiera yo puedo evitarlo. Incluso llego a creer que investiga en serio.

—La magia del cine —ironicé.

—Sin duda.

Yo mantenía la sonrisa afable.

—No es nada que pueda considerarse ni remotamente oficial —apunté.

—Pues claro. Sigo en contacto por radio con la policía de Corfú.

—¿Se espera que mejore el tiempo?

—No por ahora —vaciló un momento—. En todo caso, si va al pabellón, le ruego que no toque...

Lo dejó ahí. Me ofrecía una llave.

—La puerta está cerrada.

—¿Desde cuándo?

—Desde que esta tarde el doctor Karabin terminó el segundo examen. La cerró él.

Tomé la llave de su mano. Era un modelo antiguo, de hierro y dientes convencionales, como todas las del hotel. La única diferencia con las otras era que no tenía grabado el número de habitación. La introduje en el bolsillo de la chaqueta donde tenía una lata de puritos vacía, pues acababa de fumar el último.

—No se preocupe —dije—. Dejaré cerrada la puerta y no tocaré nada. Sólo voy a echar un vistazo.

Aún dudó un instante la señora Auslander. Miraba el bolsillo donde yo había metido la llave.

—Hay una linterna en el armario del espejo —se decidió por fin—, junto al perchero de la entrada principal.

—Gracias.

Mientras se alejaba advertí que Paco Foxá estaba detrás de mí, escuchando. No lo había oído acercarse.

—No ha mencionado usted la cuerda desaparecida —dijo.

Miré a la señora Auslander, que cruzaba el vestíbulo camino de su despacho.

—Ella tampoco.

—Puede que no lo sepa.

Asentí lentamente. Fui hasta el armario y dentro, entre otros objetos, había una linterna de metal cromado. Foxá me había seguido hasta allí.

—Elemental —dijo.

Miré con curiosidad su rostro risueño y me pregunté quién de los dos estaba disfrutando más con la situación.

—Sería significativo —respondí— que ella no lo supiera.

Caminamos por el jardín sin necesidad de encender la linterna, pues la luna había salido e iluminaba mucho: parecía una falsa escena nocturna rodada a base de filtros, en noche americana. Al alejarnos del runrún monótono del generador que daba electricidad al hotel, la calma era absoluta: las copas de los olivos dibujaban un dédalo de luces, platas y sombras, y los grillos nocturnos callaban a nuestro paso, reanudando su canto cuando nos alejábamos. Más allá de los árboles, a la izquierda, la masa oscura de la colina se alzaba como un muro protector frente al temporal que seguía soplando en torno a la isla.

—Si aullara un perro en la distancia sería perfecto —comentó Foxá.

Tardé unos pasos en responder.

—Fue mi última película como Holmes —dije al fin.

—Y quizá la mejor de todas.

—No. La mejor fue la primera; la que dirigió Montagu Blake. *Un escándalo en Bohemia* era superior a *El perro de Baskerville*.

—Ah, sí. Ésa también fue estupenda —dudó un segundo, recordando—. Ella, la actriz, era...

—Kay Francis.

—Es cierto. Hizo una magnífica Irene Adler.

—Extraordinaria.

Volvió Foxá a *El perro de Baskerville*.

—Nunca olvidaré la imagen de Bruce Elphinstone y usted inmóviles en el páramo, entre la niebla, con la silueta del monstruoso animal recortada en el risco, sobre sus cabezas.

—Se rodó en el estudio. Nueve mil dólares costó ese decorado. Pero el páramo parecía real.

—La vi cuando la estrenaron en el cine Gran Vía de Madrid. Después pude verla otras veces, incluso en versión original inglesa; pero imagine el efecto que me hicieron las otras... Cuando vi la primera aún no había cumplido los diecisiete.

Dimos unos pasos. Me pareció que Foxá sonreía en la penumbra, recordando.

—Todavía me lo hace —recalcó—. El efecto.

Nos movíamos despacio entre la madeja de reflejos y sombras de los olivos. Yo caminaba un poco por delante, con la linterna apagada en la mano.

—¿De verdad no piensa volver al cine, Basil?

Emití algo semejante a un resoplido, casi inaudible.

—El cine y yo seguimos caminos divergentes.

—¿Y qué hay de la televisión? —insistió—. Ya hizo algo para ella, y sin duda es el cine del futuro.

—Es curioso que lo diga. Pietro Malerba tiene algo que ver. Está produciendo series para la televisión y pretende implicarme en una.

—¿Por eso estaba a bordo de ese yate?

—Él y yo nos conocemos desde hace mucho: fue co-productor en *El vampiro de Sussex* en el año cuarenta y cinco, y de alguna otra.

—Qué interesante. Es una buena noticia. ¿La nueva serie será sobre Sherlock Holmes?

—No, pero la idea no es mala: se llamaría algo así como *Nuestros villanos favoritos*, con cada episodio dedicado a uno de ellos: Rupert de Hentzau, Rochefort, el capitán Esteban Pasquale, Levasseur, el sheriff de Nottingham...

—¿También el profesor Moriarty?

—No está previsto, pero tendría su gracia.

—¿Los interpretaría usted a todos?

—Ésa es la propuesta. Ya hice unos cuantos malos de película antes de Sherlock Holmes. Era mi especialidad, teatro de Shakespeare aparte: malvados elegantes. Von Stroheim y yo bromeábamos mucho sobre eso.

A Foxá se le traslucía la emoción en la voz.

—¿El Stroheim de *Esposas frívolas* y *La gran ilusión*?

—Ese mismo —reí quedo, pensando en el excéntrico y querido Von—. Sus malvados eran sublimes... «El hombre al que al público le gustaría odiar»: así anunciaban las primeras películas protagonizadas por él.

—¿Lo vio en *El crepúsculo de los dioses*, con Gloria Swanson y William Holden?

—¿Se refiere a *Sunset Boulevard*?

—Sí, claro... En España la titularon diferente.

Asentí.

—Stroheim está enorme en esa película, como en todas. ¿Sabe que la idea de que sea el mayordomo quien escribe a la vieja actriz las cartas de los admiradores se le ocurrió a él?

—Ah, pues no... ¿Se trataron mucho?

—Fuimos buenos amigos. Yo estaba presente cuando Billy Wilder le dijo aquello de «Señor Stroheim, usted y sus películas nos llevan a todos diez años de adelanto»; y él, imperturbable, respondió: «Veinte».

—Pues también los villanos que usted encarnó eran extraordinarios. Nunca olvidaré su épico duelo con Errol Flynn en *El capitán pirata*.

Sonreí mientras recordaba aquel momento en blanco y negro: mi oponente tirándose a fondo con la espada y yo atravesado, apoyada la espalda en un árbol, mirándolo con una sonrisa maligna y despectiva antes de caer muerto a sus pies. Para desesperación de Mike Curtiz, el director, el día que rodamos aquella escena el pobre Errol estaba aún más borracho que yo. Hubo que repetirla once veces.

—La idea de esa serie para televisión me parece magnífica. ¿Ha aceptado?

—No es tan fácil, estimado amigo. En eso estamos Malerba y yo estos días. Conversando.

—¿Es serio lo de él y Najat Farjallah? —Foxá adoptaba un tono ligero—. Hacen una curiosa pareja.

—Con Malerba nada es serio excepto el dinero que gana y las películas que produce. Ella es un trofeo, eso es todo. Le complace exhibirla mientras siga siendo famosa: fotos en las revistas, bares de via Veneto y otros etcéteras... Se la quitó a Fellini, cosa que éste no le perdona.

—Vaya.

—Sí.

Moví la cabeza, evocador. Unos años antes, a la hora del aperitivo en la terraza del café Rosati de la piazza del Popolo, yo había sido testigo del comienzo del *affaire*. Eran los días del rodaje de *Guerra y paz* en Cinecittà y estábamos allí sentados Malerba, Gassman, Audrey Hepburn, Pietro Germi, Silvana Mangano y yo cuando apareció Fellini con la Farjallah del brazo, pavoneándose como solía. Nos levantamos, hubo presentaciones y se sentaron a nuestra mesa. La diva estaba en pleno esplendor —cejas depiladas, pantalones estampados de Roberto Capucci, mocasines *penny loafers* de Ferragamo— y Malerba, inevitablemente, le echó el ojo. Aquella misma noche le envió flores a la suite del Hassler, dos días después los encontré comiendo fettuccini en Alfredo y a la semana siguiente la revista *Tempo* los sacó en portada. Humillado en público, Fellini nunca olvidó aquel golpe bajo.

—Comprendo.

Los olivos y el canto de los grillos quedaron atrás. Habíamos llegado al final del jardín, y ante nosotros empezaba la playa.

—Sherlock Holmes resolvió un caso de suicidio imposible... ¿Recuerda, Basil?

—Sí, claro —repliqué—. En un puente: *El problema del puente de Thor*.

Lo oí reír en voz baja.

—*Usted me ha visto fallar antes, Watson.*

Pude completar sin esfuerzo la cita:

—*Tengo instinto para estas cosas, pero a veces el destino me la juega.*

—¿Se las sabe todas? —preguntó, otra vez admirado.

—Oh, no, pero sí unas cuantas. Y usted también, por lo que veo.

Asintió Foxá. Su tono me parecía ahora de insólito candor.

—Nunca fui más feliz que leyendo a Sherlock Holmes —dijo.

—Yo tampoco —coincidí—. Ni siquiera interpretándolo.

La silueta oscura del pabellón se distinguía a treinta pasos, al otro lado de la franja de arena que la luna iluminaba como si fuera nieve. Mi interlocutor se detuvo un instante.

—Creo que no es consciente de lo que fue, Basil. Ni de lo que representa.

—Un actor encasillado y al final de su carrera. ¿Se refiere a eso?

Había sonado sarcástico, pero Foxá respondió con toda seriedad.

—No se burle de sí mismo, se lo ruego. Le dio rostro y voz al más famoso detective del mundo. Apariencia física. Y eso ya no cambiará nunca.

No dije nada y me limité a encender la linterna. El haz luminoso siguió primero las huellas de idas y venidas que había a un lado, a la derecha. Luego lo moví hacia la izquierda, enfocando la fila de huellas solitarias que iba del jardín al pabellón. Todavía estaban allí, inalteradas por la ausencia de viento en aquel lugar. Las huellas de una persona, sólo de ida. El camino sin regreso de Edith Mander.

El cadáver estaba sobre la mesa, cubierto por dos toallas de baño. Sin dudarlo, retiré la superior y observé la palidez del cuerpo desnudo, cuyo tono de cera tenía un aspecto satinado bajo la luz. No había a la vista otras señales que el gran hematoma violáceo, casi negro, de la sien izquierda, el que rodeaba el cuello y la contusión bajo la rodilla. El doctor Karabin le había puesto un pañuelo en torno a la cabeza para sujetar la mandíbula, impidiendo que con el rigor mortis se abriese la boca, y bolitas de algodón en los agujeros de la nariz. La mesa y el suelo estaban húmedos por el hielo ya derretido que había hecho traer la señora Auslander. Con más o menos un día transcurrido desde la muerte, del cuerpo empezaba a emanar un ligero olor, presagio de corrupción.

Me detuve en las manos de la muerta, examinando las uñas: se veían largas y cuidadas, aunque dos de ellas estaban rotas.

94

—Las manos en primer lugar, Watson —le recordé a mi acompañante.

Suspiró éste como si hubiera suspendido el aliento.

—*Después, los puños de camisa, las rodillas y los zapatos* —dijo.

—Exacto... Tiene buena memoria.

—No tanto como la suya.

Volví a cubrir el cadáver y señalé el farol de queroseno.

—Enciéndalo, por favor.

Rascó un fósforo y una luz incierta iluminó el pabellón. Ayudándome con el haz de la linterna lo exploré todo minuciosamente. Los zapatos seguían en el mismo lugar y el doctor había dejado la ropa sobre una silla. También estaban allí los escasos objetos personales: un reloj Cartier Baignoire estrecho y con correa de piel, un collar de cuentas de coral y pendientes a juego.

—¿Te pones reloj caro, collar y pendientes cuando tienes intención de ahorcarte? —comenté.

Lo pensó Foxá un momento.

—Posible —concedió—, pero no probable.

—Desde luego, ni rastro de la cuerda.

Miré en torno, y tras observar la viga del techo centré mi atención en el taburete de teca que estaba junto a la mesa. Me puse de rodillas para estudiarlo de cerca y lo cogí después, revisándolo desde todos los ángulos posibles. Luego, en la misma postura, comprobé durante un buen rato el suelo de tarima. Al levantar la vista advertí que Foxá me contemplaba con expresión fascinada.

—Dios mío —murmuró—. Es usted.

Hice caso omiso a su comentario.

—Nunca confíe en las impresiones generales —dije—. Céntrese en los detalles.

Lo vi estremecerse.

—¿*El misterio del Gloria Scott*?

Esta vez lo dijo muy serio, mirándome igual que Bruce Elphinstone en la pantalla. Estuve a punto de llamarlo otra vez Watson, pero ante el cadáver de Edith Mander me pareció improcedente. Sonaba demasiado a broma.

—Deberíamos buscar método, coherencia —añadí mientras me ponía en pie sacudiéndome las rodillas del pantalón—. Cuanto mayores son éstos, más motivos hay de sospecha. El azar es más frecuente que el orden.

Me acerqué a la silla, que seguía en la misma posición. También era de teca, una madera pesada, y al empujar la puerta el doctor Karabin y la señora Auslander la habían desplazado hacia la derecha. Había ligeras marcas —cuartos de círculo— de arrastrar las cuatro patas por el suelo. Foxá me observaba, perplejo.

—¿Qué hay de eso?... Según el doctor y la señora Auslander, la silla estaba bloqueando la puerta. Nadie que saliera por ella pudo dejarla así.

Yo me había agachado para estudiar de cerca el umbral: medía más o menos un metro de anchura y estaba insólitamente limpio, en comparación con el suelo del pabellón y la arena de la playa contigua.

—Eso parece —admití mientras me incorporaba—. Aunque si descartáramos que lo hiciera Edith Mander, sólo queda esta hipótesis: fue otra persona quien colocó ahí la silla. Según las leyes de la lógica, no habría otra explicación.

—¡Pero eso es imposible!

—Casi nada de cuanto ocurre es imposible, si ha ocurrido. Tal vez sea improbable o inexplicable en apariencia, pero no imposible.

—Dios mío —repitió.

—Lo que caracteriza a Sherlock Holmes, téngalo en cuenta, no es su manera de luchar contra el crimen, sino su manera de pensar. Así que intentemos pensar igual que lo haría él.

Volví a dirigir el haz de la linterna hacia la viga del techo y estuve observándola mientras Foxá no apartaba de mí la vista. Supongo que la extraña luz afilaba mi larga nariz y el rostro delgado, profundizando en él las sombras. Ni el mejor iluminador de un estudio habría logrado ese efecto.

—¿Cuál es su impresión? —inquirió al fin, de pronto impaciente.

Me toqué el mentón con la mano libre, sin responder. Miré el taburete, la silla, la ropa y los zapatos situados junto a la puerta.

—Busquemos un cuchillo —dije.

—¿De qué clase?

—No sé. Un cuchillo, una navaja... Busquemos.

Aquello pareció sorprenderlo, pero ni se planteó discutirlo. Durante un buen rato lo revisamos todo, sin resultado. Salí al exterior y di la vuelta a la cabaña, explorando la arena con la linterna. Al terminar me detuve en la entrada, mirando hacia la oscuridad del mar.

—¿Debería haber un cuchillo? —preguntó Foxá, reuniéndose conmigo.

—Podría haberlo.

—¿Y por qué no lo encontramos?

No pude resistirme a dar una respuesta holmesiana.

—Porque alguien sabía que lo buscaríamos.

Mi acompañante me miraba, admirado.

—Maestro —dijo.

No respondí a eso. Unos pasos más allá, fuera del resguardo ofrecido por la colina, el temporal soplaba con fuerza. Se oía batir el mar y la claridad lunar permitía ver ligeras tolvaneras de arena empujadas por el viento.

—¿Le quedan cigarrillos? —pregunté apagando la linterna.

—Claro.

—Se acabaron los míos y tengo el resto en la habitación. Deme uno, por favor.

—Fumo tabaco español, ya sabe.

—Es igual.

Sacó una cajetilla de la marca Ducados. Incliné el rostro para que me encendiera uno, protegiendo la llama del fósforo en el hueco de las manos. Pese al filtro era un tabaco negro y fuerte, como el que Watson compraba en Bradley's para su amigo Holmes.

—¿Qué deduce de todo esto? —preguntó Foxá.

Miré en torno, recordando algo que solía decirme Charlie Chaplin: cuando al comienzo de un rodaje se enciende la cámara, uno espera pulsar la nota adecuada, aunque sin saber todavía si acertará o no. Y lo más probable es que no encuentre el tono hasta que lleva rodadas tres o cuatro escenas.

—Fíjese bien —dije tranquilamente— en la diabólica astucia con que fue meditado y ejecutado el crimen.

Se quedó paralizado, aún con la cajita de fósforos entre los dedos.

—Eso es de *El perro de Baskerville* —dijo al fin.

—No. Es de *El asesinato de Edith Mander* —emití una risa corta y seca, entre dientes, sin humor ninguno—. Nuestro nuevo caso.

Seguía mirándome, inmóvil. Hundí el mentón en el pecho, tan Sherlock como pude.

—El único crimen perfecto es aquel donde ningún culpable o inocente parece sospechoso. El que nadie piensa que ha sido cometido.

Me escuchaba Foxá atento, como sobrecogido.

—¿Entonces? ¿Qué piensa de esto?

—Que no se trata de un crimen perfecto.

—¿Descarta el suicidio?

—No descarto nada, todavía; pero considero que es improbable.

Reaccionó, al fin. Lo vi apoyarse en la puerta cual si temiera caer sentado.

—¿Está seguro de lo que dice, Basil?

—Completamente. Recuerde las palabras de Holmes en *El enfermo residente*. Esto no es un suicidio, sino un asesinato a sangre fría.

—¿Y cómo puede adivinar...?

Lo interrumpí con un gesto.

—En ninguna de mis películas adiviné nada, y tampoco nuestro detective lo hizo en las novelas —adopté el tono apropiado—: La conjetura infundada es un medio detestable, que destruye toda lógica.

—¿Y qué dice la lógica?

—Dice lo que usted mismo, si dejara de mirarme como si fuera un mito viviente y emplease su atención en pensar por su cuenta, deduciría con la misma facilidad que yo... ¿Se fijó en la cuerda rota?

—Más o menos. Pero vi que usted lo hacía con mucho detenimiento.

—En efecto. Y si encontré algo en ella, también fue porque lo buscaba.

Parpadeó, confuso.

—¿Se me ha escapado algo?

—Casi todo, Watson.

—¿Por qué ha desaparecido la cuerda, en su opinión?

Sonreí con benevolencia.

—Porque es la prueba de que esa mujer no se suicidó.

—¿Y?

—La colgaron estando viva.

—¿Cómo pudo permitirlo?... El cuerpo no tiene señales de lucha.

—No podía impedirlo porque estaba inconsciente.

Me volví a medias hacia el interior de la cabaña, iluminada por la débil luz de queroseno, y señalé el taburete.

—El asesino la golpeó primero en la cabeza, con eso. Igual que la silla, es madera de teca pesada y contundente; pero por su tamaño puede manejarse con relativa facilidad.

Luego retiró las revistas que estaban sobre la mesa, acercó ésta bajo la viga del techo, pasó por ella la cuerda, subió a Edith Mander a la mesa y la dejó caer. Seguramente el tirón en el cuello y la asfixia creciente la hicieron despertar de su inconsciencia y se debatió un poco antes de morir. ¿Lo ve con la misma claridad que yo?

—Del todo, ahora. ¿Y la señal de la pierna izquierda?

—Pudo ser anterior, como dijo Karabin. Todos nos hemos dado ahí un golpe alguna vez. O también...

Me quedé callado, invitándolo a completar el razonamiento. Arrugó el ceño.

—Pudo golpearse con el borde de la mesa —aventuró—, pataleando en la agonía.

—Elemental.

Sus ojos relucían excitados en la penumbra, reflejando la claridad lunar en la arena de la playa. Yo chupé un par de veces el cigarrillo.

—Después, el asesino movió la mesa hasta el lugar original y puso otra vez las revistas.

Pareció sorprenderlo esa precisión.

—¿Cómo lo sabe?

—La tarima tiene una doble huella, leve pero evidente, de las patas de la mesa. Eso prueba que fue arrastrada dos veces en dos direcciones distintas. La humedad del hielo derretido hace las señales más claras.

—¿Y las revistas?... ¿Cómo sabe que las quitó y las colocó?

—Un detalle me llamó la atención la primera vez: las revistas tenían polvo encima; pero la mesa, no.

—Diablos. Se lo calló por completo. No dijo nada.

—¿Por qué iba a hacerlo? Yo estaba aquí de testigo. Veía lo mismo que ustedes. No era asunto mío investigar nada.

—Tal vez el criminal haya dejado huellas dactilares en las revistas, o en otro lugar.

Moví la cabeza, escéptico.

—No disponemos de medios para comprobarlo. Y dudo que alguien tan minucioso pasara por alto ese punto.

Miraba el español en torno, y al fin se detuvo en la silla.

—¿Y qué me dice de eso? —apuntó—. Según el doctor y la señora Auslander, la silla estaba arrimada por dentro a la puerta. Nadie que saliera por ella pudo dejarla así.

Sentí, debo confesarlo, un estremecimiento de felicidad.

—Un misterio de cuarto cerrado, recuerde —sugerí saboreando las palabras.

—Cielo santo... Puro canon policial.

—Absolutamente.

De pronto, mi acompañante se mostraba tan animado como yo.

—¿Se da cuenta, Basil? —dijo con viveza—. Poe, Gaston Leroux, Conan Doyle, aquel Jacques Futrelle que murió en el *Titanic*, Agatha Christie... Todo un clásico desde que el cuerpo de Jesucristo desapareció de una tumba sellada: el hombre que entra vivo y solo en un ascensor y llega abajo apuñalado, el que muere de inanición en un gimnasio cerrado pero con comida al alcance de la mano, la víctima muerta por una bala de pistola disparada doscientos veinte años antes...

—Un desafío a la razón y las leyes físicas —asentí.

—Exacto. Crímenes imposibles, casuales o deliberados.

Abarqué el recinto con un gesto amplio.

—¿Y esto? ¿Lo considera casual o deliberado?

—Todavía no tengo una idea establecida.

Señalé el umbral de la puerta.

—¿No ve ahí nada extraño?

Estudió Foxá el suelo durante un momento.

—No —concluyó.

Sonreí con el desdén holmesiano adecuado.

—Usted ve pero no observa, Watson.

Creí que también sonreiría, mas se limitó a una mueca de desconcierto.

—¿Y qué es lo que no observo?

—La limpieza. El umbral de la puerta está limpio. Hay arena y polvo en el interior y arena afuera, aunque no en él.

Foxá se había quedado boquiabierto.

—Es verdad. ¿Qué significa eso?

—Todavía no lo sé. Veo el hecho, no su explicación.

—Yo tenía razón —parecía cada vez más admirado—. Las películas le dejaron ciertos hábitos.

Hice un ademán para quitarle importancia.

—Fueron muchos años leyendo a Conan Doyle una y otra vez, y no sólo a él, para entrar a fondo en el personaje. Supongo que eso tiene algo que ver.

—¿Y qué hay de la cuerda?

—El asesino estaba obligado a justificar el golpe de la cabeza. Así que ideó la forma de que la cuerda se rompiera con apariencia accidental... Y que la escena diese la impresión de que Edith Mander se había golpeado al caer sobre el mismo taburete que había utilizado para ahorcarse.

Foxá cayó en la cuenta del resto.

—Por eso hemos buscado un cuchillo o una navaja.

—Así es. Cuando se aseguró de que estaba muerta, el asesino subió al taburete para cortar la cuerda. No del todo, pues habría sido evidente. Se limitó a cortar un poco, al modo de una lima, hasta que el propio peso del cadáver hizo el resto.

—Ésa es la razón por la que cuando estuvimos aquí con los otros estuvo tanto tiempo examinando la cuerda rota, ¿verdad?

—Fue otro detalle que atrajo mi atención. Y creí observar que la rotura tenía dos partes: una más limpia, como hecha por un instrumento cortante, y otra deshilachada, rota por fuerte tracción.

—¿Y dónde está el cuchillo?

—No lo sé —miré hacia el mar en tinieblas—. Quizá lo arrojó allí, quizá lo enterró en la arena, quizá se lo llevó consigo. Como escribió Shelley, *la herida es tal que el cuchillo se pierde en ella.*

—¿Y la cuerda desaparecida?

—Descartado lo sobrenatural, por imposible, y descartado como improbable un acto de magia, lo probable es que su desaparición responda a idéntico motivo que la ausencia de cuchillo. El asesino no estaría seguro de que la rotura fuese del todo convincente.

—El doctor Karabin dijo que cuando volvió esta tarde la cuerda ya no estaba.

El punto rojo de mi cigarro se avivó un momento en mi rostro en sombra.

—Sí, claro. Eso fue lo que dijo.

—¿Cree que nos oculta algo?

—Creo que sabe, o cree saber, más de lo que cuenta.

Foxá parecía reflexionar algo más.

—En cuanto a las huellas, es un misterio extraordinario.

—No hay que confundir lo extraordinario con lo misterioso. Esto último, una vez aclarado, puede resultar banal.

—Pero la ausencia de otras huellas...

—Oh, eso es facilísimo. El asesino regresó a la luz de la luna sobre sus propios pasos, por las mismas huellas que dejó al venir a la cabaña. Y a medida que caminaba de vuelta pudo ir borrándolas todas.

—¿Con qué?

Dirigí una ojeada en torno. Observar el mundo, recordé, y dividirlo en fragmentos significativos como si

103

fueran números de un conjunto matemático: ése era el método. Al fin señalé un recogedor de metal con mango de madera apoyado en el porche.

—No hay escoba —dije—. Y supongo que debería haberla.

—Es verdad. Pero no la vimos en ningún otro sitio.

—La buscaremos mañana, cuando haya luz. Podría estar cerca del hotel.

—También pudo ir y venir por la orilla, donde rompe el agua. Desde las ruinas del fuerte veneciano.

—Sí —concedí—. Pero ése era un riesgo innecesario. Aunque fuese a una hora tardía, dudo que se atreviese a volver al hotel con las piernas y los zapatos mojados. La señora Auslander se acuesta tarde y Spiros suele estar de guardia por si algún cliente necesita algo.

Tras decir eso apliqué una larga e intensa chupada al cigarrillo. Después arrojé lejos la colilla, y la brasa describió un arco antes de caer y extinguirse en la oscuridad.

—Antes hay que resolver un detalle.

Di media vuelta para entrar en la cabaña y Foxá me siguió.

—¿Damos por sentado que el personal y los huéspedes del hotel somos los únicos que estamos en la isla? —preguntó de repente.

Lo pensé un momento.

—Eso parece. Es un lugar muy pequeño.

—Podría haber un intruso escondido.

—Es posible, aunque poco probable. Esto huele más a asunto interno.

—¿Del hotel?

—Del hotel.

Recordó mi comentario anterior.

—¿A qué detalle se ha referido antes?

—Edith Mander tiene el golpe en el lado izquierdo de la cabeza —expuse—. Sobre la sien.

—¿Y cómo interpreta eso?

—Si la golpeó alguien diestro estando ella de espaldas, que es tal vez lo natural, el golpe debería haberla alcanzado en el lado derecho de la cabeza.

—Ya. Pero fue en el izquierdo.

—Lo que sólo puede explicarse con dos posibilidades. Una es que Edith Mander estuviese de frente, vuelta de cara a su asesino. Sabiendo quién era.

—¿Y la otra?

—Que ella estuviese de espaldas y el asesino empuñara el taburete con la mano izquierda. Lo que es poco probable en un diestro —lo miré con intención—. Usted es zurdo.

Se sobresaltó, desconcertado.

—Por Dios. No estará insinuando...

—No, hombre —le pasé el taburete—. Pruebe a cogerlo con la mano derecha.

Lo hizo. La madera de teca le resultaba pesada, difícil de manejar. Repitió un par de movimientos, intentando blandirlo de ese modo. Era claramente incómodo.

—Asombroso —dijo—. Casi infantil.

—Todos los problemas parecen infantiles cuando ya se han explicado —cité.

—¿*La liga de los pelirrojos*?

—Puede ser. No recuerdo bien.

—¿Y entonces? —inquirió dejando el taburete en el suelo.

—En tal caso, si fue golpeada desde atrás, el asesino era zurdo.

—¿Está seguro?

—Seguro nunca hay nada, excepto la muerte.

Me quedé pensando en zurdos. Foxá estaba pendiente de mí.

—¿Ha observado si hay alguno más en el hotel?

Sonreí.

—Hans Klemmer.

Puso cara de tener el vello de punta.

—¿Y cómo diablos...?

—Cuando toma a su mujer por el brazo, lo hace con la izquierda. Además, al comer maneja con esa mano la pala del pescado. Y las tazas de café.

—¿Lo ha visto tomar café?

—Nunca, pero sí cómo quedan sus tazas vacías en la mesa: con el asa hacia la izquierda.

Foxá no ocultaba su veneración, a tales alturas casi religiosa.

—Maestro —repitió.

Agarró el taburete, ejecutando los movimientos con una mano y con otra. Un par de veces hizo amago de acercarlo a mi cabeza. Yo lo dejaba hacer.

Se detuvo de pronto, ceñudo.

—Dese la vuelta, por favor —me pidió.

Lo hice, permitiendo que me acercase el taburete con la mano izquierda. Después lo hizo sosteniéndolo con la derecha como si golpeara el mismo lado de mi cabeza, con un golpe cruzado en diagonal. Parecía que de las dos formas era posible acertar en el mismo sitio.

—Creo que falla su razonamiento —dijo después de varias pruebas—. Un diestro podría haber golpeado con la misma fuerza por detrás, ¿lo ve?... Cruzando así el golpe, de izquierda a derecha. Incluso sosteniendo el taburete con ambas manos.

Me volví despacio. Parpadeé un momento y me quedé pensativo.

—A ver... Repítalo, por favor.

Lo hizo de nuevo, mostrándome los movimientos: taburete arriba, cerca de mi cabeza, por un lado y por el otro. Primero sosteniéndolo con una mano y luego con las dos. Yo lo miraba sin alterar el gesto.

—¿Aún le quedan de esos cigarrillos tan fuertes? —pregunté.

Sacó el paquete. Quedaban dos.

—No se preocupe, tenga —insistió—. Tengo un cartón casi entero.

Me dio uno y se puso el otro en la boca mientras arrugaba el envoltorio. Dejé salir el humo, pensativo. Miraba el taburete.

—Ya le dije que sólo soy un actor.

4. Olfato de perra laconia

Le digo, Watson, que esta vez tropezamos
con un enemigo tan astuto como nosotros.
El perro de Baskerville

Regresamos sobre las once de la noche. Apenas cruzamos la puerta vidriera se disculpó Foxá, extendimos una mano tras un breve titubeo y nos las estrechamos no sin reservas; como si despedirnos fuese algo inoportuno, pues quedaban cosas por decir y muchos enigmas por resolver.

—Estoy realmente agotado —dijo, excusándose—. Me temo que son demasiadas novedades, Basil. Demasiadas emociones.

Parecía muy cierto. Observé cercos de fatiga bajo sus ojos. Ahora se mostraba menos dinámico y seguro. Más reflexivo. O preocupado, tal vez. Su expresión ya no era la de alguien que juega a detectives y asesinos. Supuse que nuestra conversación en el pabellón de la playa, junto al cadáver de Edith Mander, lo había impresionado más de lo que le apetecía manifestar. Yo, al menos, había hecho lo posible por que así fuera.

—Es natural —asentí—. Que descanse. Mañana estaremos frescos de nuevo, listos para proseguir nuestra implacable cacería.

Me observaba, pensativo.

—¿Sospecha de alguien?

—Sospecho de mí.

109

—¿Perdón?

—De sacar conclusiones demasiado rápidas.

Vi que esbozaba una lenta sonrisa.

—Ese aullido en el páramo —dijo.

—Exacto, amigo mío... Buenas noches.

Me quedé mirándolo mientras se alejaba hacia el vestíbulo y después me volví hacia la barra del bar. A la luz mediana de la única lámpara que seguía encendida, las botellas se alineaban al otro lado del mostrador como una cohorte maligna. Gérard estaba allí en mangas de camisa, ordenando copas y vasos limpios. Al ver que me acercaba quiso ponerse la chaqueta, pero lo disuadí con un gesto. Ocupé un taburete ante él.

—¿Tomará algo, míster Basil?

—Un agua tónica, por favor.

La puso en el mostrador, con dos cubitos de hielo y una rodaja de limón. Me observaba expectante, así que procuré desengañarlo.

—No hay novedades.

Movió un poco la cabeza, cual si no esperase otro comentario.

—Las mujeres... —empezó a decir, pero se detuvo.

Le dirigí una ojeada de interés.

—¿Qué pasa con ellas?

—Funcionan de otra manera —encogió los hombros—. A nosotros es más fácil vernos venir.

No respondí. El maître seguía ordenando vasos.

—¿Cree que ella realmente se suicidó?

—Es lo más probable —repuse con todo mi aplomo.

—Oh... Mejor, entonces. ¿No le parece?

—Desde luego.

Bebí un sorbo de tónica.

—Hoy no ha tocado el piano —dije.

Sonrió apenas.

—No está el ambiente para melodías.

—Sin embargo, lo hace bien. ¿Fue músico?

Amplió la sonrisa hasta descubrir el diente de oro; un reflejo dorado bajo el fino bigote.

—No llegué a tanto —respondió—. Aprendí cuando era estudiante, en Orán. Soy de allí. Lo que mis compatriotas llaman un *pied-noir*.

—Ah, vaya. Estuve en su tierra hace años, para rodar una película.

—¿De Sherlock Holmes?

—No, de las otras. *La patrulla del desierto*, una de la Legión Extranjera, con Ray Milland y Rita Hayworth... ¿La vio?

—Me parece que no, lo siento.

—No importa. No se perdió gran cosa, excepto la danza de Rita en un cabaret moruno —bebí otro sorbo—. Eso sí valía la pena.

Se apoyaba Gérard en el mostrador, cortésmente interesado.

—¿Ya había hecho *Gilda*?

—No, pero prometía —señalé las botellas en los estantes—. Hasta que dejó de prometer.

—Comprendo.

Lo dijo mirando mi vaso. Respondí con una sonrisa estoica.

—En estos días sus paisanos argelinos y franceses están de moda, con esa guerra casi civil.

Le cambió la expresión. Se había puesto serio.

—Yo me fui mucho antes. Me movilizaron durante la *drôle de guerre* con los alemanes, y con la derrota fui a un campo de prisioneros.

—Eh, vaya. Una desagradable experiencia.

—No fue demasiado mala. Estuve casi todo el tiempo empleado en granjas de familias alemanas que tenían a sus hombres en el ejército... Después de la liberación trabajé en el hotel Lutetia de Marsella, en el Carlton Grill de Cannes y en algún otro. Luego anduve por Italia y acabé en el Palace de Corfú. Allí me contrató hace dos años la señora Auslander.

—¿Qué opina de los huéspedes del hotel?

Tardó en responder y lo hizo con cautela.

—Bueno, míster Basil —se demoró un poco más—. Mi trabajo no es opinar de los clientes.

—Lo entiendo y respeto, pero son circunstancias excepcionales. Ya sabe lo que me han encomendado.

Reflexionó.

—Nada se salía de la normalidad —dijo al fin— hasta la desgracia de la señora Mander.

—¿Qué opina del doctor Karabin?

—Un hombre reservado, discreto. Creo que tiene problemas en su país.

—¿Qué clase de problemas?

Como única respuesta me ofreció un gesto ambiguo, sin ir más allá.

—¿Y los Klemmer? —inquirí.

—Vacaciones. Él trabaja en una industria alemana, de frigoríficos.

—¿Y ella?

—Más bien callada, como habrá visto.

—¿Sumisa?

No respondió a eso. Se limitaba a comprobar la limpieza de un vaso, poniéndolo a contraluz.

—Pasa el día haciendo punto o leyendo revistas —dijo tras un momento—. Creo que nunca le oí pronunciar una palabra en voz alta.

—Nada que llame la atención, entonces.

—Absolutamente nada.

—Sobre Pietro Malerba y la señora Farjallah, o yo mismo, no voy a preguntarle.

Relució el diente de oro.

—A eso puede usted responder mejor, señor Basil.

—¿Y el español, Foxá?

—Un hombre simpático, de los que caen bien a todos.

—¿Qué tal era la mujer que lo acompañaba?

—Francesa, diría yo. Atractiva, con clase. Mediana edad y casada, si me permite aventurar eso.

—Se lo permito. ¿Qué más?

—Los últimos días discutían en voz baja. Las cosas no iban bien entre ellos. Al final la señora hizo las maletas y se fue.

—¿Cómo lo tomó él?

—No pareció lamentarlo. Hasta le mejoró el humor.

—¿Y las señoras inglesas?

—Nunca observé en ellas nada extraño. Despreocupadas, típicas turistas, si permite que lo diga. De esas a las que olvidas apenas se van porque llegan otras idénticas. Como le dije cuando estábamos con Spiros antes de la cena, la señora Dundas es más seria que la otra, que reía a menudo. Y es verdad...

Titubeó y se detuvo, repentinamente cauto.

—Continúe —le pedí.

—Es posible que la señora Mander bebiese anoche algo más de la cuenta. En nuestra anterior conversación usé la palabra *animada*, me parece.

—Y fue prudente, creo.

—Sí... Quizá demasiado prudente.

—¿Borracha?

—Tampoco ésa es la palabra.

—¿Achispada?

—Más por ahí.

Apuré el resto de mi tónica.

—¿Y qué puede contarme de Raquel Auslander?

—Soy empleado suyo. Nada tengo que decir.

—Tengo entendido que es una superviviente de Auschwitz.

113

Mientras retiraba mi vaso del mostrador, su silencio fue largo. Al cabo levantó la vista.

—Oiga, míster Basil —ahora me miraba franco, sin pestañear—. Me agrada usted, he visto varias de sus películas y comprendo lo que le piden que haga aquí. Pero la señora Auslander es mi jefa. Si tan interesado está, pregúntele a ella.

—Tiene razón —asentí—. Disculpe.

Sonaron en el reloj del vestíbulo doce campanadas. Gérard miró el suyo.

—¿Otra tónica?... Debo ir a apagar el generador.

—No, déjelo —modulé una sonrisa triste—. Por hoy es suficiente.

Crucé el vestíbulo camino de las escaleras y de mi habitación. En ese momento la dueña del hotel salía de su despacho. Al verme, vino hacia mí.

—¿Alguna novedad? —preguntó.

Volví a mentir con mucha flema.

—Poca cosa.

Movió la cabeza cual si esperase esa respuesta. Miraba la linterna que yo aún tenía en las manos. Después dirigió un breve vistazo a la escalera de la izquierda, que llevaba a la habitación de Vesper Dundas.

—Fue usted amable con ella. Delicado, incluso. Se lo agradezco.

Hice un ademán ambiguo, restándole importancia.

—No soy nadie, en realidad. Faltaría más. Todo tiene sus límites.

—Hace bien manteniéndose en ellos —suspiró—. Confío en que sepa hasta dónde llegar, ¿comprende?... Que no lo tome demasiado en serio.

—Oh, por Júpiter. Claro que no lo hago.

Me dedicó una ojeada valorativa, un punto escéptica. Había sido una mujer muy guapa, confirmé. Aún tenía una agradable presencia. Intenté imaginarla antes de entrar en Auschwitz, y en qué estado se habría hallado al salir. También me pregunté cómo habría logrado sobrevivir. Por mi experiencia con los hombres y mujeres de Hollywood —dignidad y gallardía no son allí conceptos habituales—, siempre tuve una tendencia natural a recelar de los supervivientes. De cualquier manera resultaba comprensible que la muerte aislada de Edith Mander no trastornara demasiado a Raquel Auslander, o no más allá de lo que podía perjudicar a su establecimiento. Aquellos ojos oscuros, impenetrables, habían visto morir de modo horrible a millares de personas. Un cadáver más no tenía por qué impresionarla.

En ese momento se fue la luz, pues Gérard había parado el generador. Encendí la linterna mientras Raquel Auslander, tomando una cajita de fósforos, encendía las dos lámparas de petróleo del vestíbulo.

—Vi muchas de sus películas —dijo.

Apagué la linterna.

—Agradezco que lo diga. Confío en que le gustaran.

—Es un gran actor, desde luego. Hizo el mejor Sherlock Holmes de todos los tiempos.

Parecía esforzarse en ser amable. Sonreí.

—Eso no me convierte en el mejor detective de todos los tiempos.

Asintió reflexiva, despacio.

—No, por supuesto. Hay algo de artificial en esto. Pero es curioso: cuantos estamos aquí, incluida yo misma, nos prestamos a esa simulación casi infantil.

Le dirigí una mirada sorprendida. Sincera.

—¿También usted?

—Sí, también yo. Que esté callada y mire no significa que no me interese cómo ocurre.

—Algunos lo toman más en serio que otros.

Asintió, ecuánime.

—En el fondo todos son, o somos, un poco huérfanos. Demasiado cinematógrafo, demasiada radio, demasiada televisión. Demasiada guerra reciente y guerras de posguerra, demasiado miedo a la bomba atómica y lo demás, ¿no cree?... Supongo que en el fondo necesitamos ciertas dosis de algo.

—¿De irrealidad?

—Eso me parece. Algo que permita creer que al final, en la última página, en las palabras *the end* cuando cerremos el libro o nos levantemos de la butaca, todo quedará atrás como historias imaginadas.

—¿Sin consecuencias serias?

—Así es.

—Tengo entendido que sabe de eso —sugerí.

Se ensombreció su rostro cual si hubiera escuchado una impertinencia.

—Disculpe —me excusé.

—No importa —lo pensó—. Es cierto que ante determinadas realidades, ante lo brutal y lo injusto, el ser humano suele buscar consuelo, evasión. Le sorprendería la capacidad que tenemos de jugar, incluso camino de una cámara de gas.

—La infancia como refugio, tal vez. Con sus inocencias sobre los límites del bien y el mal.

—Cada uno sobrevive como puede.

—Exacto.

Se quedó otra vez pensativa.

—¿Combatió usted en la guerra? —preguntó al cabo.

—Algo hice en la primera.

—¿Trincheras?

—Sí, en Francia y Bélgica.

—¿Y en la última?

—Cine. Quise ir a Inglaterra para alistarme como David Niven, pero me consideraron demasiado viejo, más útil para otras cosas. Películas de propaganda y cosas así... ¿Vio *La escuadrilla heroica*, con Cary Grant y Ronald Colman?

—No.

—¿Y *Comandos del desierto*? ¿Aquella en la que Robert Taylor, Victor McLaglen y yo matábamos a un alemán cada veinticinco segundos?

—Tampoco, lo siento.

—Oh, no lo sienta. Eran realmente malas.

Nuestra atención se dirigió a Gérard, que acababa de aparecer de nuevo. La policía, dijo, había comunicado por radio para confirmar que el temporal iba a durar dos o tres días más. Se hizo cargo de la linterna, nos deseó buenas noches y se alejó hacia las escaleras, camino de su habitación.

—Qué extraño es todo —comenté a Raquel Auslander.

—¿Tan absurdo, quiere decir?

—Sí.

Sonrió apenas, amarga. Un solo pliegue en la comisura de la boca.

—La verdad es que me lo parece desde hace mucho tiempo.

—¿Desde...? —apunté, dejándolo ahí.

—Más o menos, sí. Después, Hiroshima y Nagasaki ayudaron un poco.

—El mundo es el sueño de un dios borracho, escribió alguien. Un alemán, creo.

—Heinrich Heine.

—Sí, ése.

Entornaba ella los ojos hasta convertirlos en dos líneas estrechas de apariencia inescrutable. Miró la hora en el reloj que llevaba en la muñeca derecha.

—Mis dioses son sobrios —dijo—. Eso los hace más coherentes y despiadados. Les arrebata toda justificación.

Se volvió hacia la escalera.

—Voy a ver cómo está Vesper Dundas. ¿Quiere acompañarme?

—Por supuesto, gracias.

En su análisis de los personajes que nos rodeaban, concluí mientras subía con ella, Sherlock Holmes no lo había observado todo. Entre nosotros no había dos zurdos, sino tres. Raquel Auslander era la tercera.

—He contado lo que sé... O lo que recuerdo.

Vesper Dundas estaba en una de las dos camas de su habitación, recostada sobre unos almohadones. Vestía un kimono de seda y tenía los pies descalzos. El cabello rubio, alborotado, se le pegaba a la frente. Rubia, tez clara y boca obstinada, típicamente inglesa.

—¿Podría describir con detalle el último momento en que vio a su amiga? —pregunté, paciente.

—Eso ya lo hice antes.

Me encontraba sentado en una silla junto a su cama. La habitación era espaciosa, comunicada con una terraza que rodeaba tres lados del edificio, excepto la fachada, a la altura de la primera planta. Había una cómoda con algunos frascos y perfumes, un armario de espejo grande con dos maletas encima, una puerta que daba a un pequeño aseo y una mesita de noche con un quinqué de petróleo encendido. La otra cama estaba hecha y tenía una colcha de lana griega encima. Raquel Auslander escuchaba sin intervenir, de pie junto a la puerta ventana de la terraza, por donde entraba un ancho rectángulo de luz de luna que clareaba las baldosas del suelo.

—Lo hice antes, ¿es que no lo recuerdan? —repitió Vesper Dundas.

Hablaba algo aturdida, aún bajo los efectos del calmante que le había administrado el doctor Karabin. Tras cada una de mis preguntas se demoraba en responder, cual si necesitara aclarar sus pensamientos.

—Por supuesto —la animé, amable—. Pero sería útil repasar algunos puntos.

Entornó los párpados enrojecidos y respiró hondo un par de veces. Al fin los ojos grises nos miraron voluntariosos, queriendo cooperar.

—Fue sobre las nueve de la noche. Cenamos juntas, como siempre, y estuvimos escuchando el piano antes de retirarnos... A veces dábamos un paseo hasta el espigón o la playa, y Edith propuso hacerlo; pero me dolía la cabeza: habíamos abusado del *ouzo*. Así que me acompañó arriba, cogió un chal y bajó de nuevo... No volví a verla... Tomé una aspirina y me acosté.

—¿Un chal, dice?

—Sí. Su mantón español. Negro, bordado con flores. Muy bonito.

—No había ninguno en el pabellón —mentí, aunque no del todo.

—Qué extraño.

No quise entrar en más detalles sobre eso. Además, Raquel Auslander escuchaba con atención.

—¿Notó algo inusual en su actitud durante la cena, o después?

Vesper reflexionó un momento.

—Nada. Todo parecía normal.

—¿Cree que estaba preocupada o deprimida?

—No, en absoluto. Eso también se lo dije antes a ustedes. Me pareció tan parlanchina y divertida como de costumbre.

Miré sus pies desnudos. Con aquella luz parecían atractivos, pintadas las uñas de rojo muy oscuro. Suscitaban pensamientos vagamente turbios, decidí. O al menos me los suscitaban a mí. Raquel Auslander permanecía silenciosa, de pie junto al ventanal, y advertí que seguía la dirección de mi mirada. Me incliné un poco hacia Vesper Dundas.

—¿De verdad nunca percibió algo que hiciera pensar en...? Bueno... ¿En un trágico desenlace?

—No —negaba con la cabeza, desmayadamente—. Incluso parecía animada. Le pregunté si iba a pasear sola, y respondió que sí. A menos, añadió, que algún interesante caballero se ofrezca a acompañarme.

Me detuve ahí.

—¿Eso dijo?

—Sí.

—¿Sabe si estaba citada con alguien, o lo hizo más tarde?

—No creo. Si se encontró con alguien, tuvo que ser de forma casual.

—¿Cree que llegó sola a la playa?

Alzó despacio una mano para retirarse un mechón de cabello que se le había pegado a la cara. La luz del quinqué dejaba reflejos metálicos en los iris color nube de lluvia.

—¿Por qué no? —dijo al fin—. Había ido en otras ocasiones. También yo lo hice una tarde que ella estaba cansada y se quedó aquí, leyendo —nos miró perpleja—. ¿No les parece natural?

—Oh, sí. Claro.

—Pasear por el jardín y la playa es agradable; y la isla, un lugar seguro —de pronto se removió, inquieta—. ¿Qué podía temer?

Alargué una mano para tranquilizarla, tocando con suavidad la suya. Tenía la carne cálida y la piel suave, ligeramente húmeda de sudor. De soslayo advertí que a Raquel Auslander no le pasaba inadvertido mi ademán.

—Una última pregunta, señora Dundas. ¿Cree que su amiga se suicidó?

Volvió a retirarse el cabello de la cara, extrañada.

—Eso ya me lo preguntó cuando hablamos en la sala de lectura.

—¿Y sigue pensando lo mismo?

Tardó mucho en responder. De pronto me miró con súbita alarma, insegura.

—La verdad es que no sé qué pensar.

Después de la conversación con Vesper Dundas no pude conciliar el sueño. Imágenes diversas iban y venían en mi cabeza, mezclándose lo real y lo imaginado, la vida y la muerte. Estrategias y tácticas posibles. Incómodo, harto de dar vueltas en la cama buscando una postura que nunca era definitiva —dormía en ropa interior, pues casi todo mi equipaje, pijama incluido, estaba a bordo del *Bluetta*—, me puse en pie y fui hasta la puerta ventana. Conectaba ésta con la terraza a la que daban la mayor parte de las habitaciones. De día se gozaba de una agradable vista de la colina cercana, con sus espesos árboles escalonados en la pendiente; pero a esa hora sólo era posible distinguir una masa sombría que el resplandor de la luna silueteaba en la oscuridad.

El cuerpo me pedía una copa de algo, y procuré borrármelo de la cabeza. En mi ayuda evoqué el pasado reciente y el más remoto —hepatitis vírica y el hígado hecho polvo tras un prolongado castigo—, acordándome de lo que años atrás me había dicho Larry Olivier en Londres, una noche de mucho vino y confidencias mientras despachábamos un solomillo Wellington en el Savoy: excepto ese espléndido animal de John Wayne, que sólo hace de John Wayne, un buen actor se pasa la vida siendo alguien que no es, pero que el público cree que es. Nunca somos tú o yo, Hoppy, sino lo que urden guionistas, directores y productores. Así que desengáñate: esos cabrones no nos permiten abandonar a los personajes que inventan para nosotros, ni a los que una vez en la pantalla la gente se figura que somos. No te imaginas, amigo, lo que me cuesta desprenderme de Nelson, Enrique V, el día de San Crispín, ser o no ser y toda esa mierda.

Me vestí ligeramente, encendí un purito y estuve mirando las fotos Polaroid de Edith Mander. Después salí a la terraza. La temperatura era agradable a pesar de la hora. La noche apenas había refrescado un poco, y aunque se escuchaba el rumor lejano del viento azotando el otro lado de la colina, el hotel y sus alrededores seguían en calma absoluta. Los grillos reiteraban su monótona saloma nocturna.

No podía quejarme, pensé. Del alcohol había escapado más o menos a tiempo y tenía algunos ahorros, pese a que mi carrera cinematográfica estaba muerta y enterrada. A fin de cuentas, sin contar las otras películas había hecho quince lucrativas historias de Sherlock Holmes. No todos mis amigos habían tenido la misma suerte: William Powell, por ejemplo, tan elegante y agradable, al final de su larga carrera sólo había rodado cinco entregas de *El hombre delgado*, la serie de películas detectivescas que hizo con Myrna Loy.

Eso dio lugar a que me acordara de Pietro Malerba y su oferta para la serie de televisión. No era un proyecto seductor; aunque, al menos, algo en que ocuparse. Además, era tiempo de adoptar precauciones financieras. La casa de Antibes estaba pagada, pero la vida en el sur de Francia empezaba a ser muy cara e ignoraba cuántos años me quedaban por delante. Una vejez con apuros económicos podía convertirse en un infierno. De lo que estaba seguro era de que nunca volvería a vivir en Inglaterra, con aquellos puertos brumosos, políticos miserables —yo había sido muy de Churchill—, calefactores de gas que funcionaban con monedas y añoranza de un imperio hecho trizas. La vida junto al Mediterráneo, sin embargo, bullía de situaciones luminosas posibles o probables, como habría dicho Sherlock Holmes.

Pensar en el detective me devolvió al problema inmediato y a mis siguientes pasos en él: a la pintoresca investigación que, entre bromas y veras, teníamos en marcha y a mi equívoco papel en ella. Permanecí un rato pensando en eso, apoyado en la barandilla de hierro mientras terminaba el cigarrillo; y al cabo, puesto que el sueño seguía sin manifestarse, regresé a la habitación, me metí en el bolsillo una latita de cigarros y el encendedor de Marlene Dietrich, cogí la llave, salí al silencioso pasillo y bajé en dirección a la sala de lectura.

—Menuda sorpresa —dije al llegar allí.

Paco Foxá levantó la vista del libro que tenía en las manos y se me quedó mirando. Estaba sentado en una de las butacas y leía a la luz de las tres lámparas de petróleo encendidas. En los estantes, entre los libros —una variada provisión de Henry James y Thomas Mann mezclados con Maugham, Greene, Zweig, Yerby, Slaughter y unos cuantos más—, había varios volúmenes de viejas revistas encuadernadas: *Paris Match*, *Epoca*, *Ladies' Home Journal* y la griega *Imbros* de los años cuarenta.

Tras el desconcierto inicial, el español se mostró satisfecho de verme.

—No podía dormir —dijo como si necesitara excusarse.

—Yo tampoco.

Fui a sentarme frente a él. Conté tres colillas en el cenicero.

—¿Busca leer algo en particular? —preguntó.

—La edición facsímil de los relatos de Conan Doyle en el *Strand*. Esa de la que nos habló la señora Auslander.

Alzó levemente el libro.

—Se refiere a éste.

Me quedé atónito y pareció disfrutar con mi asombro. Pero no era extraño, dijo tras un instante, que los dos hubiésemos tenido la misma idea. Eso denotaba una excelente sintonía.

—Pensé que sería bueno refrescar algunos recuerdos literarios —dije.

—Ésa fue también mi intención.

Me pasó el libro. Era pesado, un grueso volumen en folio: *Sherlock Holmes. The complete illustrated «Strand»*. Estaba bastante maltratado en la encuadernación, pero las hojas se hallaban bien.

—No hay nada original bajo el sol —opiné—. Todo se ha hecho o escrito antes.

Pasé despacio las páginas admirando sus antiguas ilustraciones hasta llegar a la 118: Watson sentado y Holmes de pie, de espaldas a una chimenea. *Luego se situó delante del fuego*, decía el pie de la imagen. Se lo mostré a Foxá.

—La hizo Sidney Paget en 1891 —comentó él—. ¿Los ve bien con esta luz?... Esa estampa, la primera que aparece en *Un escándalo en Bohemia*, fijó para siempre el canon: Watson más bajo y algo más fornido, con su bigote, y el detective alto y delgado, la frente despejada y la nariz grande, aguileña. Hubo otros ilustradores, pero ninguno se acercó tanto a la esencia de los personajes.

Se detuvo un momento. Miraba la ilustración y me miraba a mí.

—Es idéntico a usted.

—Quizás —admití.

—Parece conocer, con toda calma, hasta el último hecho siniestro perpetrado en su siglo.

Sonreí apenas, reconociendo la cita de *Estudio en escarlata*, pero no dije nada. Llegué así a la página 197. Ahí estaba la imagen clásica que ya nunca nadie pudo alterar: Holmes en batín, fumando su pipa. También se la mostré.

—Como dos gotas de agua —confirmó.

—Por eso pensaron en mí, por el parecido. Para bien y para mal, mi fama se la debo a Paget y sus ilustraciones. También alguna que otra costumbre personal.

—Pues ahora es él quien tiene los rasgos de usted. Hasta la forma de pararse y mirar es idéntica: *Ojos afilados como espadas que traspasan, escrutadores...* ¿Cayó en la cuenta de que Conan Doyle emplea a menudo la palabra *sharp* para definir la mirada de su detective?

—Exagera —repliqué— en lo que se refiere a mí.

—No, en absoluto. Es como una versión gráfica del principio de incertidumbre de Heisenberg: si el hecho de observar altera lo que se observa, el de interpretar modifica lo que se interpreta... Él ya es usted y lo será siempre.

Pasé más páginas, entre halagado e incómodo.

—Una idea divertida —admití— pero absurda.

—¿También fumó en pipa?

Hice una mueca cómplice.

—¿Tabaco fuerte de hebra?

—Pues claro —rió Foxá.

—Sólo para las películas. Soy gran fumador, como usted y como el mismo Sherlock Holmes. Pero detesto la pipa. Es incómoda y estropea los dientes.

Mi propio comentario reavivó en mí una idea fugaz que de nuevo se desvaneció sin darme tiempo para analizarla: dientes marcados o manchados: había leído algo una vez, en alguna parte. Entonces me detuve ante una ilustración del relato *Silver Blaze*: Holmes y Watson en un vagón de ferrocarril. Foxá se inclinó a mirarla.

—Aquí aparecen el abrigo Ulster con capucha y el famoso gorro de campo —dijo, complacido.

—Sí, pero no imagina lo ridículo que me sentía cuando me obligaban a ponerme el *deerstalker* en las primeras películas. El pobre Bruce Elphinstone me tomaba mucho el pelo con eso.

—¿Por qué dejó de interpretar al detective?

—Ya le comenté: la televisión empezó a adueñarse de todo y las grandes productoras decidieron soltar lastre: a Bogart se lo quitaron de encima enviándole pésimos guiones, que rechazó con su famosa sonrisa de lobo, y a Betty, su mujer, le hicieron lo mismo. Hasta Cary Grant y Hank Fonda anduvieron un tiempo por el filo de la navaja, y Flynn ya estaba acabado... Querían gente nueva, joven, más barata que las estrellas de contratos millonarios.

—Errol Flynn y usted eran íntimos, ¿no?

Sonreí, evocador.

—Lo fuimos.

—Lo vi no hace mucho, en *Fiesta*. Esa mala novela de Hemingway: *The Sun Also Rises*.

—La película aún es peor.

—Con Tyrone Power y Ava Gardner.

—Sí.

—Flynn me pareció muy envejecido.

—Lo estaba. La vida siempre pasa factura, y él la vivió a fondo.

—¿Se conocieron en Hollywood?

—No, mucho antes: en Londres, haciendo teatro en el Northampton Repertory. Y el año treinta y cuatro, cuando íbamos a Hollywood contratados por ciento cincuenta dólares semanales, coincidimos a bordo del *Paris*. Dos años después rodamos juntos *El capitán pirata* y seguimos siendo amigos toda la vida. A él lo encasillaron como aventurero espadachín y a mí como detective victoriano. Nuestras carreras fueron paralelas y se apagaron casi al mismo tiempo.

Seguí hojeando el volumen. De vuelta a *Un escándalo en Bohemia* busqué una ilustración donde apareciese Irene Adler, la enemiga de Sherlock Holmes; la única mujer que había logrado derrotar su mente privilegiada. Aparecía en dos grabados: una vez en segundo plano durante la boda en la iglesia de Santa Mónica; la otra, disfrazada de hombre y saludando a Holmes ante el 221B de Baker Street.

—Estuvo casado. ¿Verdad, Basil?

Me miraba Foxá, divertido, pues había observado en qué ilustraciones me detenía. Pasé a otras páginas.

—Oh, sí —respondí—. Un par de veces.

Hizo un ademán más italiano que español.

—El amor...

—El amor es otro asunto —opuse, algo seco—. Sólo estamos hablando de mujeres hermosas.

Mi interlocutor lo pensó un momento, cauto, como si temiera ser impertinente.

—Creo recordar que tuvo algún romance notorio —dijo al fin—. Si no le molesta que lo mencione.

—Oh, para nada. Por Júpiter —repetí el movimiento vago y lánguido que desde que estaba de nuevo en mi papel solía hacer con una mano—. Pasó demasiado tiempo para que pueda molestarme nada de eso.

—¿Con Vivien Leigh?

—Ni hablar. Eso fue un invento de los periodistas. Ella, Larry Olivier y yo fuimos siempre muy buenos amigos.

—¿Y Marlene Dietrich?

Sonreí con la adecuada melancolía.

—Una relación breve, pero satisfactoria. Seguimos siendo amigos... Todavía nos vemos cuando ella pasa por la Costa Azul, para hablar de los viejos tiempos.

—¿Y qué me dice de Violet Worlock?

Enarqué una ceja.

—Lo veo bien informado sobre mí.

—Usted siempre me interesó mucho.

—Sí, ya veo.

—La Worlock estaba casada, me parece.

—Divorciándose ya —le corregí—, aunque Benny, su marido, no lo llevaba nada bien. Tuvimos una escena famosa en el bar del restaurante La Maze de Sunset Strip. Dio de qué hablar a la prensa durante días.

—¿Qué ocurrió?

—Él estaba pasado de copas y vino a pedir explicaciones, más bien agresivo. Yo, que nunca fui violento, me limité a un truco mexicano que me había enseñado Gilbert Roland, que era pareja de Connie Bennett y siempre andaba a golpes con los moscones impertinentes: pisarle un pie al otro mientras empujas... Si lo haces rápido, no le dejas muchos lugares a donde ir.

Reía el español en tono quedo.

—La Worlock era una mujer muy bella —concluyó.

—Y una gran actriz. Ahora vive en Los Ángeles, creo. Tampoco hace ya cine; sólo papeles secundarios en televisión: madres, abuelas, suegras y personajes así. Cuando dejó de hacer taquilla, Hollywood la relegó como a tantos otros.

—Cambio la pregunta. ¿Alguna vez estuvo de verdad enamorado?

—No sé —lo pensé sinceramente—. No creo.

—¿Ni siquiera de sus dos esposas?

—Me temo que tampoco, o no demasiado.

—Sin embargo, besó en el cine a mujeres hermosas.

—A pocas. Mis papeles no eran de galán seductor.

—Lo hizo con Bette Davis, por ejemplo.

—Y fue como besar el pestillo de una puerta.

—¿Qué me dice de Lana Turner en *Desayuno en el Ritz*?

—Únicamente nos rozamos de refilón. Quien la besó más en esa película fue William Holden.

—También lo hizo con...

—Bueno —lo interrumpí—. En realidad no creo que cambiase con ellas más de cuarenta o cincuenta palabras aparte de las que figuraban en el guión. Y ni siquiera a eso se puede llamar conversación, porque la mayor parte de las actrices, como los actores, no piensan ni escuchan. Sólo esperan a que digas tu frase para decir la suya.

Me observaba Foxá con curiosidad.

—Es extraño... ¿Así lo recuerda?

—Así era.

—Desapasionado como el propio Sherlock Holmes.

Sonreí, melancólico.

—Puede ser.

—El hombre que nunca se enamoró.

—Eso cuentan.

—Aunque, en mi opinión, no es del todo cierto —indicó el libro—. Irene Adler fue especial en su vida. Conservaba el retrato, acuérdese.

—Es verdad. Pero en cualquier caso, y dejándola a ella aparte, no cabe duda de que Holmes era un misógino redomado. O al menos guardaba las distancias.

Pasé unas páginas más hasta detenerme en un grabado de *El problema final*: Holmes y el profesor Moriarty abrazados, a punto de caer por las cataratas de Reichenbach. Mi interlocutor seguía observándome.

—¿Nunca le interesó formar una familia de verdad? ¿Con hijos?

Levanté la mirada al techo con aire ausente.

—En absoluto. Y no fue porque no lo intentaran.

—Siempre lo intentan.

—A menudo pretenden cambiarnos. Y nosotros, que ellas no cambien.

—Ecuación imposible.

—Eso pienso.

—De cualquier modo, es difícil imaginar a Sherlock Holmes con familia.

Lo dijo riendo. Moví la cabeza.

—Quizá sea la causa, no sé. Pero aquí me tiene. El curioso caso del ex detective fingido, divorciado y sin hijos.

—No tan ex ni tan fingido. Tenemos un crimen entre manos, Holmes.

Al bajar la vista comprobé que me miraba expectante, con renovado respeto.

—¿Ha pensado en ello, Basil? —añadió—. ¿Alguna idea nueva?

—Sólo puedo asegurarle que no estoy seguro de nada.

Movió la cabeza, afirmativo. Reconocía la cita.

—¿Y aparte de eso?

—El doctor Karabin —respondí, rotundo.

—También yo lo he notado: demasiados puntos oscuros en sus diagnósticos. Deberíamos tener una charla seria con él.

—Cierto, pero no conviene espantar la caza. Vayamos con tiento.

—¿Qué propone?

—Habrá que interrogar a los que nos faltan: los Klemmer, por ejemplo.

—¿Y Vesper Dundas?

—Tuvimos una segunda conversación hace unas horas, después de que usted se retirase. En presencia de la señora Auslander.

—Vaya —parecía contrariado—. Me perdí eso.

Lo puse al corriente. Nada nuevo, de cualquier modo. Nada útil para la pesquisa.

—La verdad —dijo Foxá— es que todavía no imagino a nadie asesinando a Edith Mander.

Sonreí mientras ponía el libro sobre la mesa.

—¿Y a mí?

—En absoluto. Además, es el detective de esta historia. Sería jugar sucio con un posible lector, o espectador. ¿No le parece?

—Pues debo confesarle algo: yo sí he pensado en usted, como en todos.

—Diablos... Soy Watson, Holmes.

130

—El mundo moderno es un mundo equívoco —alcé un poco una mano—. Pero tranquilícese. Tras considerarlo, quedó descartado. O pasó a ser una posibilidad secundaria.

—Vaya. Cómo se lo agradezco.

—Una vez descartado lo imposible...

—Ya sé, ya sé... Se lo oí decir montones de veces en el cine: lo que queda, por improbable que parezca, tiene que ser verdad.

—Lo que también es una enorme mentira.

—Eso me temo.

—En cualquier caso, usted no da el perfil de matar.

Me escuchaba con atención, ligeramente inclinado hacia mí. Se había puesto serio. Una vez más pensé que era un hombre apuesto que sin duda tenía éxito con las mujeres, y no pude menos que recordar la afirmación del doctor Watson, cuando en uno de los episodios decía que su experiencia con ellas abarcaba varias naciones y tres continentes distintos.

—¿Por qué no doy el perfil? —preguntó.

Me limité a mirarlo en silencio. Cuando comprendió que no iba a contar nada más se recostó en el asiento.

—No sé si agradecérselo o tomarlo a mal.

Me eché a reír.

—Centrémonos mañana en los Klemmer —suspiré, poniéndome en pie—. Creo que ahora podré dormir. ¿Sube también?

—No, voy a quedarme un rato con esto —extendió una mano y tamborileó con los dedos sobre la tapa del libro.

—Bien... Hasta mañana entonces, Watson.

—Hasta mañana, Holmes.

No habían pasado quince minutos cuando bajé de nuevo. Foxá seguía hojeando el mismo libro y alzó los ojos con sorpresa al percibir mi enfado.

—¿Qué sabe de esto? —pregunté, dramatizando un poco.

Le mostraba la cuartilla doblada en dos. Cerró el libro y la cogió.

—¿Fue usted? —insistí—. ¿Pretende tomarme el pelo?

Desdobló la cuartilla, sorprendido. Era una nota en papel del hotel, escrita con lápiz y mayúsculas de trazo muy torpe:

EN LA ARENA
HOLLADA POR AYANTE
LO ÚNICO ELEMENTAL
ES LA MUERTE.

La leyó varias veces, confuso.

—Creo que la broma... —empecé a decir.

—No he sido yo —me interrumpió.

Me lo quedé mirando con mucha fijeza. Arrebaté la nota de sus manos y la releí en silencio. Al fin lo miré.

—¿Tengo su palabra?

—La tiene, por supuesto. ¿Dónde la ha encontrado?

—En el suelo de mi habitación, junto a la entrada. La vi cuando iba a acostarme. Y estaba con esto.

Saqué del bolsillo la plegadera y la puse ante él: un abrecartas plano, estrecho, aguzado como un puñal. Tenía el mango damasquinado y una reluciente hoja de acero de un palmo de longitud.

—Es lo bastante plana para caber por debajo de la puerta —añadí.

Foxá miraba la plegadera, perplejo. Probó la punta sobre la yema de su dedo pulgar.

—¿También estaba en su habitación?

—Sí.

—¿Y no es suya?

—No la había visto en mi vida.

Me pidió el papel y lo estudió otra vez.

—En el relato *Los hidalgos de Reigate* —comentó, devolviéndomelo—, Holmes extrae veintiséis deducciones distintas de un trozo de papel.

—A mí me bastaría con una.

—Parece escrito por un niño.

—O por alguien que quiere disimular su letra: el uso de mayúsculas lo demuestra. He pensado en ello mientras bajaba.

—Tal vez un diestro que la escribió con la mano izquierda. ¿Se refiere a eso?

—O un zurdo con la derecha.

Nos quedamos callados, mirándonos.

—¿Se da cuenta de lo que significa? —inquirí.

—Puede ser alguien con ganas de tomarnos el pelo —opuso—. Y que nada tenga que ver con...

—¿Nada que ver? ¿De verdad piensa que es una simple burla?

No supe qué responder a eso. Siguió otro silencio, durante el que miré los libros en la penumbra de los estantes. En torno a nosotros, la noche parecía ahora más intensa y las sombras más espesas.

—En esta clase de asuntos —expuse al fin— son necesarias dos actividades complementarias: ponerse en el lugar de un criminal más inteligente que nosotros y ponerse en el lugar de uno menos inteligente. Y ambas tienen su dificultad.

—¿Y en qué caso estamos?

—No lo sé.

Tomé asiento en el mismo lugar que había ocupado antes.

—*En la arena hollada por Ayante...* —proseguí—. Quizá se refiere a la playa, ¿no cree?

—Podría ser —convino Foxá.

—A las huellas en la arena que iban al pabellón.

—Es muy posible.

Recordé que Sherlock Holmes solía tomarle el pelo a Watson aparentando más ignorancia que la real, así que resolví hacer lo mismo.

—¿Y Ayante?

Se sorprendió.

—¿No conoce el teatro clásico antiguo?

—Estimado amigo, le sorprendería lo poco cultivados que podemos ser en mi profesión. A menudo los actores somos apariencias huecas que rellenamos con cada nuevo personaje... La mayor parte de nosotros, cuando recibimos un guión nuevo, nos limitamos a leer la parte del diálogo que nos corresponde.

Me quedé pensativo, como demorándome en recuerdos de guiones y películas, mientras analizaba sus reacciones. Saqué la lata de Panter y se la ofrecí abierta. Negó con la cabeza. Ya había cuatro colillas en el cenicero.

—Sí, se lo aseguro —añadí encendiendo un purito—. Nada tan vacío como un actor. Se lo dice uno que se considera buen conocedor de Shakespeare, así que imagine a los otros.

—Ayante es Áyax —dijo Foxá.

—¿Quién?

Me había excedido y noté que observaba, suspicaz.

—Quiere tomarme el pelo, ¿verdad?

—No, para nada —repuse.

—¿No sabe quién es Áyax?

Enarqué las cejas con la inocencia apropiada.

—Bueno, sí —admití—. Uno de los héroes de la guerra de Troya.

—Hay una obra de teatro con ese nombre: *Ayante*. De Eurípides... O no, perdón... De Sófocles. Eso es. La nota se refiere al *Ayante* de Sófocles.

—¿Y la arena hollada?

Lo pensó un poco más. Y de pronto, como en un fogonazo de flash fotográfico, pude verlo en su rostro con toda claridad.

—¿Qué ocurre? —pregunté.

—Es mejor de lo que creía —dijo al fin—. Muy rebuscado.

—Me tiene usted en vilo.

—En la primera escena del primer acto, Ulises, el guerrero aqueo, está de rodillas en el suelo, investigando unas huellas dejadas en la arena por su compañero Áyax, que tras volverse loco, lleno de furia homicida, ha matado todas las reses del establo, y también a sus pastores.

Me mostré admirado, aunque procurando no exagerar.

—Vaya. ¿Y qué más?

—No recuerdo mucho, excepto un par de cosas. Una es que Ulises investiga *con olfato de perra laconia*... La otra es *algunas huellas me tienen perplejo, pero otras sí las identifico*.

—Diablos —lo miré con sincero respeto—. Tiene buena memoria.

—Fui un pésimo alumno excepto en literatura, griego y latín.

—Ese de Ulises parece un verdadero relato policial. ¿Se trataría del primer detective de la literatura?

—Podría ser. Aunque compite con el profeta Daniel, que esparce ceniza en el suelo del templo para demostrar que los sacerdotes entran a comerse las ofrendas. Y con Edipo, que acaba descubriendo que mató a su padre y se acostó con su madre.

—No me diga —hice la mueca de sorpresa adecuada—. ¿Tan viejo es el género?

—La Biblia, en su primera página, empieza con un robo y un fratricidio. Y luego, ya sabe: Poe, Gaboriau, Leblanc... Hasta Alejandro Dumas hizo a D'Artagnan actuar como detective en *El vizconde de Bragelonne*. Y es que, a menudo, lo que nos parece nuevo es sólo lo olvidado.

—Huellas —comenté pensativo.

—Así es. Son el elemento detectivesco más antiguo. Con más solera.

—También aparecen en muchos episodios de Sherlock Holmes.

Me observó con extrema atención mientras yo soltaba una densa bocanada de humo.

—Todo esto significa —añadí— que si en el hotel hay un asesino, y probablemente lo haya, nos las tenemos con un asesino culto.

—Que conoce a Sófocles, al menos.

—*Lo único elemental es la muerte...*

—Querido Watson —completó.

—Sí, exacto. Se está burlando de nosotros.

Señaló Foxá la nota y la plegadera sobre la mesa.

—No veo la relación entre esos dos objetos.

—Yo tampoco, pero el guiño maligno está muy claro. Dirigido a mí, y también a usted.

Nos quedamos callados, meditando cada uno su enfoque del asunto. Y debo confesar que, pese a las circunstancias, yo experimentaba una sensación agradable. Era peculiar, desde luego; pero el estímulo equilibraba lo siniestro. Anhelaba cobrar la presa, aunque ésta no fuese, tal vez, la que todos creían. En ese momento me sentí como cuando se apagaban las luces y en la pantalla rugía el león de la Metro o el atleta musculoso golpeaba el gong. O cuando me situaba en mi marca y sonaba el *clap* de la claqueta.

—Esto da un giro insospechado —concluí—. Toma un rumbo imprevisible y desconocido. Y si nos las vemos con un crimen...

—Que me parece que sí —apuntó Foxá, objetivo.

—Si nos vemos ante uno, como es su impresión y también la mía, ¿qué criminal puede estar tan seguro como para provocarnos de esta manera?

—No tengo la menor idea.

Me quedé un rato callado, envuelto en humo como si estuviera en el piso de Baker Street, apoyado un codo en una mano y el mentón en la otra. Tuve la certeza de que si mi interlocutor abría otra vez el libro y buscaba entre las ilustraciones, encontraría una idéntica.

—Esta tarde —dije al fin—, de modo más ligero que ahora, usted y yo llegamos a hablar de juego, ¿recuerda?

—Pues claro.

—También la señora Auslander se refirió a eso.

—Vaya. Qué coincidencia.

—Pues parece que no coincidimos tres, sino cuatro. Usted, yo, ella y ese jugador anónimo que conoce el teatro de Sófocles.

Lo vi dar un respingo. Uno real, de verdad. Casi saltó del asiento. Miraba la plegadera cual si ésta fuese una serpiente a punto de cobrar vida.

—¿Moriarty?... ¿El responsable de la mitad de los crímenes que se cometen en el mundo?

—Por Júpiter —aplasté el purito en el cenicero como si de pronto se me hubieran ido las ganas de fumar—. No diga eso.

5. El misterio del cuarto cerrado

*Estoy acostumbrado a que uno de los dos
extremos del caso sea un misterio, pero que lo
sean dos me parece desconcertante.*
La aventura del constructor de Norwood

Al día siguiente, de mutuo acuerdo, los dos desayunamos temprano, aunque yo madrugué más. Foxá bajó soñoliento y algo aturdido —como yo, sólo había dormido unas pocas horas—, cuando ninguno de los otros huéspedes estaba levantado todavía. Al entrar en el comedor, un sol horizontal y deslumbrante empezaba a iluminar la puerta vidriera que daba al jardín.

—He pensado mucho —dije.

Era verdad. Lo había hecho tumbado en la cama, ajeno al sueño y con la vista fija en el techo de mi habitación, imaginándome asomado desde una ventana a la niebla húmeda y turbia de un atardecer de otoño: humor incierto, jeringuilla con dosis de cocaína dispuesta sobre la mesa, mientras a lo largo del Strand las farolas eran manchas de luz difusa y el resplandor amarillo de los escaparates daba un aire espectral a los transeúntes que atravesaban las estrechas franjas de claridad pasando de la oscuridad a la luz y de vuelta otra vez a las sombras.

—Yo también he pensado mucho —dijo Foxá.

Le cedí el paso, camino de la mesa que íbamos a ocupar.

—¿Sabe una cosa? —señalé—. Cuando se miran la vida y la muerte como las miraba Sherlock Holmes, éstas se vuelven...

Me detuve en busca del término justo.

—¿Distintas? —sugirió Foxá.

—Estimulantes. Incluso nutritivas.

—Tiene razón.

Sin decir nada más nos sentamos uno frente al otro y dimos cuenta en silencio de los huevos con tocino, el zumo de naranja y el contenido de la cafetera humeante que nos trajo Spiros. Yo vestía la misma gastada chaqueta de tweed, el pantalón de pana, la corbata de punto del día anterior y mi única camisa limpia, pues la otra que había traído del *Bluetta* me la estaba lavando Evangelia. Olía a loción de afeitar, y supongo que bajo mi frente despejada —hay quien, equivocadamente, asocia eso con una inteligencia superior— los cercos de insomnio en torno a los párpados acentuaban la expresión melancólica de mi rostro rasurado con esmero.

—Por favor —pedí—. Páseme el azúcar, si es tan amable.

—Claro. Aquí lo tiene.

—Gracias.

Cual si mediase un acuerdo tácito, no mencionamos lo ocurrido el día y la noche pasados; ni tampoco la nota que yo le había mostrado. Ni siquiera nos miramos de frente hasta que yo encendí un purito y él un cigarrillo. Me recosté en la silla y le dirigí un vistazo breve, intenso y pensativo. Después indiqué el jardín.

—Parece que sigue el temporal.

—Sí.

Suspiré, contrariado.

—Me estoy quedando sin tabaco. Espero que en el hotel queden provisiones, aunque no sea mi marca habitual.

Foxá parecía distraído, absorto en inquietudes que no manifestaba. Al fin, reparando en mis palabras, dio un golpecito con una uña sobre el paquete que estaba junto a su taza de café vacía.

—Me queda suficiente, como le dije. Puede fumar del mío.

Asentí, agradecido.

—He pensado mucho —insistí.

Me miró de un modo que me pareció singular.

—¿Sobre la nota y la plegadera?

—Sobre todo.

—¿Puede ser una broma?

Moví la cabeza, dubitativo.

—¿Cree que alguien tendría el mal gusto de bromear con la muerte de Edith Mander?

—No, realmente... O no sé. Tal vez sí.

—Por alguna razón que no alcanzo a comprender, nos plantean un desafío personal. A usted y a mí.

—¿De verdad cree en la existencia de un asesino?

Me pareció una pregunta fuera de lugar a esas alturas, así que lo estudié, inquisitivo.

—En uno, o en alguien a quien le gusta jugar a serlo —dije—. Creer que los personajes se resignan a permanecer encerrados dentro de los libros puede resultar un error.

—Pienso lo mismo —repuso tras meditarlo un momento—. Incluso un error peligroso.

—Y hay algo más —paseé la vista por el comedor aún vacío—. Se trata de un criminal real o fingido, pero muy seguro de sí. Con extrema vanidad.

—También puede ser alguien ajeno a la muerte de Edith Mander, que se limite a burlarse de nosotros... ¿Su amigo el productor de cine, quizá?

—No creo, no da el perfil —lo pensé un poco más—. Parece en exceso elaborado para tratarse de él.

Foxá se rascó una sien.

—Entonces, ¿un loco?... Hay que estarlo para... No sé. La plegadera y esa nota —me dirigió una ojeada suspicaz—. ¿Va a contárselo a los otros?

Era una buena pregunta. Me encogí de hombros.

—Aún no lo sé.

—¿Qué ha hecho con ellas?

—Están en el cajón de mi mesita de noche.

Nos quedamos callados mientras yo reflexionaba.

—Sea quien sea, criminal auténtico, jugador oportunista o ambas cosas a la vez —concluí—, sabe lo que hacemos y se burla de nosotros.

—Nos provoca.

—Oh, sin duda. Esta aventura le cosquillea el orgullo, diría yo. Lo motiva.

—Qué absurdo.

—No tanto. Confieso que también me estimula a mí. ¿Y a usted?

Se pasó una mano por el mentón. Por un momento me pareció desasosegado. Tal vez molesto. Sus ojos volvían a eludir los míos.

—Después de la nota y la plegadera no sé qué decir. Hasta ayer, la palabra *estímulo* era adecuada; pero esta mañana estoy confuso —se tocó un bolsillo del pantalón, cual si llevara algo incómodo en él—. Los interrogatorios, por llamarlos de algún modo, no aclaran gran cosa.

—Tampoco había mucho que esperar. Hasta el más inocente de los individuos tiene lagunas en la memoria o faltas de observación. Nos ocurre a todos.

—A usted menos que a otros, Holmes —repuso con una sonrisa indefinible.

—A mí como a cualquiera —repliqué—. Si buscamos rigor absoluto, las declaraciones de testigos no tienen demasiada relevancia, ni credibilidad. Lo desafío a contarme con detalle cuanto hizo en las últimas cuarenta y ocho horas.

—Nadie es capaz de eso.

—Por supuesto. Incluso cuando recordamos algo que vimos estamos condicionados por lo que otros creen que vieron. Los relatos minuciosos sólo existen en las novelas.

—Pistas y trampas para que el lector acierte o se equivoque, ¿no?

—Desde luego.

Foxá pareció reflexionar un poco más.

—No quiero ser aguafiestas. Pero cuando una novela está bien construida según las reglas del género, es casi imposible que el lector descubra al culpable antes que el detective.

—Excepto —opuse— si el lector conoce las reglas y sabe interpretar los trucos de la trama antes de que el narrador destruya el enigma.

—Es verdad.

—No se trata de un duelo entre el bien y el mal, sino entre dos inteligencias. Así lo veo yo.

—Pues creo que lo ve correctamente. En realidad se trata de un problema frío, no moral.

—Matemático, para ser exactos.

—Eso quería decir.

Nos quedamos callados unos instantes. Después Foxá habló de nuevo.

—Como usted, he pasado la noche analizando a quienes nos rodean. Buscando todas las combinaciones posibles, intenté seleccionar sospechosos y descartar inocentes. Combinar hechos e intuiciones para convertir las conjeturas en certezas.

—¿Con qué resultado? —me interesé.

—Con ninguno. Creía que en una confrontación del instinto y la reflexión siempre vencía el primero.

—¿Que rara vez las apariencias engañan? ¿Se refiere a eso?

—Más o menos. La intuición es comprender algo de un solo vistazo sin necesidad de deletrearlo como hacen los niños al leer. Al principio confié en ella, pero en mi caso no funciona...

Advertí que sonreía de improviso, de modo diferente esta vez, y le pregunté el motivo. Se estaba acordando, dijo, de un relato de un escritor español llamado Jardiel Poncela, que había publicado años atrás una parodia titulada *Novísimas aventuras de Sherlock Holmes*.

—¿Conoce el libro?

—No —repuse.

—Es muy divertido. El episodio final se titula *Los asesinatos incongruentes del castillo de Rock*; y en él, después de que hayan sido asesinados todos los personajes y llevando al extremo su teoría de que descartado lo imposible lo que queda tiene forzosamente que ser verdad, Holmes deduce que sólo él puede ser el asesino, y se entrega a la policía.

Reímos juntos. Era una buena historia.

—Confío en no llegar a ese punto —dije.

—¿Y qué opina de nuestros personajes? Me refiero a los reales.

Respondí que estaba en ello: reunir indicios suficientes para opinar. Teníamos un suicidio con serias posibilidades de no serlo, y también una cuerda rota que había desaparecido; teníamos a un médico que tras un segundo estudio del cadáver se volvía esquivo y misterioso; teníamos un hotel temporalmente aislado del mundo con ocho huéspedes, tres empleados y una propietaria. Todos sin aparente relación con la víctima excepto uno de ellos, su amiga la señora Dundas...

Me detuve ahí, fruncido el ceño. Miré el purito que sostenía entre dos dedos como si descifrase incógnitas en las espirales de humo.

—También tenemos a un actor —proseguí tras un momento— cuyo único título policial es haber interpretado a Sherlock Holmes llevando una disparatada investigación asistido por un escritor de novelas populares. Y una nota y una plegadera parecida a un puñal que no sabemos si considerar una burla, una confesión o una amenaza... ¿Me dejo algo?

—Creo que no se deja nada.

Había respondido sin mirarme a la cara, o eso me pareció. Lo pensé despacio para asegurarme.

—Sin embargo —dije—, no debería ser difícil obtener alguna conclusión. Individualmente considerado, el ser humano es un problema; pero un grupo resulta más fácil de analizar. Y en esta isla somos un grupo.

Sonrió casi con desgana.

—Eso es de *La marca de los cuatro*.

Seguí fumando sin responder. Foxá movía la cabeza.

—No sé —añadió tras un momento— cómo se apartó usted del cine, Basil. Es alguien... Vaya... Sin duda, especial.

Alcé una mano con elegante indiferencia. Era el cine, repetí, el que se había apartado de mí. Fue el propio Sherlock Holmes quien acabó con Hopalong Basil, como si hubiera sido su verdadero Moriarty.

—Excepto unos pocos como Cary Grant, Cooper, Niven o Jimmy Stewart —añadí—, los de la vieja guardia nos fuimos al diablo después de la guerra. Llegaron los Douglas, los Lemon, los Heston y los Mitchum, y además se pusieron de moda esos jóvenes tortuosos, desaliñados, drogadictos y con mala dicción: Brando y sus camisetas, por ejemplo. O James Dean. O Monty Clift con su mirada de loco, que sí es un gran actor... ¿Sabe qué me contó Burt Lancaster en Cannes, después de que hicieran juntos *De aquí a la eternidad*?

—No, claro. Cuéntemelo.

—Que le temblaban las piernas al rodar con él las primeras escenas. ¡A Burt, nada menos!... Se me comía con patatas, Hoppy, confesó. Aquel niñato se me comía.

Foxá pareció interesado.

—¿Son ciertos los rumores de que Burt Lancaster es homosexual?

Lo miré durante un momento y tardé en responder.

—Como dice Dino Martin, ¿quién con cuatro copas no le hace un favor a un amigo?

Rió con ganas mientras se servía más café.

—¿Va usted al festival de Cannes?

—No, ya nunca. ¿Para qué?... Pero hace un par de años, como vivo cerca, me invitaron a una cena con Burt, Ava Gardner, Yves Montand y algún otro.

—¿Y de verdad no ha tenido ninguna oferta importante en los últimos tiempos?

—Sólo una de Negulesco para rodar *La sirena y el delfín* con esa italiana tan hermosa y ambiciosa, Sophia Loren, y con el pobre Alan Ladd, que a pesar del éxito de *Raíces profundas* también iba cuesta abajo. Pero al final mi papel se lo dieron a Clifton Webb.

Me quedé callado unos segundos, rememorando todo aquello. Las muchas ocasiones perdidas. Al cabo apoyé un dedo sobre la mesa, volviendo al presente.

—Regresemos a Utakos, si no le importa.

—Oh, sí, claro. Disculpe.

—Sea quien sea el supuesto o verdadero criminal, no se conforma con seguir agazapado en la oscuridad. Nos invita a mover piezas —tuve una idea súbita—. Y por cierto... ¿Juega usted al ajedrez?

—No, o muy mal. Pero he visto al doctor Karabin jugar con Hans Klemmer.

—Vaya —sonreí complacido, con gesto de cazador tras una posible pista—. ¿Y juegan bien?

—Bastante bien, según parece —lo pensó un momento—. Pero eso del ajedrez suena en exceso novelesco. El jugador psicópata y tal. Yo mismo lo utilicé en tres o cuatro novelas. Demasiado simple.

—Bueno, también mi papel en esto es novelesco, ¿no cree?

—Tiene razón. A veces la vida imita al arte.

Suspiré, teatral. Melancólico.

—Nos inclinamos a infravalorar lo fácil, estimado amigo. A menudo nos dejamos deslumbrar por lo enre-

146

vesado, cuando lo simple suele estar más cerca de la realidad. El mundo está lleno de simplezas que nadie observa. No hay nada tan importante como un detalle pequeño cuando se sitúa en el lugar adecuado.

—Algo semejante dijo en *El perro de Baskerville*.

—Sí, pero no fui yo, o no del todo. Quien lo escribió fue Conan Doyle en el libro sobre el que se basó la película.

—Tiene que interrogar a Klemmer y a Karabin.

Le dirigí una ojeada de indulgencia.

—Sin duda. Sospecho, como usted, que nuestro elusivo doctor oculta demasiadas cosas. Pero hay algo más perentorio: la señora Dundas ya estará en condiciones de conversar un poco más.

Tras decir eso permanecí silencioso, fruncidas las cejas y fija la vista en la puerta vidriera de la terraza.

—Es un error aventurar teorías antes de tener todos los datos posibles —comenté al cabo—. Uno acaba por deformar los hechos para encajarlos en las teorías, en lugar de encajar éstas en los hechos.

—¿Y ya tiene alguna?

—Me esfuerzo en no tenerla.

Deshice delicadamente la brasa de la colilla en el platillo de mi taza vacía, asegurándome de apagarla. Después me eché atrás la manga de la chaqueta y el puño de la camisa, miré la hora y me puse en pie desplegando mis largos y huesudos miembros.

—Estamos en plena partida y no queda otra que jugar. ¿Me acompaña?

Tal vez debido al desayuno, me sentía imbuido de una repentina energía, lo mismo que cuando en las películas cogía abrigo y sombrero e invitaba a Bruce Elphinstone a seguirme a la calle en una nueva aventura. Hasta me pareció entrever al fiel Watson contemplando escandalizado el anagrama de la reina Victoria grabado a tiros con balas Eley del número 2 en la pared del salón.

Foxá se puso en pie. Me miraba con una mezcla de fascinación y lealtad.

—Hasta el fin del mundo —dijo.

Sonó tan devoto y entusiasta como la promesa ingenua de un boy-scout. Le dirigí una mueca de afecto. Contenida, por supuesto. Hasta cierto punto convenía guardar las formas.

—El arte por el arte. ¿No es cierto? Usted lo dijo ayer: todo es juego.

—Pues claro —repuso—. Y si realmente hay un asesino, y es quien le envió anoche la nota...

Lo interrumpí con uno de los ademanes negligentes a los que me estaba habituando de nuevo.

—En tal caso, por Júpiter, espero que ese criminal esté a la altura de sí mismo. Que mi horror por su crimen se diluya en admiración por su talento.

—Dios mío —exclamó Foxá, estupefacto—. No sólo es el cine. Se sabe las novelas de memoria.

—Oh, no crea —ladeé un poco la cabeza, a un tiempo evasivo y halagado—. No del todo. Pero después de tantos años y tantas películas eso resulta natural, querido Watson.

Con pantalones de hilo blanco, jersey azul y calzado plano, el rostro recién lavado y sin maquillaje, un pañuelo Hermès doblado en triángulo sobre los hombros, Vesper Dundas tenía aquella mañana un aspecto más europeo que británico. No era especialmente bonita, como dije en otro momento de este relato, aunque poseía un aire deportivo y fresco muy agradable. Al verla pensé que, aunque estaba en la treintena muy larga, se parecía a esas jóvenes que el cine francés empezaba a poner de moda, desinhibidas, libres y seguras de sí. Películas aburridísimas, por cierto, las del tal Godard y los otros, pero que en esa época hacían furor. La crítica cinematográfica, tornadiza, esnob, volvía la espalda al gran cine, politizándolo todo. Incluso a John Ford y a Duke Wayne los tachaban ahora de fascistas.

—No sé hasta qué punto puedo ayudar —dijo ella.

Se mostraba más serena que el día anterior. Más centrada. Y también escéptica sobre nuestra encuesta y sus improbables resultados. La señora Auslander, que nos acompañó para dar a la visita un aspecto formal, la había puesto en antecedentes antes de dejarnos con ella en la terraza-balcón que rodeaba tres de los cuatro lados del edificio: un corredor común, circundado por una barandilla de hierro, en torno a las habitaciones de la primera planta —en la segunda, sin terraza, se alojaban los empleados del hotel—, cuyos espacios privados delimitaban jardineras con geranios. En cada una de las divisiones había una mesita y sillas, también de forja. Estábamos los tres sentados al sol tibio de las primeras horas del día, en la terraza correspondiente a la habitación número 3, que era la suya. Se oía, distante, el suave ronroneo del generador eléctrico situado junto a la terraza.

—¿Aún cree que su amiga Edith se suicidó? —planteé sin rodeos, de nuevo.

Se mordía el labio inferior, pensativa. Pese a la luminosidad de la mañana, que aclaraba más su cabello, el rostro parecía habérsele oscurecido.

—He meditado sobre eso —dijo tras un momento—. Y es una pregunta a la que ahora me da miedo responder.

Lo había dicho en voz bastante baja, casi un murmullo. Me incliné un poco más hacia ella, sorprendido.

—¿Miedo, dice?

Asintió cual si le costara hacerlo.

—Ayer estaba demasiado aturdida, y mi respuesta fue natural. Lo que me aterra hoy es pensar, en frío y razonadamente, que pudo no ser un suicidio.

Nos miramos Foxá y yo. Después me recosté en el respaldo de la silla.

—Nadie ha descartado el suicidio —dije con suavidad.

—Supongo que debo aceptarlo de ese modo —convino ella—. Y sin embargo...

—¿Sin embargo?

—La palabra suicidio no encaja en absoluto. Por el carácter de ella, me parece imposible.

—Explíquenos eso, por favor.

—Son las personas deprimidas o desesperadas las que se quitan la vida, ¿verdad?

—Sí, suele ocurrir.

—Pues Edith no estaba desesperada, y pocas veces la vi deprimida.

—¿Tenía algún problema de salud?

—Apenas. Sólo migrañas, que combatía con analgésicos. Por lo demás era optimista, animosa, vital. Le encantaba todo.

—¿Sabe a dónde nos lleva eso? Si su amiga no se suicidó, sólo hay una alternativa.

—Lo sé, y por eso digo que me da miedo pensarlo. Sobre todo cuando los veo a ustedes tan...

—¿Tan?

Se nos quedó mirando pensativa. Primero a Foxá y luego a mí.

—Sombríos —respondió al fin—. Ésa puede ser la palabra.

—Me temo que tenemos motivos, señora Dundas.

—¿Creen que alguien...?

Adopté una expresión grave, adecuada a la respuesta.

—No es imposible.

—Cielo santo.

Se puso bruscamente en pie, como si fuese a marcharse de allí. Foxá y yo nos levantamos también, desconcertados por su reacción. Advertí que ella respiraba hondo varias veces. Fue a apoyar las manos en la barandilla. Miraba hacia la colina, donde el sol ascendente iluminaba las lanzas oscuras de los cipreses curvadas por el viento.

Me dirigió Foxá una mirada silenciosa, renunciando a intervenir. Parecía incómodo. De hecho, me lo había parecido todo el tiempo durante la conversación, cual si a ratos tuviera la cabeza ocupada en otra cosa. Pensé que tal vez aquella mujer lo turbaba un poco. En cierto modo también me ocurría a mí.

Fui a situarme junto a Vesper Dundas, apoyándome como ella en la barandilla.

—¿Ha vuelto a hablar con el doctor Karabin? —quise saber.

—¿Debería haberlo hecho?

—Sólo era curiosidad.

Giró el rostro para mirarme, y lo hizo despacio.

—Es tan absurdo —dijo.

No respondí a eso. Le sostenía la mirada. Nuestros rostros estaban cerca uno del otro y casi podía sentir, pensé, la tibieza de su piel. Sus ojos me estudiaron de un modo nuevo. Distinto de las ocasiones anteriores.

—¿Cómo debo llamarlo?... ¿Hopalong? ¿Señor Basil?

—Mi nombre es Ormond.

Lo repitió moviendo los labios en silencio.

—¿Cuál es su verdadero papel en esto? —me preguntó tras un instante.

Hice un ademán que no comprometía a nada.

—No lo sé muy bien. Observo, supongo —me volví un poco para indicar a Foxá con el mentón—. Ayudo cuanto puedo, y este señor colabora conmigo.

Miró al español desde muy lejos.

—¿Ya se conocían? —le preguntó.

—Nos conocimos ayer —repuso Foxá.

—Pero habrá visto sus películas, supongo.

—Todas.

—¿Y de verdad cree que será capaz de aclarar lo ocurrido?

—Nada se pierde con intentarlo.

Había vuelto a sentarme, flemático, cruzadas las piernas. Como si la conversación me fuese ajena y asistiera a una secuencia de plano y contraplano.

—No fue idea mía —dije al fin.

Ella se giró a mirarme. De pronto pensé que también me recordaba, aunque mucho menos guapa, a Grace Kelly. Tenía a veces una expresión parecida, tal vez su forma de entreabrir los labios cuando te miraba. Yo no había conocido a Grace en Hollywood —me hallaba casi en retirada cuando hizo *Solo ante el peligro*— sino en mi casa de Antibes, donde me visitó con Cary Grant mientras rodaban *Atrapa a un ladrón*: una chica educada, muy agradable, a la que algunos tomaban por fría y distante al ignorar que sin gafas no era capaz de reconocer a nadie a más de cuatro metros de distancia. O a menos.

—Parecen niños —comentó Vesper Dundas en voz baja.

Su tono oscilaba entre el reproche y la admiración.

—Jugando a detectives —añadió tras un instante.

Asentí igual que si acabara de escuchar un elogio.

—Nadie juega más en serio que los niños.

Ella seguía mirándome con aire indeciso. Al cabo de un momento, agotando un callado debate interior, emitió un suspiro de claudicación.

—¿Quién podría querer matar a Edith?

Alcé un dedo puntualizador.

—Ayer dijo que no se relacionaban con nadie en especial, ni entre los huéspedes ni del servicio.

—Desde luego que no.

—¿Y ese camarero joven?

—¿Spiros? Vaya disparate.

—¿Tiene alguna explicación? ¿Alguna teoría?

—No sé. Tal vez alguien quiso... Dios mío. Propasarse con ella. La vio sola en la playa y... —movió la cabeza como para sacudir un mal pensamiento—. Pero no, imposible. Eso es ridículo.

—¿Algún cliente del hotel encajaría en esa idea?

—Nadie, la verdad. No imagino a ninguno de ellos...

Se detuvo ahí, retorciéndose las manos. Súbitamente inquieta. De nuevo su mirada se tornaba suspicaz.

—¿De verdad se cree capacitado para resolver esto? ¿Lo está?

Puse cara de pensarlo un poco.

—Si he de ser sincero, no demasiado. Aunque por alguna razón, y con la conformidad de la señora Auslander, los huéspedes del hotel me han confiado esta especie de encuesta.

—Qué tontería, ¿no? Usted sólo hacía películas.

—Eso me temo.

Una leve sonrisa, apenas un esbozo, cruzó los labios de la mujer. Era la primera vez.

—Yo también vi varias de esas películas —comentó en tono más dulce—. A Ed le gustaban mucho.

—Perdón... ¿Ed?

—Edward, mi difunto esposo.

—Ah, claro. Lo siento.

—No lo sienta. Al menos me dejó con qué vivir sin problemas el resto de mi vida.

Iba ella a añadir algo, pero salieron a la terraza, un par de habitaciones más allá, Pietro Malerba y Najat Farjallah. Los dos tenían aspecto de recién levantados: él en albornoz y ella en camisón de color ámbar. Parecían sorprendidos de vernos allí. Nos miramos y luego saludaron y desaparecieron en el interior.

De repente, Vesper Dundas se dirigió a mí.

—¿De verdad es capaz de pensar como Sherlock Holmes? Todo esto lo veo muy forzado.

—Estoy de acuerdo. Pero nos hallamos en una situación excepcional —indiqué a Foxá—. Y estos señores...

—Fue un poco idea de todos —dijo el español—. Y es cierto que él se negó al principio. Lo veía tan absurdo como usted.

—Incluso ridículo —apunté.

—Al final logramos convencerlo —apostilló Foxá—. A fin de cuentas no puede negársele experiencia en el método.

Ella parpadeó, confusa.

—¿El método?

Intenté explicárselo. El modo en que Sherlock Holmes se enfrentaba a los problemas, dije, se basaba en una amplia serie de conocimientos previos. En años de práctica. Cada situación nueva no lo era en realidad, pues podía ser analizada a la luz de otras situaciones del pasado, relacionándolas con la observación del hecho que se estudiaba. A partir de ahí podían plantearse hipótesis, aceptando unas y eliminando otras hasta quedarse con la única posible.

Intervino Foxá.

—Es algo semejante a sacar conclusiones entre padres e hijos. Lo común es comprender a los niños mediante el estudio de sus padres, pero más interesante resulta el procedimiento inverso.

—¿Inverso?

—Conocer el carácter de los padres mediante el estudio de sus hijos.

Vesper Dundas me miraba como si me burlara de ella.

—¿Ese método es infalible?

—No siempre —intervine—. Sherlock Holmes se equivocó al menos en cinco relatos.

—¿Y esos conocimientos previos de los que antes habló?

—Los obtuvo de casos anteriores y de sus propios estudios científicos.

—No me refería a Holmes.

—Ah. En mi caso, quiere decir. En realidad, yo...

—Sus quince películas —dijo Foxá—. Y el conocimiento de la obra de Conan Doyle que le fue necesario para interpretar al detective. Cuatro novelas y cincuenta y seis relatos cortos no es mal currículum. Y también es buen lector de otras novelas policíacas.

Vesper Dundas se mostraba desconcertada.

—¿Eso es todo?

—Bueno... No es poco.

—¿Y lo recuerda? ¿Tal es su enciclopedia detectivesca mental?

—En cierto modo —respondí yo—. Pero no sólo eso. A veces, con veinte preguntas bien formuladas puede averiguarse lo que piensa una persona.

—¿Y usted puede hacerlo?

—Cualquiera puede, si se adiestra en ello.

—Nunca oí nada tan tonto. Es infantil, como dije. Hablamos de la muerte de Edith, no de novelas ni relatos.

Insistió Foxá.

—¿Se le ocurre algo mejor mientras mejora el tiempo y viene la policía? ¿Propone quedarnos sin hacer nada?

Vi que permanecía pensativa, entreabierta la boca cual si el argumento que iba a oponer se le hubiera trabado allí. Después me estudió de una forma tan minuciosa como nadie había hecho jamás.

—Convénzame —dijo de pronto.

—¿Perdón?

Ahora me miraba con una fijeza gélida.

—Como he dicho, vi varias de sus películas. Incluso leí alguna aventura de Sherlock Holmes. Se trata de eso, ¿no?

155

—Más o menos —admití.

Abrió un poco los brazos, invitándome a estudiarla a ella.

—Pues deduzca —dijo.

Parpadeé, algo desconcertado.

—Vamos —insistió.

La observé con atención, concentrándome mientras oía la risa queda de Foxá relamiéndose como un osezno ante un tarro de miel. Saqué mi lata de Panter y encendí un purito.

—No fuma, o fuma muy poco —dije al fin—. Y se tiñe el pelo.

—¿Cómo lo sabe?

—Sus cejas.

—¿Qué pasa con ellas?

—No es el mismo tono exacto. Están decoloradas.

—Vaya... ¿También es experto en tintes y cabello de mujer?

—Trabajé en el cine y estuve casado dos veces.

Me dirigió una ojeada inexpresiva. Inmutable.

—¿Y cómo sabe que no fumo?

—Sus dientes son demasiado blancos y no veo huellas amarillentas en ninguna de las manos.

—Pues se equivoca en lo de no fumar. Lo hice durante algún tiempo, hace años.

—¿Muchos?

—Sí —admitió—. Y todavía lo hago, a veces.

—En cualquier caso, la mía no es una ciencia seria —yo sonreía con mucha calma—. Sobre todo si considera que soy actor, o lo fui, y no un verdadero detective.

Ahora ella parecía vagamente divertida.

—¿Qué más?

Hice un aro de humo que me salió bastante bien, pues no había ni un soplo de brisa.

—Tiene mundo y maneras, lo que demuestra que no es su primer viaje por Europa. No es de esas viajeras que se mueven encerradas en sí mismas: mira alrededor y aprende de lo que observa —contemplé el humo que se deshacía ondulante, alejándose—. Tampoco hace ostentación del dinero que pueda tener, aunque su posición es acomodada. Viste con buen gusto, a la moda pero sin estridencias. Me atrevería a afirmar que su jersey es de Chanel y sus bailarinas, Ferragamo o Repetto.

—Hasta ahí todo es casi correcto. Siga.

—Tocó durante cierto tiempo, o sigue haciéndolo, algún instrumento musical. Piano, tal vez.

—¿Qué le hace pensar eso?

—Sus manos. Y ya que estamos con ellas, diría que, pese a su apariencia tranquila, conoce momentos de inseguridad.

—¿A qué se refiere?

—Se muerde las uñas.

Esta vez sí me miró con sorpresa.

—Continúe.

—Sin embargo —proseguí—, posee una gran fuerza de voluntad. Mucho autocontrol.

—¿Cómo lo sabe?

—Ni siquiera se ha mirado las manos cuando he hablado de sus uñas. Y otro indicio es su educación.

Se le oscureció la mirada.

—¿Qué pasa con mi educación?

—Dejémoslo —dije con una sonrisa de disculpa.

—No, insisto. ¿Qué pasa con ella?

—La tuvo mediana, completada después por usted misma.

—¿Por qué dice eso?

—Porque su pronunciación resulta distinguida, aunque algo rebuscada. Creo que durante un tiempo se esforzó de verdad en convertirla en impecable. Eso me hace suponer que su origen social era modesto y mejoró más adelante. Puede que su marido...

Lo dejé ahí mientras ella me dirigía una ojeada de irritación.

—No tiene ni idea.

—Es posible.

—Tampoco es usted simpático.

—No es mi cometido serlo —hice mi ya acostumbrado ademán lánguido, casi de hastío—. Como le dije antes, esto tiene mucho de farsa. Pero hasta que amaine el viento y vengan los verdaderos policías, no tenemos otra cosa que hacer.

Ella lo pensó un momento.

—Supongo que me lo he buscado —dijo.

—Oh, no —le tomé una mano, solícito—. Le ruego que disculpe mi vulgaridad. Era sólo un juego, aunque fui demasiado lejos.

La invité a sentarse de nuevo y lo hice a su lado, consciente de la mirada de admiración que me dirigía un silencioso Foxá. A Vesper Dundas el estrecho pantalón le moldeaba unas bonitas caderas y también unas lindas piernas. Las bailarinas dejaban al descubierto desde el arranque de los dedos del pie hasta el sugerente tobillo, y pensé que en otro tiempo me habría gustado acariciar aquella breve porción de piel desnuda.

Fue entonces cuando alzó la mirada y sostuvo la mía, desafiándome a proseguir el interrogatorio interrumpido. Volví a ello.

—Me dijo usted que conoció a Edith Mander en París.

—Sí —había cogido sus gafas de sol de la mesa y jugueteaba con ellas—. Yo acababa de perder a mi esposo y preparaba este viaje, pero una amiga que iba a acompañarme falló a última hora. Edith había terminado su relación sentimental. Era divertida e ingeniosa, como le dije. Yo necesitaba que alguien se ocupara de los pasajes, de reservar los hoteles, de mi correspondencia...

—¿Una secretaria?

Sonrió un poco.

—Más amiga que eso, pero también. Además, hablaba italiano y francés. Era una compañía perfecta, y muy buena para llevar las cuentas. Tenía una cabeza matemática.

—¿Le pagaba un salario?

—Por supuesto —aquello sonó extremadamente británico—. Se negó al principio, pero acabé convenciéndola. Su desastre sentimental la había dejado sin recursos. Incluso le compré una Olivetti portátil para que se encargara de mis cartas, porque era una excelente mecanógrafa.

Se detuvo abatida e hizo un ademán indicando la habitación.

—Ahí está, con el resto de sus cosas —añadió—. Apenas me atrevo a tocarlas, y no sé qué hacer. Habría que recogerlas, supongo. Remitirlas a alguien... ¿Creen que la policía se hará cargo?

—¿Hay a quien enviárselas? —intervino Foxá.

—Me parece que no. Nunca habló de su familia. Sospecho que era un pasado que prefería dejar atrás.

—Interesante —comenté.

El sol rebasaba la cima de la colina. Vesper Dundas se puso las gafas. Con aquella luz cada vez más intensa me vi reflejado en el doble cristal oscuro.

—Es lo curioso de Edith —dijo ella—. Era la mujer más locuaz y extrovertida que conocí nunca. Contaba chistes, reía. Tenía salidas ingeniosas y oportunas. Hablaba de su trabajo en la fuerza aérea británica durante la guerra, de cuando estuvo en Norfolk, donde conoció al hombre que la llevaría a París... Pero de su infancia y juventud fue poco lo que me contó. Esa parte de su pasado era una laguna.

Se quedó un momento callada. De pronto parecía indecisa.

159

—Hay algo que nunca llegó a contarme del todo —añadió al fin—. O no lo hizo con demasiados detalles: su matrimonio con un aviador de la RAF, derribado en misión sobre Alemania. No le gustaba hablar de eso, pues la entristecía mucho. Y sin embargo...

Se interrumpió. En la terraza habíamos visto aparecer a la señora Auslander, que se hallaba ante una de las puertas ventana de las habitaciones. La acompañaba Gérard, y los dos parecían inquietos. También Malerba y la Farjallah habían salido a mirar.

—¿Qué ocurre? —preguntó Foxá.

—No lo sé —dije.

Salvando las jardineras que separaban la parte de terraza correspondiente a cada habitación, me reuní con Raquel Auslander y su empleado. Estaban frente a la número 7, la del doctor Karabin, que tenía los postigos de madera cerrados. Nada podía verse desde allí.

—No ha bajado a desayunar y no responde —dijo la dueña del hotel—. Hemos llamado a la puerta interior, la del pasillo, sin resultado.

—Puede que haya salido a dar un paseo —sugerí.

Negó con la cabeza, preocupada.

—Nadie lo ha visto hoy. Y su llave no está en el casillero.

—Habrá una llave maestra, supongo. Probemos desde el pasillo.

—Oh, sí... Claro. Voy a buscarla.

Entramos por una de las puertas vidrieras que comunicaban la terraza con el pasillo interior del edificio, situada entre la habitación de Karabin y la número 8, que era la mía. La señora Auslander bajó en busca de la llave maestra. Los Klemmer también habían salido al pasillo, y al momento se nos unieron los demás huéspedes, incluida Vesper Dundas. Todos estaban inquietos. Foxá, con mucha presencia de ánimo, se agachó a mirar por el agujero de la cerradura.

—No veo nada. O está la habitación a oscuras, o la llave se encuentra puesta.

Parloteaban alrededor, aportando sugerencias. Reclamé silencio. Foxá había pegado la oreja a la puerta. De pronto se mostró alarmado.

—¡Creo que se oye algo! ¡Como un gemido!

Me volví esperanzado hacia el pasillo que conducía a la escalera, pero Raquel Auslander aún no estaba de regreso. Foxá miraba en torno, impaciente. Al fin se abalanzó sobre un extintor que estaba próximo, en un nicho de la pared, y empuñándolo golpeó con su base bajo la cerradura. No cedió la puerta, pero al tercer golpe hizo un agujero astillado en ella. Metió por él la mano y el brazo, palpando el interior.

—La llave parece echada por dentro —dijo—. Pero no llego hasta ella.

Yo era más alto que él y tenía los brazos más largos. Sacó el suyo e introduje el mío.

—También está puesto el pestillo —dije.

Manipulé el interior y abrí la puerta, justo cuando Raquel Auslander traía la llave maestra. El cuarto estaba a oscuras. Foxá y yo entramos casi al mismo tiempo, y él hizo girar el interruptor de la luz.

El doctor Karabin se hallaba sentado ante una mesa, con la cabeza caída sobre un brazo. Vestía pantalón y zapatos, estaba en mangas de camisa y parecía dormido, excepto por dos detalles: tenía el otro brazo extrañamente alzado y rígido, como señalando algo situado frente a él; y desde la base del cráneo, en la nuca, le manchaba la espalda un reguero pardo de sangre coagulada.

6. Un recurso de novela policíaca

Es raro que el muerto se haya levantado para cerrar por sí mismo la puerta con dos vueltas de llave.

La marca de los cuatro

Raquel Auslander era una mujer enérgica: impidió el paso a los demás huéspedes y ordenó que bajaran al salón de lectura y esperasen allí. Obedecieron a regañadientes —el que más protestó fue Pietro Malerba—, pero al fin quedó despejado el pasillo. Spiros y Evangelia los atendían abajo, Gérard fue al despacho para comunicar con la policía de Corfú y la dueña del hotel se quedó en la puerta de la habitación, observando cómo Paco Foxá y yo inspeccionábamos el cadáver del doctor.

—Hagan lo que puedan —dijo, resignada.

Resultaba asombroso, pensé una vez más, de qué modo ella misma asumía con naturalidad que las pesquisas corriesen a mi cargo, así como la atribución tácita al español de su función de ayudante. Nunca hasta ese momento, pese a mi larga experiencia cinematográfica, había comprendido la fuerza intensa que la ficción puede alcanzar entre los seres humanos. Se me ocurrió de pronto una buena trama para el guión de una película: el atraco a un banco en el que uno de los rehenes es un actor, pusilánime y cobarde en la vida real, que ha interpretado a héroes del cine, y todos esperan de él, incluso los atracadores, que actúe como tal. Tendría que contarle a Malerba esa idea, decidí, cuando todo acabase. Jimmy Stewart bordaría

163

el personaje, sin duda. Con Kim Novak de cajera. Una historia perfecta para el rijoso gordinflón de Hitchcock, al que le encantaba maltratar a mujeres guapas en la pantalla.

Devolví la atención a Karabin. Por el color de su piel, su temperatura y su aspecto, el doctor llevaba muerto varias horas, posiblemente desde la noche anterior. Y había dos cosas insólitas en él. Una era el bisoñé, que conservaba en la cabeza pero puesto al revés, con la parte delantera vuelta hacia atrás. La otra, aún más extraña, era su postura, con el brazo derecho que el rigor mortis mantenía extendido y suspendido en el aire a un palmo de la mesa, sin apoyo ninguno.

Foxá parecía desconcertado.

—¿Cómo es posible? ¿Quién puede morir en esa postura?

—Nadie —respondí.

—¿La rigidez al enfriarse podría haberle levantado el brazo?

—Lo dudo. Alguien lo dispuso así.

—Dios mío.

Me volví hacia Raquel Auslander, que seguía en la puerta.

—¿Qué piensa usted?

Hizo un ademán desolado, cual si todo aquello la rebasara.

—Es irreal —repuso—. Como una pesadilla.

—Pero este cadáver es de verdad. Y van dos.

Vi cómo se estremecía, pero no dijo nada. Volví a centrar mi atención en Karabin, inclinándome para estudiar la herida.

—Lo han matado clavándole en la nuca un objeto estrecho y punzante.

Apenas dije eso, sorprendí una significativa mirada de Foxá. Entonces me fijé en una doble funda larga y es-

164

trecha de cuero rojo que estaba sobre la mesa, entre los papeles, junto a un cenicero con tres colillas y la caja cerrada de un ajedrez de viaje: asomaban de ella unas tijeras de metal damasquinado. El otro espacio estaba vacío.

—Disculpen —añadí.

Fui a mi habitación y regresé con la plegadera. Hacía juego con las tijeras. Con gesto algo teatral extraje el pañuelo del bolsillo superior de mi chaqueta y lo usé para coger la funda, donde la plegadera encajaba bien. Tras un momento de duda la saqué e introduje la punta un par de centímetros en la herida del cadáver: coincidía perfectamente. Miré a Foxá y Raquel Auslander con la actitud de un actor que ha dicho su diálogo y espera indicios de aprobación.

—¿De dónde ha sacado eso? —preguntó estupefacta la dueña del hotel.

—Luego se lo contaré. Es una historia insólita.

—¿Es el arma del crimen?

—Estoy seguro.

—¿Y por qué la manosea? ¿No habría que guardarla para que la policía busque huellas?

—Estoy seguro de que no hay ninguna —indiqué a Foxá—. Excepto las suyas y las mías.

El español seguía mirándome con los ojos muy abiertos. Al cabo sacudió la cabeza, asombrado.

—Increíble —murmuró.

Yo observaba la grotesca posición del bisoñé en la cabeza del muerto.

—O se lo puso con prisa, porque alguien se presentó de forma inesperada, o el asesino lo colocó así después de matarlo.

—¿Al revés? —preguntó asombrada Raquel Auslander—. ¿Deliberadamente?

—Imposible saberlo —me incliné para estudiar el pelo postizo: había en él dos coágulos de sangre—. Pero puede que el bisoñé cayese al suelo, el asesino lo recogiera y se lo pusiera en la cabeza.

—¿Con qué objeto?

—Tapar algo, tal vez.

Levanté el bisoñé, pero no había nada en el cráneo calvo y pálido. Ni herida ni señal alguna. Volví a ponerlo como estaba.

—Quizá sólo pretendía ridiculizar al muerto, o hacernos un guiño a nosotros. Una especie de broma macabra.

—Dios mío.

Miré el cenicero: era de porcelana, con el rótulo del establecimiento. Iba a decir algo cuando apareció Gérard. Desde la comisaría de Corfú reclamaban a la dueña del hotel. Se alejaron los dos por el pasillo y me quedé a solas con Foxá y el difunto Karabin.

Yo seguía observando el cenicero.

—¿Qué le parece esto?

Torció el español la boca en una mueca irónica.

—Deduzco que aquí han fumado, Holmes.

No lo acompañé en la broma.

—Sigue usted viendo, pero no observa lo que ve. Tres y uno suman cuatro, pero no tal vez o en ocasiones, sino siempre.

—¿Y?

—Tiene los datos y conoce el método. Utilícelos. Aquí hay tres colillas y cuatro fósforos usados.

—Vaya —le cambió la expresión, al fijarse—. Es verdad.

Registré los bolsillos del cadáver. Había en uno de ellos un paquete mediado de cigarrillos turcos Izmir y una cajita de fósforos del hotel. Foxá me miraba hacer.

—¿Utilizó dos para un solo pitillo? —dijo con extrañeza.

—O alguien se llevó el otro —repuse.

—¿El asesino? ¿Uno que habría fumado él?

—Es posible. Incluso es probable.

—Quizá Karabin lo tiró en la terraza, o al jardín, ¿no?... Él mismo pudo hacerlo.

Miré hacia la puerta ventana.

—Luego buscaremos ahí, y abajo.

Volví a mirar el cadáver. Lo más extraño era la postura, con aquel brazo derecho alzado que señalaba algo sobre la mesa. Seguí mirando, sin tocar nada. El brazo rígido parecía apuntar a un viejo ejemplar de *Zephyros*, la revista de cine y espectáculos griega, de las que habíamos visto varias en el pabellón de la playa junto al cuerpo de Edith Mander.

—Ya estaba muerto cuando lo sentaron —concluyó Foxá.

Contemplaba el suelo para confirmarlo, buscando indicios de sangre o lucha.

—No —dije señalando la silla—. Lo mataron mientras estaba sentado; el asesino se acercó por detrás. De no ser así, la sangre habría fluido en otra dirección, más dispersa, y mancharía el suelo. Pero observe: brotó de la nuca y descendió vertical, manchando la camisa en la espalda.

—¿Y el brazo estirado?

—Alguien lo colocó en esa postura.

Apenas lo dije me detuve, dudando de mi propia conclusión. Pero Foxá pareció animarse con la idea.

—¿Eso explicaría la rigidez? —inquirió.

Lo miré todo de nuevo.

—Puede que sí —concluí—. Pero también es posible que hubiera un objeto bajo su brazo.

Se iluminó el rostro del español.

—¿Presente cuando lo mataron y retirado después?

Le dirigí una mirada de aprobación.

—Bien razonado, querido amigo.

—No es mío, o no del todo. La idea la usé para una novela de Frank Finnegan, *Muerte en Sevilla*. Se la robé a Roy Vickers, creo recordar. O a uno de ésos.

—Pues encaja a la perfección.

—De cualquier modo —me contemplaba con creciente respeto—, que lo haya deducido es increíble.

—Cuando lo mataron —calculé— quedó con el brazo encima de un objeto de unos veinte centímetros de altura. Por alguna razón el asesino actuó después, cuando el cadáver ya estaba frío y rígido, retirando el objeto.

—Eso son tres o cuatro horas. ¿Estuvo aquí todo el tiempo?... Menuda sangre fría.

Pasé revista a los objetos de la mesa: ninguno correspondía con la altura a que se encontraba el brazo, a menos que hubieran sido varios libros dispuestos unos sobre otros: los que había allí eran dos tratados de psiquiatría —me llamó la atención que uno estuviera en alemán—, un libro de partidas de ajedrez y la novela *Los caballeros las prefieren rubias*. Después miré hacia la puerta vidriera de la terraza común. Los postigos de madera continuaban cerrados al otro lado de los cristales.

—Dudo que el asesino permaneciera en la habitación —fui a estudiar de cerca la puerta—. Lo más probable es que una vez cometido el crimen se fuese por aquí.

Volví a usar mi pañuelo para abrir la vidriera interior, y junto al pestillo del postigo descubrí una pequeña mancha parda.

—Sangre —dije.

No estaba seguro, pero de verdad lo parecía. Muy bien podía tratarse de eso. Foxá emitió un seco exabrupto español.

—El asesino salió por ahí, entonces.

—Estoy casi seguro.

—¿Y volvió más tarde?

—Sin duda.

—¿Con qué objeto?

—No lo sé. Pero fue entonces cuando retiró lo que el cadáver tuviese bajo el brazo.

—¿Tres o cuatro horas después?

—O más.

—Dios. Menudo temple.

Me quedé pensativo, atando cabos. Foxá me miraba, expectante.

—¿Y?

—En la segunda visita cerró los postigos —dije al fin—. Es imposible hacerlo desde fuera, porque en ese lado no hay picaporte ni cierre: todo es interior. Esta vez tuvo que salir por la puerta. Quizás había alguien en la terraza de alguna habitación y no quería que lo vieran.

Foxá estaba perplejo.

—Pero tampoco pudo irse por la puerta: tenía la llave echada por dentro y el pestillo corrido.

Moví una mano abarcando la habitación.

—¿Ve usted otra salida?

—Ninguna —admitió.

—Pues eso. Me parece que nuestro criminal es un genio de las circunstancias. No sólo calcula, sino que improvisa.

Aun así, y era comprensible, mi interlocutor no se daba por vencido.

—Pudo... No sé... Estar escondido en el armario o en el cuarto de baño y salir aprovechando la confusión. O tal vez... —hizo un gesto desesperado—. ¿Debajo de la cama?

Me permití una maliciosa mueca de suficiencia: la misma que dediqué a Bruce Elphinstone en la primera escena de *El ritual de Musgrave*.

—No se ofenda, amigo mío, pero temo que sea más propio de novelas de kiosco que de lo verdaderamente real.

—Se refiere a *mis* novelas, claro.

Hice un ademán evasivo, quitándole importancia.

—Todos estábamos en el pasillo, recuerde.

—Pero la puerta...

Le dirigí un vistazo rico en significados.

—Ya sabe, Watson —insinué.

—Sí, ya. Una vez descartado lo imposible, lo que queda, por improbable que parezca, tiene que ser verdad.

—Ocurre a menudo que las apariencias sugieren algo, pero la razón nos dice todo lo contrario.

Al decir eso hice un gesto cómplice, y lo vi sonreír por primera vez.

—De nuevo el clásico enigma del cuarto cerrado —murmuró.

—Así lo parece. Crímenes imposibles.

—En *Los seis napoleones*, nuestro detective mencionaba cómo solucionó un misterio de esa clase.

Asentí, confirmándolo.

—Por la profundidad a que se había hundido el perejil en la mantequilla.

Miraba Foxá en torno con aire desamparado.

—Aquí no hay mantequilla, Holmes.

—Ni perejil.

Se quedó callado, absorto, y luego compuso una mueca extraña.

—El único crimen imposible es el cometido por los escritores.

Me hizo gracia la idea.

—Pues ya ve. Éste lo escriben ante nuestras narices.

—Y a nuestra costa, según parece.

—Enigmas inverosímiles —volví a reflexionar sobre eso—. Pero ningún cuarto cerrado lo está del todo en la vida real.

—Aunque sí en la ficción —objetó Foxá—. Una de cada diez novelas de Dickson Carr, el maestro de los asesinatos inexplicables, transcurre en lugares así.

Tras decir eso permaneció con el ceño fruncido, caviloso.

—Sin embargo —añadió tras un momento, casi brusco—, nosotros no somos literatura.

Compuse una mueca escéptica.

—¿Está seguro?

No supe qué decir. Nos quedamos callados, indecisos, estudiándonos como dos ajedrecistas en punto muerto. Tentados a ofrecerle tablas al otro.

—Tal vez —suspiré— deberíamos revisar nuestro concepto de lo inverosímil. Y también de lo literario.

Arrugaba el español la frente, pensativo.

—En un relato policial —comentó— siempre hay tres misterios clásicos: *quién* es el culpable, *cómo* lo hizo y *por qué*. El porqué y el quién suelen ser menos importantes, porque en la verdadera novela-problema, al autor y al lector inteligentes lo que de verdad interesa es cómo se hizo.

—Aun así —opuse—, en eso suelen hacerse trampas. Usted mismo lo dijo ayer: cuando un crimen parece irresoluble es porque el autor omite detalles esenciales.

—Naturalmente. De lo contrario, se arriesga a que el lector resuelva el problema antes que el detective —me dirigió una ojeada penetrante—. ¿No cree?

—Por supuesto —concluí pensándolo un poco.

—A mí, o más bien a mi alias Frank Finnegan, me pasa cuando escribo uno de esos relatos. La sinceridad de un novelista puede estar reñida con su eficacia.

Me hizo gracia la idea.

—¿Un autor policial debe ser tramposo?

—Pues claro... Incluso más que el propio asesino.

—A veces —repliqué—, para quien escuche atento, las mentiras son más significativas que la verdad.

Tardó en responder a eso.

—Tal es el asunto —dijo por fin.

Observé otra vez detenidamente los objetos que estaban sobre la mesa. Aparte del cenicero con las colillas y fósforos usados, nada había que llamase la atención excepto las tijeras, la plegadera y la revista a la que apuntaba la mano del muerto. No había querido tocar ésta por respetar el protocolo sobre posibles huellas dactilares, aunque dudaba que las hubiera; pero era el momento adecuado para hacerlo. Ahora a nadie iba a sorprenderle encontrar allí las mías.

Cogí la revista.

Aquel *Zephyros* estaba fechado once años atrás, con una foto de portada en la que Alan Ladd, pistola en mano, protegía a Phyllis Calvert vestida de monja: algo más bien provocador para su época —creí recordar que la película se tituló *Cita con el peligro, Reto a la muerte* o algo parecido—. Y en la contraportada había un anuncio a todo color de Jane Russell, con sus piernas interminables emergiendo de un casto bañador Jantzen.

—¿Alguna idea? —se interesó Foxá al verme pasar las páginas.

Iba a decir que no, pero me quedé sin habla; aunque también es cierto que exageré un poco. En las páginas interiores había un reportaje gráfico en blanco y negro con una entrevista a doble página. Yo no era capaz de leer el idioma griego, aunque los titulares resultaban fáciles de imaginar: *Hopalong Basil rueda un nuevo título de Sherlock Holmes*. En todas las fotos aparecía caracterizado de detective, fumando en pipa.

—Aquí hay inteligencia, Watson: fría y cruel —dije cuando aparenté reponerme de la sorpresa—. Y tengo la impresión de que el asesino se está divirtiendo mucho con todo esto.

Parecía que el ángel de la muerte rondara en torno: se hallaban cerradas las ventanas, corridas las cortinas hasta dejar entrar sólo un poco de la luz exterior. Nos movíamos despacio y conversábamos en voz baja, cual si temiésemos suscitar energías malignas ocultas en el edificio. Todos los huéspedes y el personal del hotel estábamos reunidos en la sala de lectura; y cada vez que yo dejaba de hablar, haciendo una pausa para considerar lo que diría a continuación, el silencio era absoluto, casi opresivo. Los demás me miraban o lo hacían entre sí, incómodos, suspicaces. Éramos, según los indicios, los únicos seres vivos en la isla de Utakos: Paco Foxá, Vesper Dundas, Pietro Malerba y Najat Farjallah, los Klemmer, Raquel Auslander, Gérard, Spiros y Evangelia. Y yo mismo, naturalmente.

—El hecho de que un crimen parezca imposible de esclarecer no implica que no tenga explicación —comenté—. Cualquier situación la tiene, pues de lo contrario no existiría.

—Explícanosla, Sherlock —dijo Malerba, desabrido.

Le dirigieron ojeadas de reproche mientras yo callaba, molesto. Nos conocíamos bien. El tono, su habitual fanfarronería no me engañaban: tenía los ojos inquietos y parpadeaba demasiado. El cadáver del doctor Karabin lo había impresionado tanto como a los demás.

—Lo que está ocurriendo supera mis facultades —dije al fin—. Y esto ha dejado de ser un juego, si alguna vez lo fue. No estoy en condiciones de seguir desempeñando el papel que me confiaron.

—¿Por qué? —preguntó Hans Klemmer.

Parecía sincero, y quiero decir eso: que lo parecía. Los descoloridos ojos azules mostraban la inocencia, a menudo engañosa, que suelen aparentar ciertas miradas teutónicas. Su esposa permanecía a su lado, silenciosa, cogidos ambos de la mano.

—Lo he dicho muchas veces —respondí—. Esto se ha vuelto demasiado serio para mí.

—Pero tienes conocimientos, intuiciones —dijo la Farjallah, siempre de mi parte—. Posees una experiencia...

173

—Exclusivamente cinematográfica —la interrumpí—. Lo que necesitamos son verdaderos policías capaces de buscar huellas dactilares, descubrir indicios y todo lo necesario: investigadores profesionales y forenses que hagan autopsias como es debido.

—En ninguna historia de Sherlock Holmes aparece una verdadera autopsia —objetó Foxá.

Todos lo miraron confusos, incapaces de establecer si hablaba en broma o en serio; pero él seguía pendiente de mí.

—Sin embargo —añadió—, hay otras maneras de hacer hablar a los muertos.

—Eso no tiene sentido —dijo Klemmer.

—En cualquier caso —intervino Raquel Auslander—, nada es posible por ahora. Nos lo confirman desde la comisaría de Corfú: están muy preocupados por lo que ocurre aquí, pero no podrán intervenir hasta que se restablezcan las comunicaciones por mar.

—Imbéciles incompetentes —masculló Malerba.

La dueña del hotel lo miró con reprobación.

—Eso es injusto. El puerto sigue cerrado y hay dos naufragios en la zona, con víctimas: un velero norteamericano y una barca de pesca local. Aseguran que cuando el tiempo mejore vendrán agentes a la isla; pero el temporal durará al menos dos días más.

—¿Y qué dicen de las muertes?

—Que no toquemos nada, ni los cadáveres ni los lugares donde murieron. Que entre nosotros tomemos precauciones y nos mantengamos juntos, unos a la vista de otros, para protegernos mutuamente.

—Eso es fácil decirlo —apuntó Paco Foxá—. No podemos quedarnos cruzados de brazos, sabiendo que entre nosotros hay un asesino.

—Podría haberlo —quiso matizar Klemmer.

—Lo hay, sin duda. Uno de los que estamos aquí puede serlo.

Nadie lo había expresado aún con esa crudeza, al menos en voz alta. De pronto todos apartaron la vista, incapaces de encarar a los demás. Yo sí lo hice, y sólo Vesper Dundas me sostuvo la mirada.

—*Cazzo* —dijo Malerba, rompiendo el repentino silencio.

Foxá le dirigió un vistazo sarcástico.

—Un asesino, sí —repitió señalándonos a todos, incluso a mí—. Hombre o mujer, solo o en compañía de otros, alguien ha matado a Edith Mander y al doctor Karabin. Si en la primera muerte había dudas razonables sobre un suicidio, en la segunda no existe ninguna. Y además, ambos casos...

Lo dejó ahí, invitándome a continuar el discurso; pero yo tardé en hacerlo. La necesidad de tomar una copa era tanta que me ardían los pulmones. Hice un esfuerzo por concentrarme en mis propias palabras.

—En los dos casos —dije—, el asesino demostró una diabólica inclinación al juego. Incluso al humor negro.

—¿Qué tontería estás diciendo? —se indignó Malerba.

—Explíqueselo, Basil —sugirió Foxá, complacido.

Lo hice repasando indicios y situaciones: las habitaciones cerradas con los cadáveres dentro, la nota recibida en la mía, la plegadera metida bajo la puerta.

Se quedaron estupefactos al conocer los detalles.

—¿Por qué no nos informó antes? —quiso saber Klemmer.

—No quería alarmarlos más. Podría tratarse de una broma de mal gusto.

—¿Broma, en la situación en la que estamos?... Menuda estupidez.

—¿No será que tu presencia aquí provoca al asesino? —apuntó Malerba.

No iba descaminado, pero le dirigí una ojeada hostil.

175

—Espero que no me hagas responsable de eso. Vine a esta isla en tu barco.

Intervino Vesper Dundas, callada hasta entonces.

—Quizá tenga razón. Que usted haya interpretado a Sherlock Holmes en aquellas películas ¿puede estimular en el criminal ese afán de juego del que antes habló?

Observé que le temblaba ligeramente la barbilla, pero conservaba la entereza pese a la prueba a que estaba sometida. Admiré su carácter.

—Podría ser —durante más tiempo del necesario, aparenté analizar el asunto—. Quizá no el hecho específico de empujarlo a matar, pero sí la forma de plantear sus crímenes. O de recrearse en ellos.

—¡Un loco! —exclamó Najat Farjallah.

Dediqué a la diva una sonrisa triste.

—Tratándose de seres humanos, nunca hay que atribuir a la locura lo que puede atribuirse a la perversidad.

Tras decir eso —lo hice en tono sentencioso— leí el respeto en todos los rostros. Era singular, pensé, hasta qué punto la necesidad de autoridad bajo la que cobijarse está presente en determinadas circunstancias. A fin de cuentas, la humanidad no es sino grupos desamparados en demanda de alguien que ofrezca esperanza física o espiritual. Eso explica muchas cosas, y también —la historia reciente de Europa y el mundo lo demostraba— demasiados horrores.

—A la perversidad —recalqué.

Mientras lo decía, dirigí una mirada —discreta, fugaz, melancólica— a las botellas que se alineaban en los estantes del bar, cuyo número doblaban los espejos situados detrás. Sentía la boca y la garganta como si fueran papel secante. Habría dado cualquier cosa, incluso mi recién recobrado prestigio como detective de leyenda, por un cóctel de los que servía Mike Romanoff en su restaurante de Beverly Hills.

—De momento —resumió Foxá, leal— usted es mejor que nada.

Siguió un silencio más o menos aprobador y nadie puso objeciones a eso. Malerba lo aceptaba a regañadientes. Qué diablos puede investigar éste, decía su semblante, si lo conozco de toda la vida. Sin embargo, la Farjallah y los Klemmer parecían asumirlo de buen grado. En cuanto a Gérard, Evangelia y Spiros, no abrían la boca y estaban pendientes de Raquel Auslander, dándose por satisfechos con la aprobación que ella mostraba.

—¿Qué sabemos del doctor Karabin? —pregunté a la dueña del hotel.

Se tocó ella las dos alianzas y encogió un poco los hombros.

—Tengo su pasaporte en mi despacho, como los de todos ustedes. Nacido en Esmirna hace cincuenta y dos años, doctor en medicina.

Lo dejó ahí, pero seguía tocándose los anillos. La mirábamos inquisitivos. Al fin cedió tras un corto debate interior.

—Llegó al hotel hace dos semanas.

—¿Vino solo?

—Sí.

—¿Se relacionó de modo especial con algún huésped?

—Con nadie en concreto, que yo sepa.

—Jugamos unas cuantas partidas de ajedrez —intervino voluntarioso Klemmer.

—¿Conversaron?

—Lo normal, nada importante. Estuvo reservado y cortés. Como jugador no era gran cosa. Le gané tres partidas, él a mí una y en dos hicimos tablas.

Presté poca atención a sus últimas palabras. Yo había mirado de reojo a Gérard y observaba ahora a Raquel Auslander, cuya expresión suscitaba mi interés.

—No es todo, ¿verdad? —arriesgué.

177

Ella me sostuvo la mirada un momento. Luego hizo un ademán evasivo.

—No soy quién para...

Se calló en ese punto. Yo seguía observándola, paciente. Ahora todos lo hacían. Al cabo, la dueña del hotel encogió otra vez los hombros.

—Mis huéspedes...

—Lo comprendo —la animé, amable—. Me hago cargo de su discreción. Pero ya ve cómo estamos.

Aquello disipó su reticencia.

—La policía de Corfú —dijo al fin— viene cada semana a ver los pasaportes.

—Pero Karabin llevaba dos semanas en Utakos, según dice usted.

—Sí.

—La policía ya habrá visto el suyo.

—A eso me refiero.

—¿Y?

—Bueno, no hay nada que se le pueda reprochar aquí.

—¿Aquí? ¿En Corfú?

—En Grecia. O fuera de su país, que yo sepa.

—¿Y allí?

En Turquía, respondió la dueña del hotel, y según la policía griega, las cosas eran diferentes. Hasta unos meses atrás, Kemal Karabin había sido propietario de una clínica privada con apuros económicos. Comido por las deudas, con un embargo judicial en curso, un golpe de suerte había puesto en sus manos algún dinero de una paciente fallecida. Para esquivar a sus acreedores, el doctor había tomado el primer avión con destino a Atenas y luego el ferry a Corfú. La isla de Utakos y el hotel Auslander eran su refugio temporal; un sitio discreto para pasar inadvertido mientras se calmaban las cosas.

—¿Hay tratado de extradición entre Grecia y Turquía? —inquirí.

—No.

—Oh, vaya. Interesante. ¿Podríamos ver el pasaporte del doctor?

—Supongo que sí.

Tuve una idea.

—¿Y los de todos nosotros?

—¿Por qué? —se sorprendió.

—Para conocernos mejor.

Miró en torno y vio signos de aprobación. Tras un momento indecisa, se puso en pie y fue a su despacho.

—No entiendo el vínculo entre Karabin y Edith Mander —dijo Malerba.

Se adelantó Paco Foxá en la respuesta.

—Él hizo su autopsia, o al menos reconoció con detalle el cadáver.

—¿Y qué hay con eso?

—Puede que encontrase algo que no convenía encontrar.

—Que no convenía ¿a quién?

—No sé. Al asesino, o a él mismo.

Me volví hacia ellos, reflexivo. Después miré a Vesper Dundas.

—¿Había alguna relación entre su amiga y el doctor? ¿Se conocían de antes?

—Oh, no —negó ella, categórica primero, y luego pareció pensarlo—. Al menos, que yo sepa.

Se mordía el labio inferior.

—Vaya —añadió al fin—. Me hace dudar.

—¿De qué?

—De si se conocían o no.

—¿Lo cree posible?

—No creo... No sé.

—¿Alguna vez los vio hablar entre ellos?

—Dudo que cambiasen ni una palabra.

—Pero eso no significa nada —terció Foxá.

—Ahora que me fuerzan a pensar en eso —prosiguió ella—, solían esquivarse. O más bien Edith a él. Lo atribuí a antipatía instintiva, pero...

—¿Hizo su amiga algún comentario sobre el doctor?

—Nada que yo recuerde.

En ese momento regresó Raquel Auslander. Traía las manos vacías y venía desconcertada. Miró primero a Gérard, Spiros y Evangelia y después a todos nosotros.

—Los pasaportes han desaparecido.

Siguió un murmullo consternado. Hans Klemmer emitió un gruñido de protesta y Malerba una colorida blasfemia italiana. Por su parte, Foxá se limitó a encender despacio un cigarrillo.

—Me temo, Holmes —dijo con mucha calma—, que el profesor Moriarty nos lleva ventaja.

La de ese día fue una comida triste, entre miradas temerosas y desconfiadas: sopa de legumbres medio fría y chuletas de cordero. Lo hicimos en silencio, bajas las cabezas sobre los platos, mientras servían Evangelia y Spiros supervisados por Gérard. Parecía una versión, también en blanco y negro, de *Mesas separadas*. Hasta el siempre correcto maître estaba distraído, con el pensamiento en otro lugar: rompió el corcho de dos botellas de vino antes de conseguir abrirlas de forma adecuada. Yo comí en la misma mesa que Pietro Malerba y Najat Farjallah, y apenas intercambiamos unas palabras. Una sombra oscura, siniestra, gravitaba sobre nosotros.

Al terminar nos fuimos levantando, pero nadie abandonó la planta baja. Mientras los empleados recogían las mesas, los huéspedes del hotel nos reunimos en el salón, sentados o de pie, tan distantes como si entre cada cual hubiera un foso. Hasta la Farjallah, habitualmente habladora, permanecía callada en el sofá que ocupaba con Malerba, limitándose a dirigirme miradas lánguidas de mujer equivocada de pareja y dispuesta por un rato a corregir el error. Los Klemmer estaban junto a la mesita del ajedrez, Vesper Dundas en un sillón cerca de la vidriera del jardín y Foxá frente a ella. Me apoyaba en la pequeña barra del bar con un vaso de agua tónica en la mano —me lo había servido yo mismo de una botellita de Schweppes, pasando al otro lado del mostrador— y Raquel Auslander estaba junto a mí.

—No me lo explico —me confesó.

Hablaba en voz baja, con tono confidencial aunque todos podían oírla, desazonada por la desaparición de los pasaportes. En una mujer tan serena como ella, con su experiencia de vida, tal desconcierto resultaba aún más inquietante. Me interesé por los detalles.

—¿Dónde los guardaba?

—En un cajón de mi mesa de despacho.

—¿Violentaron la cerradura?

—No fue necesario, el cajón no estaba cerrado con llave —paseaba una mirada perpleja en torno—. Todos son de confianza.

—Éramos —precisé.

—Ah, desde luego.

Se quedó callada un instante.

—Lo que está claro —añadió— es que no podemos seguir así hasta que pase el temporal, vigilándonos unos a otros —me estudió, indecisa entre la esperanza y la decepción—. En cuanto a usted, Basil...

—Yo no puedo hacer gran cosa.

Suspiró con desaliento.

—Vi muchos horrores en mi vida, pero esto nada tiene que ver.

—Sí —admití—. Es un juego macabro. Disparatadamente perverso.

181

—¿Por qué robar los pasaportes? —se dirigía a mí como si pudiera darle una respuesta—. ¿Tan importante es la identidad de Kemal Karabin?

Lo medité, intentando no defraudar expectativas.

—En ellos hay sellos con visados y fechas de lugares y viajes —concluí rotundo, aparentando certeza—. Tal vez no se trate sólo del doctor. Alguien puede temer que se comparen con los suyos. Que haya coincidencias sospechosas.

—¿Cree que ésa es la razón?

—Por ahora no se me ocurre otra.

—Edith Mander, Karabin... ¿Alguien más?

—No lo sé.

Nos quedamos en silencio. Los demás permanecían sentados, atentos a cuanto decíamos. Bebí un sorbo de tónica.

—Me estoy acordando de una vieja historia —dije—. En la vida de todo ser humano, y ésa es la moraleja, hay secretos que podrían llevarlo a la cárcel o al patíbulo. Una vez se hizo la prueba con cierto destacado hombre de iglesia, obispo de vida intachable. Durante un banquete, unos amigos bromistas le hicieron llegar un mensaje: *Todo se ha descubierto, huye mientras aún te sea posible. Firmado, un amigo...* Apenas leído, el obispo se levantó, huyó de allí y nunca volvieron a verlo.

Raquel Auslander casi sonreía.

—No es mal ejemplo —admitió—. Yo misma podría añadir alguno más.

Asentí, pensando en su pasado aún reciente.

—No me cabe duda.

Ella se tocó los dos anillos y suspiró de nuevo.

—Damos demasiada importancia a la vida —dijo con súbita frialdad—. Los seres humanos no somos más que animales vestidos, con algo más de inteligencia. Y eso es todo.

La observé con mayor interés.

—Supongo que tiene serias razones para afirmarlo —repuse.

—Por supuesto. En lo de ver morir puede considerarme una autoridad. Le sorprendería lo poco que vale una vida humana.

—No... Dudo que me sorprendiese.

—Hablo de algo más complejo —dijo con una calma que me estremeció—. La muerte colectiva resulta más tranquilizadora que la individual. En las grandes matanzas, el espanto se diluye, se hace anónimo. Hasta los rostros acaban igualándose unos con otros.

Me abstuve de comentar nada. ¿Qué podía oponer ante una superviviente de Auschwitz? Tras una pausa larguísima la oí reír suave, para sus adentros.

—Es curioso —dijo después—. Todos, incluida yo misma, sabemos de sobra que usted es un actor. Y sin embargo, seguimos esperando algo.

También ahí me encogí de hombros. Qué otra cosa podía hacer, o decir.

—Haga lo que pueda, Basil. Hasta que llegue la policía de verdad, le ruego que haga cuanto pueda.

—No creo estar capacitado para descubrir a un asesino —me sinceré.

Ella señaló a Foxá, que permanecía sentado frente a Vesper Dundas.

—Él sí parece creerlo.

—No lo tome en serio. El señor Foxá es un humorista.

Lo dije en voz alta, y el español me dirigió una mirada cómplice que me hizo sentir incómodo. Aparté la mía.

—En realidad es lo de menos —dijo Raquel Auslander—. Lo que importa es que alguien personifique la ley mientras dure esta situación absurda. Y de alguna manera la encarna, ¿comprende?... Es rehén de su propio papel, de esa imagen del detective por excelencia que sus películas nos dejaron a todos. Así que no puede elegir.

Apoyó en mi brazo una mano. La retiró en seguida.

—Siga intentándolo, se lo ruego. O actuando, o como se llame lo que hace. Siempre será mejor que nada.

Ignoro si Pietro Malerba había seguido la conversación, pero de pronto lo vi ponerse en pie.

—¡Esto es ridículo! —estalló—. Me voy a mi habitación, a dormir la siesta. No voy a quedarme aquí abajo como un idiota mientras nos vigilamos unos a otros.

Najat Farjallah intentó hacerlo sentarse. Le tiraba de la manga.

—Pero la policía de Corfú, Pietro...

—¡Al diablo la policía! Aquí deberían estar esos inútiles —paseó por el salón una mirada de desafío—. En cuanto a mí, si alguien pretende asesinarme, arriba lo estaré esperando.

Se alejó con furiosas zancadas, camino de la escalera. Mientras nos ofrecía un gesto de disculpa, la diva le fue detrás. Al poco rato los imitaron los Klemmer, y Raquel Auslander fue a ocuparse de sus empleados. Yo seguí apoyado en el bar. Bebí el resto de mi tónica, dejé el vaso y comprobé que Vesper Dundas y Paco Foxá me estaban mirando. Necesitaba pensar y ordenar ideas, dije. Y conversar era un modo de hacerlo. Algo de aire fresco no iría mal.

—Demos un paseo —propuse.

Les pareció buena idea. Ella se disculpó un momento para subir en busca de un chal o una rebeca y nos quedamos de pie, esperándola. Foxá, alzada una ceja con ironía, miraba hacia el vestíbulo y la escalera.

—Un número insuficiente de crímenes defraudaría a los lectores de una historia policial —dijo de pronto, pensativo.

Me volví hacia él, interesado.

—¿A qué se refiere?

—A que si yo estuviera escribiendo esta novela, su amigo el productor italiano sería el próximo asesinado.

—¿Pietro Malerba?

—Ése.

Lo estudié con intensa curiosidad.

—¿Por qué? ¿Cuál sería el móvil?

—Eh, no se trata de tener un móvil. ¿En serio cree que eso es lo que ocurre? No hacen falta razones, porque él mismo es una razón: prepotente, antipático... Convendrá conmigo en que resulta estéticamente perfecto.

Dejamos atrás el hotel caminando por el sendero que remontaba la colina entre pinos, cipreses y matas de brezo inmóviles. Chirriaban las cigarras sobre el rumor del viento lejano, prolongado como un gemido que subiera y bajara de intensidad, pero la colina nos protegía del temporal que más arriba curvaba los esbeltos cipreses junto a los restos del templo griego. El cielo seguía despejado y engañosamente azul, aunque el mar era un hervidero de rociones blancos arrancados por las violentas rachas del noroeste.

Yo sentía fijos en mí, pensativos, los ojos color de niebla de Vesper Dundas. Ella había sacado un papel doblado en cuatro de un bolsillo de la rebeca y le daba vueltas entre los dedos con aire indeciso. Aquello me intrigó. Al cabo de un momento lo guardó de nuevo, y eso me intrigó todavía más.

—Ustedes hablaron antes de crímenes imposibles —dijo al fin.

—En habitaciones cerradas —precisó Paco Foxá.

La miré mientras hacía un ademán poco comprometedor.

—No es frecuente que se den en la vida real —repuse—, pero sí en la literatura y el cine. Incluso se trata de una variedad clásica del género policíaco.

Caminaba ella con las manos en los bolsillos de la rebeca. Una ancha falda gris sobre las piernas esbeltas y los zapatos cómodos de suela baja.

—¿Sherlock Holmes resolvió algún caso parecido?

—Varios, aunque uno en especial: *La banda moteada* —hice un movimiento en dirección a Foxá—. Pero él es novelista y experto en eso. Tiene amplias lecturas.

—Hay otros relatos clásicos —confirmó él—. *Los asesinatos de la calle Morgue*, de Edgar Allan Poe, inauguró el género a mediados del siglo XIX. Y algunos se consideran obras maestras. El mejor de todos es *El misterio del cuarto amarillo*, de Gaston Leroux... ¿Lo conoce, señora Dundas?

—Pueden llamarme Vesper.

—Gracias. ¿Leyó ese relato?

—De jovencita, en el colegio. Pero no recuerdo gran cosa.

—Esa clase de novela-problema, resolver la identidad del criminal y el método usado para asesinar, estuvo muy de moda. Sobre todo cuando ocurría en un lugar cerrado que hacía el crimen en apariencia imposible.

—¿Y aquellos enigmas —se interesó ella— existen en la vida real?

No eran frecuentes, respondió Foxá, pero ocurrían. Durante la Revolución francesa se había dado un caso notable en París: una prostituta asesinada en un cuarto cerrado por dentro. Y unas décadas más tarde, el príncipe de Condé apareció estrangulado en una habitación con los cerrojos echados en el interior. También en fecha reciente se conocían casos notables de crímenes imposibles: el de un coronel de caballería llamado Von Hardegg y el famoso asesinato de la rue Nollet.

Vesper estaba asombrada.

—¿Y no fueron resueltos?

—Nunca.

—Dios mío —le temblaba la barbilla y contenía el aliento—. Es estremecedor.

—Y apasionante —dijo Foxá.

Lo encaró con reproche.

—¿Cómo puede decir eso?

—No olvide que es autor de novelas policíacas —apunté con malicia.

Se revolvió hacia mí como si la inconveniencia la hubiera formulado yo.

—Han matado a Edith. A mi amiga. Y también al doctor Karabin. No comprendo en qué puede esa doble atrocidad apasionar a nadie.

Miré con zumba a Foxá, transfiriéndole el asunto. A fin de cuentas, lo había provocado él.

—Tiene razón, disculpe —se excusó—. Todo es tan confuso aquí, tan extraño, que tal vez perdemos el sentido de lo real.

Ella seguía indignada.

—Frivolizar así...

—Tiene razón, repito. Por supuesto. Le ruego que me perdone.

—No se lo tenga en cuenta —medié, conciliador—. El señor Foxá y yo nos vamos conociendo un poco, y creo que algo de esto forma parte de su naturaleza. Pero no le falta razón. Tal vez el único modo de enfrentarse a ello sea viéndolo desde fuera: a la luz de novelas escritas y leídas. Incluso de películas vistas. Aplicando la ficción para iluminar la realidad.

Vesper había dejado su censura a un lado y nos contemplaba con estupor.

—Me asustan. Siguen hablando como si se tratara de un juego.

—Lo es, en realidad —aventuré—. O mejor dicho: sólo viéndolo así, como la urdimbre de un perverso jugador secreto, es posible abordarlo. Sospecho que sería imposible una solución desde otro punto de vista.

—Dios mío —repitió ella.

—Se lo dice Sherlock Holmes a su hermano Mycroft en uno de los relatos —intervino Foxá—. Porque Holmes tenía un hermano, ¿sabe?... *Yo juego por afición al juego.*

—¿Es el caso de ustedes dos?

Parecía horrorizada, y quise tranquilizarla.

—Creo que no nos explicamos bien. Es el caso del asesino de su amiga y del doctor Karabin.

—¿Comprende? —se sumó Foxá.

—Empiezo a comprender. Y me causa más miedo cuanto más comprendo.

Seguimos caminando por el camino que hendía la espesa vegetación. Nos hallábamos casi en la cima de la colina, cada vez más expuestos al viento que a Vesper le agitaba el cabello rubio sobre el rostro. Se lo apartó con una mano para mirarme.

—¿Y creen que en estos casos...? Me refiero a Edith, claro. Y a Karabin.

—Podría decirse —respondí— que son problemas tan canónicos, tan clásicos conceptualmente, que desconciertan. Es imposible que sean resultado de la casualidad.

—O sea, ¿que alguien los planeó?

—Sí, al detalle. Y eso es singular, porque si el delito es algo corriente, la lógica suele ser una rareza.

Advertí la mirada admirativa que me dirigía Foxá. Mi peculiar Watson había identificado la cita de *El misterio de Copper Beeches.*

—Supongo —rematé— que la mayor parte de los asesinos actúan bajo impulsos, improvisando.

Foxá estaba de acuerdo.

—Así es —dijo tras pensarlo un momento—. Resulta raro que se hagan planes elaborados con tanta sangre fría. Por eso los crímenes en la vida real son más fáciles de resolver que en las novelas policíacas.

—¿Y éste no es el caso? —preguntó Vesper.

—No lo parece. Lo veo excesivamente deliberado.

—Demasiado parecido a una novela —apunté—. También literario en exceso.

Atendía, sorprendida.

—Hablan como si, en ciertas circunstancias, asesinar tuviese algo de... No sé. ¿De rebuscado? ¿De creativo?

—Podría tenerlo —dijo Foxá—. Hay casos notables en la historia del crimen.

—¿El asesino es el creador de una obra?

—Sí.

—¿Y qué es entonces el detective? —inquirí, divertido.

—El crítico de esa obra.

Aquello era brillante y lo repetí en voz alta, admirado. Podía ser, concluí en mis adentros, que las novelitas policíacas de Paco Foxá no fuesen tan vulgares como él afirmaba. Y, por otra parte, aún parecía más apuesto, comprobé, situado junto a una mujer.

—El crimen del cuarto cerrado es el clásico de los clásicos —insistió.

—Y también el más tramposo —señalé.

—Sin duda. Por eso sólo puede ser cometido por un escritor.

Vesper Dundas seguía escuchándonos con estupor.

—¿De verdad hablan en serio?

—Muy en serio —respondí con teatral gravedad.

Por su parte, Foxá parecía haberse ido lejos. Entornaba los párpados, absorto en sus propias teorías.

—No hay más que un método eficaz para contar eso —prosiguió—: escamotear los hechos esenciales. Acuérdese, Basil, de lo que hablamos esta mañana: si se descuida y es honrado, un novelista corre el riesgo de que el lector resuelva el enigma antes que el detective.

Me eché a reír.

—En tal caso, lo mejor es no ser honrado.

—Mucho mejor —cuando se volvió hacia mí, una chispa de diversión bailaba en sus ojos—. *El extraño caso del escritor tramposo* sería un buen título. ¿Sabía que S. S. Van Dine redactó un catálogo de veinte reglas para escribir novela criminal?

—Primera noticia —repuse.

—Pues le encantaría. Prohíbe entre otras cosas el uso de venenos inventados, intuiciones geniales del detective, mayordomos o chóferes asesinos, intervención de hermanos gemelos y hasta culpables que sean chinos.

—¿En serio?

—Completamente, incluso lo de los chinos. Fu Manchú, el diablo amarillo, hizo mucho daño.

Habíamos recorrido un trecho en silencio. Yo abría la marcha y Vesper Dundas y Foxá caminaban detrás, emparejados. Aún no llegaba toda la fuerza del viento hasta nosotros, aunque entre los árboles se veían lejanos retazos de mar surcado de borreguillos blancos. El sol estaba alto y lamenté no haber cogido el sombrero. A mis sesenta y cinco años aún me hallaba en razonable forma física, pero la pendiente se hacía allí más elevada. La edad, tan implacable como un inspector fiscal británico, acaba siempre por cobrar sus impuestos.

—De cualquier modo —me volví de pronto hacia Foxá—, en la vida real son más frecuentes los crímenes vulgares que los elaborados, ¿no cree?... Abundan los asesinos poco inteligentes.

—¿Hay verdadera diferencia de unos a otros? —quiso saber Vesper, todavía asombrada por la conversación.

—Mucha —admitió Foxá—. Escribí una novela sobre eso, titulada precisamente *El asesino estúpido*. Y mi personaje lo era tanto, tan casual y torpe, que ésa fue la principal dificultad a la que se enfrentaba el detective para resolver su crimen: un detective demasiado inteligente, cegado por sus propias virtudes, que veía talento donde no había más que azar y meteduras de pata por parte del criminal.

Sonreí, irónico.

—¿Culpable el mayordomo, o el chófer?

—El jardinero.

De repente, Vesper parecía distraída. Hizo un ademán extraño palpándose una vez más el bolsillo donde había guardado el papel que no llegó a mostrar. Después, cual si volviera en sí, movió la cabeza, incrédula.

—¿Están convencidos de que el asesino es alguien que está en el hotel? ¿Uno de nosotros?

—No tengo la menor duda —repuse.

—Ni yo tampoco —dijo Foxá.

—¿Verdaderamente hay alguien de quien sospechan?

—Lo de sospechar es relativo —señalé—. Digamos que hay una lista que incluye a los Klemmer, Pietro Malerba y Najat Farjallah. También a la señora Auslander, Gérard, Spiros y Evangelia.

—No puedo imaginar a ninguno de ellos asesinando a nadie.

—Yo, sin embargo —dijo Foxá entre risueño y cínico—, soy capaz de imaginarlos a casi todos, incluidos Basil y yo mismo.

Nos miró confusa.

—Pero ustedes...

—Le asombraría la cantidad de relatos policíacos en los que el asesino resulta ser el detective —dije yo.

—O el narrador —apuntó Foxá.

—¿También la amiga de una de las víctimas?

—También.

Estuvo pensándolo, fruncido el ceño. Se mordía el labio inferior.

—En tal caso, pueden sumarme a esa lista —murmuró.

La contemplé con sorpresa.

—¿Mataría usted a su amiga?

—¿Por qué no?... Suena tan estúpido como todo lo demás.

Habíamos llegado a lo alto de la colina, donde el sol ya alargaba las sombras. Unos mirlos que se protegían allí del viento revolotearon al vernos aparecer. Del templo griego no quedaban más que algunas piedras, un muro labrado tras el que nos resguardamos y una solitaria columna corintia.

—La cuestión básica reside en establecer por qué murió Edith Mander —señaló Foxá.

—Y su relación con la muerte del doctor Karabin —añadí mientras me detenía a recobrar el aliento.

—Eso es.

Vesper miró hacia el mar. Corfú se distinguía muy bien al sur: abrupta, oscura y verde tras la franja de agua maltratada por el viento. Hacia la parte de levante se alzaban majestuosas las montañas azules y grises de Albania, once millas más allá del mar encanecido y furioso.

—No puedo imaginar ninguna relación entre ellos —negó tras pensarlo, rotunda en eso—. No me encaja.

—Hay otras posibilidades. Por ejemplo, si reconoció el cadáver pudo descubrir algo que el asesino no deseaba que se supiera.

Lo pensó ella algo más. Era una mujer tranquila, concluí, incluso en esas circunstancias. También me gustaba aquella manera de apartarse el pelo de la cara. De repente me pareció más atractiva que abajo, en el hotel. El viento, la luz mediterránea, el aire libre la favorecían. Resultaban menos septentrionales los ojos grises y la piel clara que el sol parecía dorar con rapidez. En otro tiempo, pensé melancólico, le habría apartado yo mismo el cabello del rostro. Sí, tal vez. Con suavidad. Quizás en otro tiempo.

—Me parece una explicación razonable —dijo.

—Que nos lleva de nuevo a Edith Mander y a usted. ¿Por qué vinieron a Utakos?

—Ya le dije que íbamos camino de Grecia y teníamos previsto establecernos después en el norte de Italia.

—¿Qué lugar, si me permite saberlo?

—Pues claro. Punta de San Vigilio.

—¿En el lago de Garda?

—Sí. Mi marido tenía una casa de verano allí, y al enviudar decidí vivir en ella porque no soporto el clima de Londres... Pero ya sabe cómo son los italianos: las obras de reforma se retrasan y no estará lista hasta finales de agosto, así que decidimos viajar por el Mediterráneo oriental.

—¿Y de verdad no conocían a ninguno de los alojados en el hotel?

—A nadie, ya se lo dije.

—¿Está segura?

—Absolutamente. Salvo que en algún momento usted me hizo dudar de Edith y Karabin.

—¿Ha pensado más en ello?

—Mucho, pero sin resultado. Puede que esté equivocada y se tratara de una falsa impresión.

—¿Había en sus pasaportes algo que pudiera interesar al asesino?

—Nada, que yo sepa. ¿Y en los demás?

—Tampoco... Al menos, nada que nosotros sepamos.

Volvió a palparse el bolsillo de la rebeca. De nuevo parecía distraída. La observé intrigado, pero no hizo nada más.

—¿Qué ocurrió con ese caso de Sherlock Holmes en una habitación cerrada? —se limitó a preguntar—. ¿Descubrió al asesino?

—Sí, lo hizo —repuso Foxá—. El asesino y su instrumento.

—Vaya pregunta más tonta, la mía —sonrió sin humor—. Los descubría siempre, ¿verdad?

—No siempre. Según el doctor Watson, en los cincuenta y seis relatos y cuatro novelas protagonizados por el personaje, Holmes se despista e incluso fracasa alguna vez —me miró como en busca de autoridad—. Corríjame si me equivoco, Basil.

—No, en absoluto —confirmé—. De vez en cuando comete errores graves. Le pasa con Irene Adler y con lady Frances Carfax, así como en el caso del caballo *Silver Blaze*, en *El hombre del labio torcido* y en el asunto de la cara amarilla... Además, su equivocación en *El escribiente del corredor de bolsa* casi le cuesta la vida a un sospechoso.

Sonreía el español, evocador.

—*¡El periódico, naturalmente!* —citó—. *¡Qué idiota he sido!*

Nos miramos casi felices, como dos muchachos que compartieran un secreto, un código o una travesura. Por su parte, Vesper atendía estupefacta, cual si nos hubiéramos vuelto locos. Al fin sacudió la cabeza con aire incrédulo y metió la mano en el bolsillo de la rebeca.

—No estaba segura de si debía enseñarles esto. Al principio lo tomé por una broma de horrible gusto. Pero ahora...

Había sacado el papel doblado en cuatro. Me lo pasó y leí:

En la composición de un bello asesinato hay algo más que un imbécil que mata y otro que muere, un cuchillo, di-

194

nero y un callejón oscuro. El conjunto, la luz y la sombra, la poesía, el sentimiento, se consideran ya indispensables en ensayos de esta naturaleza.

Me mostré paralizado de estupor.

—¿Dónde lo encontró?

—En mi cuarto, dentro del armario. Lo vi al subir en busca de la rebeca.

Le pasé con gesto desconcertado el papel a Foxá, que al leerlo emitió otra áspera exclamación española.

—Escrito a máquina —dije.

—Sí —repuso ella—. Y eso es lo que me inquieta.

—¿Por qué?

—Creo que lo escribieron con la Olivetti de Edith.

—¿Está segura?

—El tipo de letra se parece bastante.

—¿Y dónde está esa Olivetti?

—En nuestra habitación, sobre la mesa donde ella la dejó.

Foxá y yo nos mirábamos, incrédulos. Vesper se apartó otra vez el cabello del rostro. Señaló el papel y advertí que, pese a su entereza, la mano le temblaba.

—¿A qué se refiere eso?

—No lo sé —respondí—. No me suena a texto de Conan Doyle.

—Pues yo sí lo sé —dijo Foxá, triunfal—. Es de un texto de Thomas de Quincey: *Del asesinato considerado como una de las bellas artes.*

7. Un problema de tres pipas

—*Es posible que nuestra hipótesis se convierta poco a poco en una solución.*
—*Sí, pero ¿cuál es nuestra hipótesis?*
La aventura del pabellón Wisteria

—Es un problema de tres pipas —dije.

—O de alguna más —sonrió Foxá.

Nos encontrábamos solos en la terraza del hotel, bajo el magnolio y las buganvillas que a esa hora dejaban en sombra el lugar. Sobre el velador de hierro y mármol estaban la copa de Foxá, mi agua tónica, un ejemplar de la revista griega *Eikones* con Jacqueline Kennedy en la portada, un paquete blanco y azul de fuertes cigarrillos españoles y el cenicero donde se acumulaban las colillas. Frente a nosotros, la hierática Venus nos contemplaba desde sus dos mil años de impasibilidad marmórea.

—Es extraordinario el ser humano —expuse—. Mientras el comportamiento de un número grande de personas resulta previsible hasta la certidumbre matemática, el de un solo individuo es por completo imprevisible.

—Puede que tenga razón —admitió el español—. Y en este caso...

—Se trata exactamente de este caso. Pero lo más desconcertante es que el asesino demuestra una audacia sin límites. Por lo general, cuando hay un crimen premeditado con frialdad también se premeditan los medios para que no salga a la luz.

Me dirigió Foxá una viva mirada de interés.

—¿*La piedra de Mazarino*?

—No. *El problema del puente de Thor.*

—Ah, cierto.

—Sin embargo —proseguí—, nuestro criminal hace lo contrario. Nos da un exceso de indicios. Se empeña en descubrir su juego. O al menos, la parte que le conviene.

—Estoy de acuerdo. Parece desafiarnos con toda clase de pistas.

—Y ahí está la trampa, naturalmente. El pescado o la carne sospechosos se disimulan a base de salsas.

Se quedó pensativo.

—¿Ha leído alguna novela de Ellery Queen?

—Algo, claro —repuse—. ¿Quién no?

—Pues tiene usted razón, porque nuestro criminal me lo recuerda mucho: Ellery Queen aparenta dar al lector todos los datos necesarios para que éste resuelva el enigma, e incluso lo interpela desde el relato... Venga, tipo listo, lo tienes todo. ¿No eres capaz de resolverlo?

Coincidí en eso.

—Nuestro asesino posee una mente compleja. Todos los buenos criminales la tienen.

Foxá miró el contenido de su copa como si el asesino hubiese dejado algún indicio dentro de ella.

—Entonces, Holmes, ¿nos las vemos con otro aristócrata del crimen, de los que con una aparente invitación a tomar el té disimulan la crueldad de la tumba que espera tras ellos?

Reconocí la cita de *La aventura del cliente distinguido.*

—Elemental —me limité a decir.

Fruncía Foxá la boca, pensativo.

—Volvemos una y otra vez al maldito problema de los cuartos cerrados.

—Pero más evidente en el caso de Karabin que en el otro.

—¿En serio? ¿Y esa silla junto a la puerta del pabellón de la playa? Era una forma de estar cerrada por dentro, ¿no?

—Sólo relativa.

—Las huellas en la arena...

—Ah, sobre eso no hay duda. Eran las de Edith Mander.

—¿Y no podían ser las del asesino, y no las de ella?

—No creo. Si sólo había un rastro, es lógico pensar que el asesino borró el suyo, tanto de ida como de vuelta. Por otra parte, recuerde que según Sherlock Holmes la distancia entre las huellas de una persona está en función de su estatura, lo mismo que la altura puede calcularse porque cuando escribe en una pared lo hace frente a sus ojos... Y esas huellas correspondían con las de la muerta.

—No me diga que las midió.

—Pues sí. Lo hice con una cinta métrica de costura de la señora Auslander.

Aquello era fanfarronear un poco —en realidad no había conseguido aclarar nada con la cinta—, pero el farol hizo efecto. Mi interlocutor me escuchaba con renovado respeto.

—¿Y qué hay de la puerta cerrada con la silla pegada a ella?

—Al principio quedé tan desconcertado como todos. Después los dos nos centramos en el taburete de teca, la mesa y la cuerda cortada. Pero hay algo que observé y le comenté a usted: el suelo, en el umbral de la puerta, estaba demasiado limpio. Ni polvo ni arena.

—¿Y qué?

—¿No pensó en eso?

—Lo hice, sin llegar a ninguna conclusión.

—Vio, pero no observó.

—Observé, sin resultado.

Le dirigí un vistazo receloso, inseguro de que me dijera la verdad. Algo semejante a lo que sentía respecto a sus pretendidas malas novelas, que yo empezaba a estar convencido de que no podían ser tan malas.

—Tal comentario es indigno de usted, amigo Foxá. Se trata, simplemente, de ver algo donde otros no ven nada.

Su rostro era impasible.

—Me tiene en ascuas.

Yo seguía escrutándolo para averiguar si exageraba su ignorancia.

—¿Observó que entre la puerta y el suelo quedaba un espacio de unos dos centímetros?

—No me fijé mucho, la verdad.

Sonreí con el desdén detectivesco adecuado.

—Pasa por alto demasiados indicios, Watson.

Me acompañó en la sonrisa.

—Ilústreme, Holmes.

—Para reforzar la idea de un suicidio, el asesino colocó la silla sobre el chal de Edith Mander extendido en el suelo, cuyo extremo dejó al otro lado del umbral, en el exterior del cobertizo. Después, tras cerrar, tiró despacio del chal hasta dejar la silla pegada a la puerta, lo extrajo por completo y lo hizo desaparecer.

Foxá atendía boquiabierto.

—Diablos... ¿A eso se refería ayer, en el pabellón, cuando llamó mi atención sobre la limpieza del umbral?

—Pues claro. Al ser arrastrado bajo la puerta, el chal limpió de arena esa parte del suelo.

—¿De verdad lo ha confirmado?

—Esta mañana, antes del desayuno, di un paseo por la playa.

—¿Por qué no me esperó?

—Preferí hacerlo solo, para pensar con más calma. Buscaba dos objetos: el instrumento con que cortaron la cuerda y el chal con que se arrimó la silla.

—¿Y encontró algo?

—La navaja o cuchillo no, desde luego. Puede que, como le dije, el asesino lo arrojase al mar. Pero algo más lejos, en la orilla, entre una madeja de algas, encontré el chal: negro, bordado. El que describió Vesper Dundas.

—Dios mío.

—Sí.

—¿Qué hizo con él?

—Lo traje al hotel y lo tengo en mi habitación. No creí oportuno dar explicaciones a nadie, ni siquiera a la señora Auslander.

—¿Sólo me lo ha contado a mí?

—A nadie más.

—Increíble. Realmente es usted un maestro.

Miró el sendero que por entre los olivos del jardín conducía a la playa. Bajo los últimos rayos de sol las sombras se hacían más definidas y largas.

—¿Y qué hay de los posibles motivos? ¿El porqué de ambos crímenes?

—Tal vez Edith Mander sabía más de lo que debía saber. Reconoció a alguien, o... No sé.

—¿Un crimen premeditado?

—Parece elaborado en exceso para ser una improvisación.

—¿Y Karabin descubrió indicios?

Le dirigí una sonrisa ambigua.

—O quizás él —improvisé— era el objetivo principal, y Edith Mander sólo un elemento secundario.

—¿Cree que se conocían de antes? Ni Vesper parece segura de que no fuera así.

—No es imposible.

—Esos pasaportes desaparecidos...

—Sí, tal vez.

Se echó atrás en el asiento, encajando aquello. Movía dubitativo la cabeza.

—Demasiado seguro de sí mismo, nuestro criminal. ¿No le parece?

—Nos lleva mucha ventaja. Puede permitírselo.

—Esas notas, la plegadera en su habitación... Quiere burlarse de nosotros. Ponernos en ridículo.

Asentí, grave.

—Son demasiados frentes abiertos, incluso para un asesino inteligente y sarcástico. Tengo la impresión de que pretende enredarlo con pistas falsas.

—O auténticas.

—Todo puede ser —concedí.

—A la vista, como la carta robada de Edgar Allan Poe.

—Absolutamente.

—En tal caso, ¿por qué lo hace?

Me encogí de hombros.

—Le gustan los desafíos peligrosos. Y eso agrava el problema: supone que a usted y a mí también nos gustan.

—*Yo soy un cerebro, Watson.*

Le seguí el hilo, completando la cita. Eran mis palabras en la primera escena de la película *La piedra de Mazarino*:

—*El resto de mí es un simple apéndice* —rematé—. Y ojalá fuera cierto.

Alcé el rostro como si buscase inspiración. Ideas nuevas. El cielo era azul, el aire tibio, y no había niebla al otro lado de ninguna ventana. No se oía ruido de carruajes de caballos en la calle, ni sobre la repisa de la chimenea estaba la correspondencia clavada con una daga. Tampoco yo tenía una pipa en la boca y animaba a Watson a llenar la suya con el tabaco que solía guardar en la babucha persa. Nada de eso ocurría en absoluto: estábamos en una pequeña isla del mar Jónico aislados por un temporal, con un cadáver en el cobertizo de la playa y otro en la habitación número 7. Sin embargo, mi actitud era la misma que si estuviera en el 221B de Baker Street: baja la cabeza, fruncido el ceño, los codos en los brazos de la silla de hierro y las yemas de los dedos juntas, intentando descifrar el nuevo enigma: la última jugada del profesor Moriarty o del malvado coronel Moran. Sidney Paget, el ilustrador del *Strand*, no lo habría hecho mejor.

—Vaya sangre fría —comentó Foxá—. Después de cuanto ha ocurrido, aunque sabe que estamos alerta, ir a la habitación de Vesper, escribir la nota y dejarla allí. Eso es tener cuajo.

Me mostré de acuerdo. Un acróbata de circo, dije, puede atreverse a hacer su número si cree que debajo hay una red, pero corre el riesgo de darse cuenta de que no hay red cuando se encuentra a quince metros sobre el suelo. A éste, en cambio, desde el principio le había gustado actuar sin red.

Asintió Foxá, pensativo.

—Se arriesga demasiado, sin duda.

—Pues hay un viejo proverbio árabe: Dios ciega a los que quiere perder.

—Confiemos en que a éste lo ciegue pronto.

Saqué de un bolsillo la nota mecanografiada y volví a leerla. Estaba escrita en papel de cartas del hotel, como la nota sobre Áyax y las huellas en la arena. Habíamos comparado el tipo de letra con el de las dos máquinas de escribir que había en el edificio: la Royal del despacho de Raquel Auslander y la Olivetti Lettera 22 portátil de la fallecida Edith Mander. Y coincidía con esta última.

—Al menos —dije— sabemos que se trata de un asesino culto, que leyó a Thomas de Quincey.

—Y se lo sabe de memoria.

—No forzosamente —objeté—. Hay un ejemplar en la biblioteca de la sala de lectura.

—¿En serio?

—Sí.

—¿Cuándo se dio cuenta de eso?

—Hace un rato, mientras usted subía en busca de cigarrillos.

—Lo copiaron de ahí, entonces.

—Es probable.

—¿Y con qué objeto?

—Jugar con nosotros, naturalmente. Es una evidencia.

Calló un momento, calculando. Casi podía oír el rumor de su cerebro mientras razonaba.

—¿Ha considerado la posibilidad de que lo escribiese la propia Vesper? —planteó por fin.

Yo estaba preparado para la pregunta.

—Pues claro. He considerado todas las posibilidades, incluida ésa.

—¿Y la descarta?

—No estamos tan sobrados de hipótesis como para descartar nada.

Vi que se acariciaba el mentón, confuso.

—Dudo que ella... Qué raro. ¿Pretendería darse importancia, atraer nuestra atención?

—No parece esa clase de mujer.

—Es cierto —admitió Foxá.

Me encogí de hombros.

—También pudo asesinar a su amiga.

—Virgen santísima —dio un respingo—. ¿Habla en serio? ¿Y al doctor Karabin?

Adopté un aire shakespeariano que habría envidiado mi viejo amigo John Gielgud. Quien, por cierto, solía recitar versos verdes a las maquilladoras para templar la voz antes de salir a escena.

—Hay más cosas bajo el cielo, Horacio, de las que imagina tu filosofía.

—Por Dios, hombre —Foxá movía enérgico la cabeza—. Ella... Bueno. Eso es difícil de sostener. Incluso de imaginar.

—Quizás en la vida real —repliqué fríamente.

Me miró casi con espanto, igual que se mira a alguien que ha perdido el juicio.

—Es la vida real, Basil.

Le dirigí una ojeada burlona.

—¿Todavía sigue creyendo eso? Me decepciona, Watson. Esto es una novela.

Enmudeció cual si de repente se hubiera asomado a algo imprevisto y oscuro. O pareció hacerlo.

—Descarte los sentimientos y use la razón —insistí—. Aléjese de las cortinas de humo y recurra a la lógica. Vesper Dundas como posible asesina de su amiga y de Karabin sería algo asombroso, pero no imposible. ¿Por qué excluirla a ella?

—Lo corriente...

—El delito es algo corriente —lo interrumpí—, pero la lógica es una rareza. Por eso hay que estudiar la lógica, no el delito.

—Lógica literaria, pretende decir... ¿Lógica narrativa?

Asentí con calma.

—Este problema sólo puede resolverse de ese modo.

Me contemplaba Foxá como los apóstoles debían de mirar a Jesús en sus mejores momentos.

—¿La imaginación del lector contra la del novelista?

—Sí, pero hay que ser cautos con eso. La imaginación es útil para compensar la falta de evidencias, pero también es un arma de doble filo.

—¿En qué sentido?

—Uno de los inconvenientes de poseer imaginación es que ésta sugiere muchas alternativas que pueden hacerle a uno seguir pistas falsas. Así que olvide a Vesper, por ahora. Métala de nuevo en la baraja con las otras cartas. Analicemos a los Klemmer, al personal del hotel, a usted y a mí mismo si lo prefiere... Incluso a Pietro Malerba y la Farjallah. Si el asesino, sea quien sea, resulta tan inteligente como él mismo cree, sabrá cuándo debe parar —arrugué la frente, dubitativo—. O tal vez haya terminado lo que pretendía.

Lo meditó Foxá unos segundos. Después cogió la cajetilla de tabaco.

—¿Edith Mander y Karabin, quizás eso sea todo?

Asentí, cauto, mientras aceptaba el cigarrillo que me ofrecía.

—Es una suposición que cabe dentro de lo posible.

Mi interlocutor interpretó el guiño holmesiano.

—¿También usted lo cree?

—No es improbable.

Calló mientras me dirigía una ojeada extraña.

—Es lo que le preocupa, ¿verdad? —apuntó tras un momento—. Que el asesino deje de matar antes de que encontremos un indicio clave.

Lo miré con severidad.

—Daré por no escuchado eso —dije.

Emitió una risa breve, desvergonzada.

—Vamos, Sherlock... Llevo dos días sin quitarle ojo. No me diga que todo esto no lo pone caliente. Confiese que es mejor que protagonizar una película. Casi lo veo temblar de placer por la incertidumbre de la caza... ¿Dónde estaría ese placer si usted fuese preciso e infalible como una guía de ferrocarriles?

Foxá había ido a su habitación a reflexionar y tomar notas, según dijo. A ver cómo abordábamos el interrogatorio de los Klemmer, insistió, que ya iba siendo hora. Yo terminaba el cigarrillo, a punto de levantarme y abandonar la terraza, cuando aparecieron Pietro Malerba y Najat Farjallah. De cuantos personajes interpretábamos la extraña tragedia que se desarrollaba en Utakos, con ellos, o concretamente con Malerba, me sentía más incómodo. Nos conocíamos demasiado para que me tomara en serio, y yo era consciente de eso. El caso es que se presentaron cuando iba a irme. La diva —ojos pintadísimos, sandalias planas, blusa malva muy escotada, falda volandera a juego— extendió su delgada y lánguida figura sobre los cojines del banco de hierro y Malerba se quedó de pie, mirándome. Se había traído un whisky con hielo del bar y hacía tintinear los cubitos al llevárselo a los labios. Su mueca penduleaba entre escéptica y mordaz.

—¿Qué pasa, Hoppy? ¿No vas a hacernos a nosotros ninguna pregunta detectivesca?

Pasé por alto su tono mientras apagaba el cigarrillo. Me dirigió una larga ojeada crítica.

—¿Cuáles son tus conclusiones, Sherlock?

Lo dijo con mucha sorna. Yo lo miraba reprobador.

—Edith Mander y el doctor Karabin fueron asesinados. Sus muertes y tal vez sus vidas se relacionan. De eso no tengo la menor duda.

—Te lo dije, Pietro —comentó la Farjallah.

Hizo Malerba un ademán con la mano que sostenía el vaso, quitándole importancia a lo que ella hubiese dicho o pudiera decir.

—No te metas en esto, querida. Es demasiado absurdo.

Ella me dedicó un pestañeo afectuoso.

—Pero él tiene...

—Te digo que no te metas.

Bebió un sorbo, y mientras lo hacía me miró por encima del borde del vaso.

—¿Ya has descubierto al asesino? —inquirió, zumbón.

—No —repuse.

—¿Y tu doctor Watson?

—Tampoco.

Tintineó de nuevo el hielo.

—Todo esto es una enorme estupidez. Hace dos días estábamos a bordo del *Bluetta* y desembarcamos en Utakos por casualidad. ¿Qué tenemos que ver?

—Poco, supongo —admití.

—Dime, entonces, dónde carajo nos encontramos Najat y yo. Sabemos de esta gente y este lugar todavía menos que tú.

Lo miré fríamente, a los ojos.

—¿Conocías a Kemal Karabin?

—¿Qué?

—Ya me has oído. ¿Lo conocías?

—No lo había visto en mi vida.

—¿Y a Edith Mander?

—*Cazzo*... ¿Te has vuelto loco? ¿Quién coño te crees que eres?

Me volví hacia la Farjallah.

—¿Alguna vez estuviste en Esmirna?

La diva me contemplaba confusa.

—Nunca, Ormond. Te lo aseguro.

Malerba alzó despacio el vaso. Después miró en torno, pensativo, hasta detener la vista en los olivos del jardín.

—Te lo estás tomando demasiado en serio.

—Es posible —admití.

—Se te sube a la cabeza.

—Quizá.

—¿Quieres que te diga lo que creo, Hoppy?

Me removí en el asiento.

—Te ruego que no vuelvas a llamarme así.

Emitió una risita maligna.

—¿Te pone nervioso?

—Sí, Pietro —concedí, paciente—. Eres la única persona del mundo, y mira que he conocido a unas cuantas, que me pone nervioso.

—¿Hasta qué punto?

—Mucho, cuando te pones en ese plan. ¿Te gustaría que yo te llamara Pietrito, o Cuchi-Cuchi?... ¿O chacal del Trastévere, como hacen los productores americanos?

La Farjallah soltó una carcajada que le valió una mirada siniestra.

—Creo que no —dijo él.

—Pues eso.

Entornó los ojos de tártaro mientras se rascaba una ceja.

—Bueno, ¿te digo lo que pienso, o te interesa poco?

—Adelante —lo animé.

—Si hay asesino, es imposible que esté en el hotel. He meditado bastante sobre eso, y ni los Klemmer, ni vosotros dos, ni la señora Auslander ni el personal de servicio dais el perfil.

—El perfil, dices.

—Exacto.

—¿Y cuál es el perfil?

—Yo qué coño sé. Alguien capaz de cargarse a dos.

—¿Y qué propones como alternativa?

—Un tercer hombre.

Parpadeé deliberadamente.

—¿Perdón?

—Sí, ya sabes, como en la película de ese gilipollas de Welles. ¿Te acuerdas de aquel personaje, Harry Lime?... Alguien a quien no vemos. Un fulano escondido en la isla.

Lo pensé. En realidad, había barajado la posibilidad de plantear eso a los demás. Incluso lo había comentado con Paco Foxá. Así que volví a considerarlo.

—No creo que... —empecé a decir, ganando tiempo.

—Yo sí lo creo —me cortó Malerba—. Es más: estoy convencido. No imagino a ninguno de los que estamos en el hotel matando a nadie.

—¿Qué sugieres, entonces?

—Es una isla pequeña, pero están las ruinas del templo y las del fuerte veneciano, los olivares y los pinos. Sobre todo ese fuerte antiguo. Estoy seguro de que hay alguna cueva o galería subterránea donde se esconde.

—¿Quién?

—El asesino, hombre. Sea quien sea.

—¿Y sale de noche para matar?

—Exactamente.

No pude resistirme.

—¿Como los vampiros?

—Ahora eres tú quien está de guasa.

Seguí mirándolo, atento. Era interesante incorporar otro punto de vista.

—Y en tal caso, ¿por qué mata?

—Ah, de eso no tengo ni idea.

—Un loco, un psicópata —dijo Najat Farjallah, voluntariosa—. Como en las películas.

—Eso es una tontería —dijo Malerba.

—¿Tontería?... Conocí a una limpiadora de camerinos de la Scala que metía cuchillas de afeitar en el jabón de tocador. Y acordaos del fantasma de la ópera.

Ignorándola, Malerba hizo sonar por última vez el hielo y dejó el vaso húmedo sobre el ejemplar de *Eikones* que estaba en el velador, justo sobre la cara de la señora Kennedy. Luego me dirigió un guiño cómplice.

—¿Y si antes de que se ponga el sol echáramos un vistazo a esas ruinas de la playa?

—¿Nosotros, ahora?

—Sí, en plan intrépidos exploradores. Un paseíto hacia lo enigmático.

Cogí el vaso y lo dejé a un lado para que no manchara la revista. Por qué no, concluí. Puestos a descartar imposibilidades o aparentarlo, el fuerte veneciano era un lugar tan adecuado como cualquier otro. Así que me puse en pie.

—De acuerdo —miré el reloj—. Tenemos tiempo antes de cenar.

—¿Puedo ir? —inquirió la Farjallah.

—Pues claro —repuso Malerba—. Cuantos más somos, más nos reímos.

Aplaudió la diva muy animada y me dedicó otro cálido pestañeo, con una mano de uñas larguísimas y rojas apoyada sobre el escote. Volví a considerar que ni sus manos ni su voz eran tan lindas y frescas como cinco o seis años atrás, cuando se agotaban en tres horas las entradas para verla hacer *Medea* en el Covent Garden, o cuando, tras cantar *Ifigenia en Táuride* en la Acrópolis, el público aplaudía durante veinte minutos. En un relato policial, me dije viéndola incorporarse con su frívola animación, y más que Pietro Malerba —como había sugerido Foxá—, ella habría sido una perfecta candidata a ser la próxima víctima. Se parecía, como una gota de agua a otra, a esos personajes inverosímiles que los autores introducen en una novela con el fin exclusivo de que los asesinen.

—¿Sabes lo bueno de esto, Hoppy? Que me da un par de ideas buenas. Una historia de misterio en un lugar aislado y desnudo. A bordo de un yate fondeado en las islas Eolias, por ejemplo. Mastroianni estaría perfecto, ¿no crees?... Con esa rubia chatita y guapa, la Vitti. También podría cambiarlo a comedia, ya sabes, comedia negra. Entonces, el protagonista sería Sordi, ¿qué te parece?... Y si Albertone no se anima, pues Tognazzi. Como directores, en este caso, Risi o Zampa lo bordarían.

Eso iba diciendo Malerba mientras caminábamos. Yo asentía al escucharlo, distraído. Habíamos recorrido el sendero que llevaba a la colina y al templo griego, desviándo-

211

nos a la derecha antes de remontar un tercio de la cuesta. Allí aún no soplaba el viento. Las piedras del fuerte veneciano se entreveían tras la arboleda de pinos y cipreses que el sol poniente agrisaba ya.

—En cuanto a ti, amigo —siguió diciendo el italiano—, verte actuar estos días me confirma la idea: tienes absolutamente que hacer esa serie de televisión: la de los villanos favoritos.

Me volví hacia él.

—No te lo tomas en serio, ¿verdad? Ni siquiera los asesinatos.

Coincidía reprobadora la Farjallah, siempre de mi parte.

—Pietro sólo se toma en serio sus negocios. Ya lo conoces.

El productor emitió un gruñido.

—Eh, cuidado. Los crímenes son cosa grave, desde luego. Pobres diablos, él y ella. Pero no consigo apreciarlo desde dentro: sentirme relacionado con esto... ¿Comprendéis lo que quiero decir?

Me dirigí a la Farjallah.

—¿Y tú, Najat? ¿También te consideras espectadora?

Respiró la diva profunda y teatralmente.

—Yo estoy confusa. Todo lo veo irreal. Me parece estar en un escenario, entre decorados en los que entran y de los que salen personajes y situaciones.

Rió Malerba, sardónico.

—Podrías cantar *Vissi d'arte, vissi d'amore* para animar el ambiente.

—Eres un bruto, Pietro —se sonrojaba ella—. Y un cínico. Eso no tiene ninguna gracia.

Ignorándola, el productor se volvió hacia mí.

—En todo caso —alzó un dedo admonitorio—, de estar yo haciendo tu papel, me centraría en investigar a Gérard, el maître.

Eso me sorprendió. Habíamos dejado atrás los árboles y caminábamos junto a las piedras del fuerte en ruinas, entre las que crecían arbustos. Más allá del parapeto se veía el mar; y detrás, al fondo, las montañas de Albania todavía iluminadas por el sol. Parecía un decorado cinematográfico en cinemascope y tecnicolor.

—¿Y por qué Gérard? —pregunté.

—Ah, pues no sé. Tiene maneras de traidor de película. ¿No te recuerda a Claude Rains en *Encadenados*? Le pones a la Bergman al lado y te lo crees.

—Ya hablé con él.

—Vaya... ¿Y qué tal?

Moví la cabeza desalentado. Estábamos perdiendo el tiempo. Había en el suelo, rodeado de maleza, un viejísimo cañón oxidado y me detuve, dando una mano a la Farjallah, para ayudarla a pasar por encima. Olía a medio frasco de *L'Air du Temps* y se apoyó en mí algo más de lo necesario. De pronto adoptaba una expresión confidencial, casi misteriosa.

—Ahora que Pietro habla de los empleados del hotel, hay algo que...

Malerba se volvió con súbita aspereza.

—Dije que no te metieras en esto, querida. Quedémonos al margen hasta que pase el temporal y nos larguemos de aquí.

—Aun así, puede ser importante —insistió ella.

—Te he dicho...

—¿De qué se trata? —intervine.

—Nada. Una tontería.

—¿Qué es, Najat?

Habíamos llegado a lo que quedaba de la muralla veneciana, donde el viento sí soplaba con fuerza. Planeaban gaviotas tierra adentro, buscando el socaire de la colina. A nuestros pies, más allá del pequeño espigón de piedra, se extendía la playa con el pabellón donde reposaba el ca-

213

dáver de Edith Mander. La Farjallah apretó los brazos contra el pecho, frotándoselos como si las rachas que hacían flamear su falda le produjeran frío; o tal vez la vista del pabellón la estremecía. Pareció pensarlo algo más. Después, tras dirigir una ojeada de soslayo a Malerba, se volvió a mirarme.

—Se lo he comentado a Pietro, pero insiste en que no tiene importancia. Que sólo confundiría más las cosas. Aunque puede ser útil para ti. La primera noche, cuando esa inglesa se suicidó o fue asesinada, vi al camarero joven entrar en el hotel desde el jardín.

Me erguí, interesado.

—¿Spiros?

—Sí, ése.

—¿A qué hora?

—No sé. Puede que pasada la medianoche, porque ya habían apagado el generador. Las pastillas para dormir no me hacían efecto y oía roncar a Pietro a través de la puerta que comunica nuestras habitaciones.

—Dilo con exactitud, anda —terció Malerba—. Me habías mandado a dormir a mi cuarto porque, según tú, te dolía la cabeza.

Ella le asestó una mirada libanesa que echaba chispas.

—Eres un impertinente, Pietro.

—Ya lo sé. Pero últimamente te duele demasiado la cabeza —me guiñó un ojo—. Aunque cuando está cerca Hoppy, en seguida se te pasa. A lo mejor te duele por eso.

Dio la Farjallah un respingo de indignación, ruborizándose.

—Un impertinente y un grosero, es lo que eres. Y más cosas que me callo —se volvió a mí en busca de apoyo—. No sé qué veo en él, Ormond. ¿Podrías decirme lo que veo en él, por favor?

Malerba moduló una sonrisa canalla, de absoluta marca Cinecittà.

—Yo sé perfectamente lo que ves en mí.

—Qué bruto eres, de verdad —se indignaba la diva—. Pero qué bruto. Tu moral es la gomita con que se sujetan los billetes de cien dólares.

Intervine.

—Dejadlo ya. ¿Qué hay de Spiros?

—Pues que salí a tomar el fresco a mi terraza, que da sobre el jardín y el sendero que viene de la playa...

—¿Y?

—Entonces vi abajo al muchacho griego.

Aquello era interesante. Nuevas y prometedoras perspectivas. Todo podía, concluí satisfecho, enredarse un poquito más.

—¿Venía de la playa? —pregunté.

—Puede que viniese de allí, aunque tal vez sólo daba un paseo. Había luz de luna. Estaba abajo, fumando un cigarrillo. Y luego entró.

Malerba la fulminaba con la mirada.

—Eres una charlatana —gruñó, malhumorado—. Todo esto es una farsa, pero acabas de complicarle la vida a ese chico.

La linterna iluminaba el pasadizo. Yo iba delante, Najat Farjallah detrás y Malerba cerraba la marcha.

—Qué emocionante —dijo la diva.

Su voz y nuestros pasos resonaban en la oquedad, que no era extensa: una docena de peldaños de piedra muy desgastados y un corredor que desembocaba en una sala abovedada, redonda y de techo bajo, con pequeñas estancias contiguas.

—Espero que no nos caiga un jodido pedrusco encima —masculló el italiano.

Moví a uno y otro lado el haz de la linterna, revisándolo todo. Olía a paredes viejas, a tierra y humedad, casi a tumba. Ningún rastro aparente de presencia humana.

—No hay huellas en el polvo del suelo —les mostré—. Hace mucho tiempo que este lugar no lo pisa nadie.

No había tampoco indicios de que la sala o las estancias contiguas estuvieran habitadas: ni colchones, ni mantas, ni restos de nada. Tampoco señal de fuegos para cocinar o calentarse.

—Oh, por favor, qué asco —dijo la Farjallah, quitándose una telaraña del pelo.

Iluminé con la linterna las delgadas gasas flotantes, grises de polvo, que pendían del techo. Un casi diminuto murciélago, deslumbrado por la luz, salió de una oquedad, revoloteó aturdido arrancando un chillido de pavor a la Farjallah y desapareció por otro agujero.

—Ahí va el conde Drácula —se chanceó Malerba.

La diva lo llamó idiota y él soltó una carcajada que resonó en la bóveda y el corredor.

—Christopher Lee en versión de bolsillo.

—¿Quién?

—Olvídalo.

Moví la cabeza, volviendo a lo nuestro.

—Eso también demuestra que, excepto los murciélagos, nadie ha estado aquí últimamente.

—Podría haber otra entrada —sugirió Malerba—. Más habitaciones ocultas.

—Los *podría* son innumerables. Aunque lo dudo en este caso.

—¿Y por qué crees que no hay más?

—El fuerte es pequeño —repliqué—. Un baluarte para defender la playa y el antiguo fondeadero de la isla.

Según Raquel Auslander, no se utiliza desde hace doscientos años —moví de nuevo la linterna en torno—. Es evidente que no hay otro lugar posible.

Malerba no quería darse por vencido.

—La isla es frondosa, llena de árboles. Tal vez haya otro escondite.

—La dueña del hotel conoce muy bien Utakos, y dice que no hay ninguna construcción más, ninguna cueva, ninguna cabaña. Si hubiera un extraño en la isla, no viviría bajo los árboles.

—Pero eso significa...

—Sí, Pietro —asentí en tono fatigado—. Significa lo evidente: hay un asesino y vive en el hotel.

Di media vuelta para iluminar el camino de regreso. Al extremo del corredor, la puerta era un rectángulo de luz crepuscular. Apagué la linterna y me la metí en un bolsillo. La Farjallah, que había tropezado, se agarró de mi brazo, con uno de sus cálidos senos muy pegado a él.

—¿Os imagináis si hubiéramos encontrado algo? —dijo, temblorosa de excitación la voz, y no sólo la voz—. La cueva del monstruo.

—Estamos en mil novecientos sesenta, querida —gruñó Malerba a nuestra espalda—. Los monstruos son modernos y habitan entre nosotros.

Asentí divertido, aspirando otra vez el perfume de la diva. Lo reconocía como uno de los preferidos de mi primera esposa, la que acabó con el hígado hecho polvo. Su otro aroma favorito había sido el coñac Courvoisier.

—A veces —apunté— también somos nosotros.

No me gustaba Hans Klemmer, decidí cuando, de vuelta en el hotel y tras encontrar a Paco Foxá en el bar, el español y yo nos sentamos con él en la sala de lectura. Tal vez influía la barriga prominente que tensaba en exceso su polo de manga corta; pero lo que menos apreciaba eran la cicatriz prusiana de su cara, las rojeces de bebedor en los pómulos y la fría expresión de los ojos demasiado claros. Al fin y al cabo yo era británico; y trincheras de Flandes aparte, había perdido en el *blitz* de Londres a varios amigos, sin contar los caídos en campos de batalla o ahogados en el mar. Así que me pregunté —sólo en mis adentros, naturalmente— cómo era posible que se permitiese viajar por Europa a los de su nación, acogiéndolos como turistas después de lo que nos habían hecho a todos. Sólo habían pasado quince años, y aún se trataba de la misma generación que había vitoreado a Hitler porque encarnó, decían, la esencia del alma germánica. Aunque ahora, al preguntarles por Adolf, las rubias de las trenzas y los jóvenes arios que antes se emocionaban y aplaudían al paso del Mercedes oficial pusieran cara de poca memoria y preguntasen de qué Adolf les estabas hablando.

Sin embargo, procuré ser cortés. En realidad lo he sido siempre, con todo el mundo y hasta con mis enemigos. Incluso cuando Gary Cooper se acostó con mi segunda mujer —la que luego se despeñó en la Costa Azul— y me lo encontré comiendo en Perino's, el mejor restaurante de Los Ángeles. Aquella vez le sonreí de lejos en vez de ir a su mesa y partirle la cara como merecía ese larguirucho guaperas con su falsa timidez de mosquita muerta, pero al que no se le escapaba una mujer guapa ni de refilón —el pobre Errol cargaba con la mala fama, pero otros cardaban la lana—. Sobre el encuentro en Perino's, Hedda Hopper, aquella arpía hija de mala madre, nos dedicó a Coop y a mí una de sus columnas de cotilleo sobre Hollywood. *Un alarde de flema británica*, escribió la muy perra. Dorados tiempos.

—¿Cómo se encuentra su esposa? —pregunté a Klemmer.

—Ha tomado un calmante y descansa. Esta situación absurda la tiene muy afectada.

—Sí, claro —asentí—. Por supuesto.

—Ella es de naturaleza nerviosa.

—Comprendo. ¿Cuándo llegaron a Utakos?

—Hace nueve días.

—De vacaciones, supongo.

—Soy distribuidor para Grecia e Italia de la marca Brücken.

—Ah, vaya. No está mal.

—Realmente no.

Miré un momento a Foxá, que fumaba en silencio, sin intervenir. Después indiqué la muñeca derecha de Klemmer.

—Bonito reloj. ¿Cuál tenía antes?

—Un Omega —me miró con sorpresa—. ¿Cómo sabe que éste es nuevo?

—Es un Orion Diplomatic, si no me equivoco.

—Cierto.

—El modelo salió hace sólo tres meses.

—Oh, vaya.

—Conozco zurdos, como usted, que pese a serlo llevan el reloj en la muñeca izquierda.

Me dirigió una ojeada suspicaz.

—Me gusta llevarlo así. No me incomoda.

—Oh, claro... ¿Y qué tal le va el régimen de comidas? ¿Adelgaza un poco?

Pareció desconcertado.

—No creo que eso sea asunto suyo —replicó tras un instante.

—No, desde luego. Pero detecto cierta desconfianza y me gustaría tranquilizarlo, al menos en lo que a mí respecta. Un toquecito frívolo, acorde con el personaje que me están haciendo representar —señalé a Foxá—. Él puede confirmarle que no hay otras pretensiones.

—Es verdad —dijo el español.

Nuestro interlocutor pareció relajarse un poco.

—¿Y cómo adivinó lo de mi régimen?

—Desde que estoy aquí lo he visto comer sólo verduras a la plancha. Y su cinturón, que también es nuevo y me atrevo a decir tan italiano como sus zapatos, posiblemente de Gucci, tiene una huella vertical hacia fuera de la hebilla. Creo que en pocos días ha logrado reducir un centímetro de cintura.

Rió Klemmer sin humor, dándose una doble palmada en los muslos.

—Tiene razón.

—Siempre la tiene —apuntó Foxá, leal como de costumbre.

—No era tan difícil, después de todo.

Me irritó aquella suficiencia teutónica. Así que deslicé un detalle complementario.

—También observo que combatió en la guerra.

Se tocó la cara.

—Esta cicatriz no es de eso.

—Lo sé, es vieja. Tiene que ver con sus tiempos de estudiante. No me refería a ella.

—¿Entonces?

—Deduzco que no sirvió en la Wehrmacht, el ejército regular.

Sus ojos se habían vuelto tan vacíos como el Báltico.

—¿Deduce?

—Sí.

—¿De qué habla?

—De su paso por las Waffen-SS.

Casi saltó del asiento. La sangre afluía al rostro y las venillas rojas de los pómulos parecieron a punto de estallar. Sólo la marca de la mejilla se mantuvo pálida.

—Usted no puede...

Se quedó mirándome con asombro. Foxá lo hacía del mismo modo.

—Basil... —murmuró, como si yo estuviera yendo demasiado lejos.

—No se meta en esto —dije con sequedad.

Después señalé la parte interior del brazo izquierdo de Klemmer, a unos diez centímetros sobre el codo: allí, la manga corta descubría otra pequeña cicatriz semicircular, como si la piel se hubiera arrugado en ese punto.

—Grupo sanguíneo, supongo. Era práctica común en las SS tatuarlo ahí.

—Eso es absurdo —exclamó el alemán.

—Para nada. Como sabe, se indicaba si era 0, A, B o AB a fin de evitar errores en las transfusiones. El Rh no figuraba, porque su descubrimiento era reciente.

Foxá estaba aún más admirado que Klemmer.

—¿Ha deducido eso de una simple cicatriz?

—No es tan simple. Al final de la guerra, la mayor parte de los que llevaban el tatuaje procuraron eliminarlo. Unos lo hicieron disparándose un tiro superficial que desfigurase la piel, y otros aplicando tabletas de hidrógeno húmedas, que la quemaban.

—Increíble —murmuró Foxá.

Yo miraba a Klemmer.

—Imagino, por el tamaño de la marca, que borró el grupo sanguíneo con una tableta de hidrógeno o una operación quirúrgica posterior.

Los ojos claros del alemán se clavaban en los míos con mucha fijeza. No me habría gustado, pensé, tenerlos enfrente en los setos de Normandía o en la nieve de las Ardenas.

—¿Y cómo sabe todo eso? —inquirió, molesto.

—Lo leí en el *Reader's Digest*.

Era mentira, naturalmente. Me lo había contado Katia Mann, la mujer del premio Nobel, durante una comida —hamburguesa para todos— con su marido, Fritz

221

Lang, Peter Lorre y la Dietrich en el Minetta de Nueva York.

—De todas formas —zanjé—, nada de eso viene al caso. Nos ocupan problemas más urgentes que su pasado y mis lecturas, señor Klemmer.

Establecida la conveniente autoridad, dejé pasar el tiempo oportuno. Ellos me habían situado allí, y tales eran las consecuencias. Habían pedido un Sherlock Holmes, y por Júpiter que lo estaban teniendo. Y lo iban a tener.

Paseé la vista por los estantes llenos de libros, con gesto distraído, antes de posarla de nuevo en el alemán.

—Usted jugó al ajedrez con Kemal Karabin —dije al fin.

Respiró hondo Klemmer un par de veces, amansado. Su rostro recobraba el color habitual.

—Ya se lo dije, sí. Unas pocas partidas.

—¿Se habían visto antes?

—Nunca.

Ni pestañeó al decirlo. Disparé un tiro a ciegas.

—¿Su esposa y usted estuvieron alguna vez en Esmirna? ¿Tal vez ella necesitó...?

Lo dejé ahí, en puntos suspensivos, esperando reacciones a la palabra no pronunciada, que era *tratamiento*. Y lo encajó bastante mal.

—Eso es una impertinencia.

—Disculpe —sonreí, amable—. No pretendía molestarlo.

—Pues lo ha hecho. No me gusta lo que insinúa. Primero el tatuaje, y ahora...

—No insinúo nada, se lo aseguro. Y el tatuaje poco tiene que ver. Converso con usted igual que con otros huéspedes del hotel.

Me dedicó una mueca agria.

—Los que vamos quedando vivos, querrá decir.

222

Pasé por alto el sarcasmo.

—Me limito a la investigación para la que me designaron —insistí—. Incluida su aprobación expresa, señor Klemmer. Yo no pedí ocuparme de esto. Cuando acabe el temporal y llegue la policía, les trasladaré con gusto, y no poco alivio, cuanto haya averiguado.

—No parece mucho, por ahora.

—Hago lo que puedo.

Se quedó callado, pensando, apoyadas las manos en las rodillas. Miró luego a Foxá, que hizo un ademán conciliador. Tras un momento se volvió otra vez hacia mí.

—Comprendo su posición —dijo.

Sonreí amistoso. Me gustaba que me comprendieran.

—Se lo agradezco.

—Ni mi mujer ni yo habíamos visto a Karabin en nuestra vida. Aquí nos limitábamos a saludarnos. Y a esas partidas de ajedrez.

—¿Hizo algún comentario que pueda sernos útil?

—Nada que yo recuerde.

—¿Y Edith Mander?

—¿Qué pasa con ella?

—¿Tampoco la habían visto antes de venir a Corfú?

—Nunca. Y ni siquiera cambiamos una palabra con ella o con su amiga.

Sonaba sincero. Y la mirada que me dirigió Foxá indicaba que era de la misma opinión. Sin embargo, aquellos ojos tan claros y fríos, tan seguros en apariencia, no acababan por convencerme del todo.

—¿Observó algo en su comportamiento que ahora le parezca significativo?

Negó Klemmer con la cabeza antes de hablar.

—Nada en absoluto. A mi esposa y a mí, esas dos mujeres nos eran indiferentes.

Alcé una mano con aire de descuido.

—Una curiosidad... ¿Por qué eligieron el hotel Auslander para sus vacaciones?

—Mi mujer necesitaba una temporada de reposo.

—Ya, claro. Pero ¿por qué este lugar?

—Nos lo recomendó un amigo.

—¿Podría saber qué amigo?

Se demoró tres segundos en responder.

—Ni lo conoce ni le va nada en eso.

—Doy por sentado que sabe que Auslander es un apellido judío.

—¿Y qué?

—¿No le importa, como antiguo SS, alojarse con su esposa en un establecimiento regentado por una de ellos?

Klemmer se puso en pie con brusquedad. Sus ojos se habían vuelto de hielo.

—Creo que es suficiente, ¿no le parece?

Yo lo miraba, apacible, desde mi sillón.

—Tal vez.

—Esta farsa tiene sus límites.

—Cierto.

—Pues buenas noches.

Con ese mal talante abandonó el salón de lectura. Me volví hacia mi compañero de pesquisas.

—¿Qué opina, Watson?

Foxá aplastaba su cigarrillo en el cenicero. Movía la cabeza, dubitativo.

—Con lo del tatuaje lo ha hecho polvo. Y también a mí.

—Era elemental.

—No se burle, hombre —se había puesto serio de pronto—. Creí que iba a abalanzarse sobre usted.

—De eso se trataba: ver hasta dónde podíamos llegar por ese camino. Pero se contuvo. Es un hombre templado.

—¿Da el perfil?

224

Reposé la cabeza en el sillón, apoyé los codos, junté las yemas de los dedos y cerré los ojos.

—Aún no tenemos perfil ninguno. Por ahora se trata menos de identificar a un culpable que de poner a prueba una teoría.

Pareció escandalizarse.

—Oh, vamos, Basil.

Permanecí en silencio un momento, ordenando las últimas impresiones.

—¿Recuerda que nuestro detective se retiró como apicultor, a criar abejas en Sussex?

—Por supuesto —asintió.

—Pues eso —me froté las manos, holmesiano—. Aquí estamos, removiendo el panal. O el avispero.

Esta vez Spiros se mostró menos seguro que durante el primer interrogatorio. Foxá y yo nos reunimos con él en el despacho de Raquel Auslander, en presencia de ésta. Para ganar tiempo y presionar un poco, planteé el asunto afirmando que la noche de la muerte de Edith Mander el camarero había sido visto no parado en el jardín fumando un cigarrillo, sino procedente de la playa. Cargué así la mano; sin embargo, para mi sorpresa, el truco funcionó más allá de lo esperado. Titubeante, Spiros lo negó al principio y luego se sumió en un mutismo huraño. En ese punto fue la dueña del hotel quien tomó las riendas.

—¿Estuviste en la playa? —preguntó, seca.

Lo fulminaba con sus ojos oscuros y ahora suspicaces. El joven aún vaciló. Estaba ante nosotros —Raquel Auslander y yo sentados, Foxá de pie junto al aparato de radio— y se movió ligeramente como buscando un lugar donde apoyarse. Su rostro atractivo y moreno se había vuelto pálido.

—Yo no maté a nadie —dijo al fin.

La voz le salía forzada, casi ronca. Lo encaré con amabilidad.

—Nadie te pregunta eso. Sólo queremos saber si estuviste allí esa noche.

Vi que dudaba de nuevo. Dirigió una ojeada en busca de amparo a la dueña del hotel, pero la forma en que ésta lo observaba le hizo apartar la vista.

—Fui un momento —admitió.

Foxá, Raquel Auslander y yo nos miramos de modo significativo.

—¿Por qué? —quise saber.

Vaciló Spiros. Luego se encogió de hombros.

—La señora me había dado a entender que le gustaría verme allí.

—¿Qué señora?

—La señora Mander... La que murió.

Siguió un silencio que preferí prolongar, más bien dramático. La puerta del despacho estaba abierta y oímos las campanadas en el reloj de pie que estaba en el vestíbulo, junto a la sala de lectura. Sonaron siniestras, como un presagio. Un simbólico Big Ben entre imaginaria niebla londinense.

—¿Y cómo te lo dio a entender? —inquirí.

—Nos encontramos después de que ella y la señora Dundas se fueran del salón bar.

—¿Estaba sola?

—Sí, y bajaba por la escalera. La otra señora se había quedado en la habitación.

—¿Y qué te dijo Edith Mander?

—Que se le habían acabado los cigarrillos y que hiciera el favor de llevarle un paquete al cobertizo de la playa.

—¿Lo hiciste?

—Sí, claro. Cogí del bar una cajetilla de Benson y fui a donde me dijo.

—¿Ya estaba allí?

—Sí.

—¿Sola?

—No vi a nadie más.

Me recosté en la silla y miré a Raquel Auslander y después a Foxá, cediendo a Watson su turno en el interrogatorio.

—¿Y qué ocurrió? —intervino éste.

—Me ofreció un cigarrillo y fumamos mientras paseábamos por la orilla. Hizo algunas preguntas sobre mi vida y mi trabajo. Estuvo simpática.

—¿Y qué más ocurrió?

—Nada.

—No te creemos —dijo Raquel Auslander.

—Nada más, se lo juro.

—Seguimos sin creerte —remaché yo—. Eres un chico guapo. Y experimentado, supongo.

—Apenas pasó nada —matizó al fin el joven.

Sonreí amistoso para darle confianza.

—Detállanos ese *apenas*, Spiros.

—Creo que nos besamos.

—¿Crees?

—Nos besamos, eso es todo. Un abrazo, un par de besos.

—¿No fuisteis más allá?

—En absoluto.

—Vamos, hombre —terció sonriente Foxá—. ¿De verdad no lo intentaste?

Se quedó el joven con la boca abierta, desconcertado. Volvió a mirar a Raquel Auslander. Estaba claro que, apenas cesara el temporal, el camarero tendría que buscar empleo en otro sitio.

—Lo intenté un poco —confesó tras un momento.

227

—¿Sólo un poco?

—Ella no quiso más. Se rió y dijo que me fuera.

—¿Eso fue todo?

—Lo juro.

Pensé en el golpe del taburete en la cabeza de Edith Mander y me pareció oportuno deslizarlo ante Foxá y Raquel Auslander.

—¿Y no te enfadaste por el rechazo?

—No, para nada... Ella me dio una libra inglesa y dijo que volviera al hotel —sacó voluntarioso una cartera de plástico y nos mostró el billete, doblado en cuatro—. Todavía lo tengo aquí.

—Una libra es mucho dinero, Spiros.

—Es lo que me dio. También dijo que me quedara con los cigarrillos.

—¿Y obedeciste, marchándote sin más?

—Pues claro. No iba a perder mi trabajo por una cliente caprichosa.

—¿Podía haber alguien escondido, espiándoos? —aventuró Foxá—. ¿Tal vez en las ruinas del fuerte veneciano?

—No sé —lo pensó—. Sólo oí el viento más allá de la ensenada y sobre la colina. Abajo todo estaba en calma.

Intervine otra vez.

—¿Y qué pasó con el chal?

Parpadeó, en apariencia desconcertado.

—¿Qué chal?

—El que la señora Mander llevaba sobre los hombros.

—No recuerdo —Spiros movía la cabeza—. Aunque... Sí, tal vez llevase algo. Es posible.

—¿Y qué pasó con él?

—No tengo la menor idea.

Nos miramos Foxá y yo. Aquélla era una vía muerta.

—Mira, Spiros —concluí—. No sé si estás diciendo la verdad, pero tampoco es cosa nuestra decidirlo. Comprenderás que cuando venga la policía tendremos que informar de lo tuyo.

Asintió el joven, inquieto.

—No me fío de ellos. Irán a lo fácil, y lo más fácil soy yo.

—Si eres inocente, nada tienes que temer.

Moduló una mueca escéptica mientras hacía con los dedos un ademán mediterráneo, a medio camino entre la resignación y la desesperanza.

—Estamos hablando de la policía griega, señor.

—¿Y por qué no lo contaste cuando te preguntamos la primera vez?

No respondió. Se volvía hacia Raquel Auslander en busca de indulgencia, pero el gesto duro de la dueña del hotel no mostraba indicios de ella. Fue Foxá quien reanudó el interrogatorio.

—¿Y qué pasó después del encuentro en la playa?

—Nada. Volví al hotel y la señora Mander se quedó allí. El cobertizo estaba a oscuras. Lo último que vi mientras me alejaba fue la brasa de su cigarrillo.

Alcé despacio una mano reclamando atención, como cuando en *El misterio de la cara amarilla* me disponía a deducir las características de un personaje por el lado en el que más quemada estaba la cazoleta de su pipa. Todo era fácil en las películas, lamenté, excepto cuando las dirigía el bastardo de William Wyler, que hacía repetir treinta veces una toma para quedarse luego con la primera.

—Hay algo que no comprendo —objeté—. Fuiste y volviste por la arena que hay entre el olivar y la playa. ¿Es cierto?

—Sí.

—Pues en tal caso, tuviste que dejar un doble rastro: huellas a la ida y a la vuelta.

Se quedó mirándome con extrema fijeza. La nuez subía y bajaba en su garganta mientras tragaba saliva, y de pronto parecía espantado.

—Eso es lo que me asustó... ¡Al día siguiente, mis huellas ya no estaban!

Sólo había una lámpara encendida en el salón, junto a la barra del bar. Aún funcionaba el generador eléctrico. No había nadie allí y eso me gustó, porque necesitaba pensar a solas. Había cabos sueltos y era preciso dejarlo todo bien atado para que no se me fuera de las manos. Demasiado riesgo y demasiados imprevistos en un juego que excedía lo razonable. Pese a las apariencias, pensé de nuevo, la ficción del cine era mucho más sencilla, sobre todo si aplicabas la fórmula que Spencer Tracy me había confiado cuando rodábamos *La máscara del orgullo*, donde yo hacía de marido perverso de Joan Crawford —trabajar con ella era igual que abrazar a un erizo: demasiadas púas contra una sola—. Sólo hay un método, Hoppy, fue lo que Tracy me dijo, para que interpretar no te desequilibre la cabeza y la vida: llega al trabajo puntualmente, apréndete los diálogos, dilos lo mejor que sepas, coge el dinero y regresa al hogar a las seis de la tarde.

Pero el hotel Auslander no era mi hogar, había diálogos que no lograba dominar y las botellas alineadas en el bar me llamaban con más intensidad que las sirenas al baqueteado Ulises. Como si pretendiera poner a prueba mi voluntad —por favor, Watson, alcánceme la jeringuilla—, fui al otro lado del mostrador, cogí una botella de agua Perrier y le quité el tapón dando la espalda, estoico, a etiquetas ferozmente rotuladas Gordon's, Cinzano y Johnnie Walker. Quedaba un poco de hielo medio derretido en una cubeta, así que lo puse también en el vaso. Después fui a sentarme en el sofá situado ante la gran puerta vidriera que daba al jardín, que seguía abierta.

Iba a fumar cuando sentí un ruido a mi espalda: un roce suave. Tal como andaba todo, cualquier sonido a la espalda era motivo de sobra para volverse en el acto, alerta, y eso fue lo que hice. Una figura femenina se destacó en la penumbra y reconocí a Najat Farjallah.

—Siento haberte asustado, Ormond.

—No lo has hecho.

—¿Puedo sentarme?

—Claro.

Le hice sitio a mi lado.

—¿Qué haces todavía levantada, a estas horas?

—Pietro ya está durmiendo, y no tengo sueño.

Tomó asiento y olí de nuevo su perfume, próximo.

—Temo haber metido en problemas a ese muchacho, Spiros —dijo.

—¿Eso te inquieta?

—Mucho.

—Pues no te preocupes. Hemos hablado y todo está claro. Sus explicaciones son convincentes —mentí.

Pareció aliviada.

—No sabes el peso que me quitas de encima. Temía que mi estupidez...

—Puedes estar tranquila.

—Oh, sí. Gracias.

Se quedó callada un momento, insegura. Dándole vueltas a algo.

—La excursión al fuerte veneciano —dijo por fin— ha sido excitante. Parecíamos tres chiquillos explorando una cueva. ¿No crees?

Asentí vagamente. Después bebí un sorbo y me mantuve en silencio. Desde el jardín llegaba el rumor de los grillos entre los olivos, y la claridad lunar proyectaba la sombra de Venus en las baldosas de la terraza, dándole una apariencia casi humana.

—¿Tienes alguna conclusión nueva sobre lo que ocurre?

—Estoy en ello —repuse, escueto.

—Me parece fantástico. Es como en tus películas, ¿verdad?

—Hay un aire de familia —concedí.

—Increíble... Uno de nosotros es un asesino.

—O una asesina.

—Dios mío.

Se le había estremecido la voz, o daba esa impresión. Abrí al fin la latita de Panter y saqué un cigarro.

—Te preguntarás qué hago con Pietro —dijo ella de improviso.

—Sé lo que haces.

—No seas malvado.

—Me refería a que conozco vuestra relación. Toda la prensa del corazón la conoce.

—Es un bruto, pero puede ser adorable a veces.

—Mi conocimiento de él se limita a la primera parte del enunciado.

—Pero sois amigos.

—Es una forma de definirlo.

—Te aprecia, aunque a veces parezca que no te toma en serio. Y habla de ti con admiración. Siempre repite que eres un gran actor, y estoy de acuerdo —suspiró melancólica—. Creo que llegué a ver todas tus películas.

Se detuvo un instante. Me pareció que su hombro se acercaba más al mío. Sentí el calor de su cuerpo.

—Eres tan...

—¿Viejo?

—No seas bobo. Tan apuesto, quiero decir. Sigues siendo atractivo. O interesante, al menos. Con ese aplomo tuyo que yo creía era sólo para tus personajes, hasta que te conocí mejor.

Jugueteé entre los dedos con el purito, todavía sin encenderlo. Eludiendo la complicidad que me ofrecía.

—Nunca digas que conoces bien a un actor —objeté.

—Hay cosas que soy capaz de comprender, te lo aseguro. Yo misma...

Hizo una pausa pensativa, y cuando habló de nuevo lo hizo en tono más triste.

—También mi mejor tiempo ha pasado.

Creí mi deber confortarla, caballerosamente británico.

—No digas tonterías. Puedes llenar la Fenice o el teatro de Epidauro. Todavía eres la Farjallah.

—Menos que antes —repuso con amargura—. ¿Sabes cuánto cobré por hacer *Norma* hace seis años en París?

—No tengo la menor idea.

—Cinco millones de francos, fíjate. Y en cuatro horas se vendieron las dos mil ciento treinta butacas de la Ópera.

—Hoy sería igual —mentí.

—Ni hablar. Ahora andan todos embelesados con la Callas y con esa nueva, la Tebaldi. ¿Sabes qué escribió el *Corriere* después de mi último *Carmen* en la Scala?

—No leo el *Corriere*.

—*El público se mostró muy educado al no dar muestras de mayor disgusto...* ¿No te parece una infamia?

—Deberías darle poca importancia a eso.

—Lo mismo dice Pietro, pero a él todo le da igual. Es mi vida, no la suya. Y cuando hablamos de mi carrera, cada vez se muestra más torpe y grosero.

Hizo una pausa melodramática, con suspiro incluido.

—Todo tiene un final, Ormond.

Ignoro si se refería a su relación con Malerba o a la existencia en general; pero en su boca y en semejante situación, mi nombre como vocativo final sonaba íntimo en exceso. Casi habría preferido que en ese momento me llamara Hoppy.

—El público puede ser muy cruel —añadió—. Sólo te aceptan mientras te mantienes perfecta.

—Aún lo eres.

—Oh, *flatteur*.

La diva se inclinaba un poco hacia mí, y por un instante me preocupó la idea de que fuese a apoyar la cabeza en mi hombro.

—¿Crees que todavía soy una mujer deseable?

Casi pegué un respingo en el sofá. Aquélla, comprendí, no iba a ser mi conversación favorita.

—Pietro te desea —dije, hábilmente elusivo.

Pareció erguirse, molesta.

—No seas estúpido. Hablo en términos amplios.

No respondí. Buscaba respuestas adecuadas.

—¿Me desearías tú, por ejemplo? —se adelantó.

Viéndome acorralado, opté por la vía diplomática.

—Eres una hermosa mujer y una artista incomparable.

Aquello sonó bien. Me daba un respiro. La oí suspirar de nuevo, trágica esta vez, cual Tosca en plena despedida. *Amaro sol per te m'era il morire*, etcétera.

—Necesitamos historias de amor —dijo—. Emociones. La vida es fea.

—Exageras —repuse.

—Estoy envejeciendo, Ormond.

—Todos lo hacemos.

—Me aferro a cosas, ¿comprendes?... Es difícil renunciar a lo que has sido.

Tampoco respondí a eso, aunque estaba de acuerdo. Seguía dándole vueltas al purito entre los dedos, sin encenderlo.

—Te observo estos días y me sorprende lo que eres —añadió ella—. Tan auténtico.

Reí suavemente. Perverso. Para mí mismo.

—Exageras —repetí, por decir algo.

—Ay, no. Cuando en Génova subiste a bordo del *Bluetta* parecías un viejo actor elegante y cansado, de vuelta de todo.

—Es lo que soy, querida.

—No, en absoluto. Es lo que dabas la impresión de ser. Ahora, sin embargo...

Se detuvo ahí y me volví a mirar con curiosidad su perfil en la penumbra, definido por la suave claridad lunar de la terraza.

—¿Sin embargo?

—Pareces otro, alguien distinto. Se diría que las arrugas de tu cara se tensan de nuevo y los ojos recobran el brillo de otro tiempo.

Aquélla no era mala frase, dicha por la Farjallah. Aunque estropeó su efecto al poner una mano sobre mi rodilla y mantenerla allí con desenvoltura. Pensé en Pietro Malerba roncando en su habitación, temporalmente ajeno al mundo y sus peligros. En ciertos aspectos, me dije, los hombres no acabamos de aprender jamás.

—Es como si estos crímenes —añadió ella— te devolvieran a lo que fuiste.

Me aparté un poco, despacio, con delicadeza. Ya era hora, decidí, de levantarme y encender el cigarro. La tragedia de quienes triunfan, pensaba, es que consiguen lo que desean, pero no por mucho tiempo.

Cuando se apagó el generador eléctrico alumbré el quinqué de petróleo de mi habitación y miré el reloj: pasaban catorce minutos de la medianoche. En el cristal de la puerta ventana que daba a la terraza exterior podía ver mi reflejo: en mangas de camisa, un purito humeando entre índice y corazón de la mano izquierda, el rostro anguloso y flaco bajo la frente despejada, tan semejante al personaje que en otro tiempo me había hecho famoso. Por un momento me pareció que ese reflejo iba más allá de la ventana y la noche para transformarse en la claridad mortecina de una lámpara de gas, y en mi propia imagen con una pipa en la boca, la mirada ausente, fijos los ojos en un ángulo del techo, mientras exhalaba un humo azulado que ascendía en volutas y la luz daba un perfil aguileño al detective de alta y severa figura que para todos, incluso para quienes ignoraban mi nombre y nunca habían visto una película protagonizada por mí, siempre tendría mis facciones.

Recordé algo que me había comentado en cierta ocasión Cary Grant. Yo no puedo interpretar como lo hacen Kirk Douglas o Tony Quinn, fue lo que me dijo en el Cock 'n Bull, borracho como una esponja porque a James Mason lo habían nominado al Óscar por el papel que él había rechazado en *Ha nacido una estrella*. Siempre soy yo, Hoppy, ¿comprendes? Y eso es lo más difícil: ser tú y no otro, mostrando sólo la parte de ti que conviene mostrar cuando sabes que te van a ver trescientos jodidos millones de personas.

Una cita de Conan Doyle me daba vueltas en la cabeza; pero la recordaba incompleta y tampoco lograba situar a qué episodio pertenecía. Sin embargo, me parecía próxima a cuanto acababa de ocurrir. Tras un rato inmóvil apagué lo que quedaba del purito, me puse la chaqueta, salí de la habitación, y ante la puerta de Paco Foxá oí la campanada de las doce y media en el reloj del vestíbulo. Mirando mi reloj de pulsera comprobé que el de abajo retrasaba diez minutos, o el mío adelantaba.

—Siento molestarlo a estas horas —dije cuando el español abrió la puerta.

—No se preocupe. Ya ve que estoy vestido todavía.

Lo estaba: camisa, pantalones de franela y zapatos de cordones. Sobre la mesa contigua a la ventana, a la luz del quinqué, había dos o tres libros y un cuaderno de notas grande, con una página a medio escribir y una pluma estilográfica Conway encima.

Entré, me ofreció uno de sus fuertes cigarrillos españoles y negué con la cabeza. Indicó la silla junto a la mesa para que la ocupara y él fue a sentarse en la cama, que estaba sin deshacer.

—¿A qué debo el honor nocturno? —preguntó.

—*No tuvo el supremo don del artista* —cité de memoria—: *el saber cuándo parar.*

Me limité a decir eso, sin más comentarios. Foxá me miraba, pensativo e intrigado; pero durante un momento, apenas un segundo, me había parecido advertir en sus ojos un asomo de inquietud.

—¿Se refiere al contenido o al continente? —inquirió con calma.

—Al origen de la frase —repuse—. No consigo recordarla entera, ni cómo sigue, ni tampoco a qué episodio corresponde.

Arrugó la frente haciendo memoria. Había cogido un cigarrillo y lo sostenía entre los dedos sin encenderlo. Jugueteaba con él. Al cabo pareció recordar, o decidirse.

—*¿Deseaba tensar todavía más la cuerda?* —aventuró.

Casi aplaudí al confirmarlo.

—Por Júpiter. Se trata exactamente de eso.

Foxá seguía estudiándome con curiosidad.

—Creo —concluyó— que se lo dice Holmes al inspector Lestrade en *El misterio de la casa deshabitada*. O quizás en *La aventura del constructor de Norwood*.

Fingí caer en la cuenta, casi con júbilo.

—Ahí es, en efecto. En la del constructor... *Deseaba mejorar lo que ya era perfecto, tensar la cuerda todavía más, y así lo arruinó todo.*

—¿Víctima de su propio éxito?

—Como la mayor parte de los asesinos inteligentes, tal vez confíe demasiado en su talento.

Me dirigió una mirada extraña.

—¿Quién?

—El asesino, por supuesto. ¿De qué, si no, estamos hablando?

Permanecimos callados, estudiándonos de nuevo como dos jugadores de ajedrez a uno y otro lado del tablero. Y sin embargo estábamos en el mismo, pensé. Al menos en apariencia.

—Y así lo arruinó todo —repetí, reflexivo.

—¿Cree que el criminal puede pasarse de listo, como me dijo esta mañana?

Seguí mirándolo con fijeza.

—¿Por su excesivo amor al arte, quiere decir?

—Más o menos.

Me recosté en la silla y junté las yemas de los dedos. Yo también amaba el arte, y sabía que Foxá apreciaba eso.

—La pista más insignificante, Watson —dije en tono opaco—, el indicio más débil, bastan para recordar que el gran cerebro del mal está ahí, como el leve temblor de la tela de araña indica que el animal repugnante acecha en su centro.

—Dios mío —se mostraba de veras admirado—. A veces su memoria resulta prodigiosa.

—Casi tanto como la suya.

—Eso es de...

Mientras él intentaba recordar a qué episodio correspondían mis palabras, sonreí con la apropiada modestia.

—Cuestión de hábito profesional, nada más. Recuerde que soy un actor.

Dejó el cigarrillo sobre la colcha, sin encenderlo.

—Esto no es un rompecabezas casual —comentó.

—Al contrario —confirmé—. Se trata de una formulación matemática de incógnitas por resolver. El asesino procura que las huellas que podrían sernos útiles se mezclen con pistas absurdas, cuidadosamente expuestas con intención de que las veamos. Conoce nuestros movimientos, incluso los dirige, y en todo momento se burla de nosotros.

Mi interlocutor estuvo de acuerdo.

—Es lo que dijimos: trabaja como un buen novelista.

—Justo es lo que hace: incitarnos falsamente a pensar, pero organizándolo todo para impedir que lo hagamos. Por eso no podemos confiar en los hechos evidentes. Puede ser deliberado que nos ofrezca lo real para hacerlo menos sospechoso.

—Otra vez *La carta robada*: el mejor escondite es a la vista de todos.

—Sí, el engaño obvio.

—Usted se refirió a él como un artista —hizo una mueca amarga—. Y sin duda se considera así.

—Exacto. Es la composición de alguien que pretende crear su siniestra obra de arte, o lo que entiende como tal.

Movía Foxá la cabeza con desaliento.

—Demasiado sofisticado, me parece. Incluso para una novela.

Tardé en contestar. Pensaba en las dos docenas de botellas alineadas en los estantes del bar a sólo unos pasos de allí, escaleras abajo. En aquella antigua sed, o ansia, que no se apagaba nunca, reavivada en los últimos días.

—Sí, eso creo —dije, distraído.

—Nuestra esperanza, entonces, es que el criminal tense tanto la cuerda que al final se rompa. ¿Lo he entendido bien?

No respondí a eso. Implicaba posibilidades oscuras.

—¿Descartamos a Spiros? —preguntó Foxá.

Le sostuve la mirada cinco segundos más.

—Completamente.

—¿A pesar de su visita a Edith Mander en la playa?

—Justo por eso. De haber sido él, lo habría hecho de una manera menos sofisticada: o brutal, o nada en absoluto. Como carácter criminal, ese muchacho carece de densidad específica.

—¿Y Evangelia?

—Lo mismo.

—Conocí a chicas de apariencia inocente que mordían con la boquita cerrada.

—No parece el caso.

Tras un momento de reflexión se mostró de acuerdo.

—Eso aligera la lista de sospechosos.

—También la complica. Descarta lo elemental y nos sume en enigmas cuya solución puede no estar en esta isla: un conjunto que somos incapaces de ver, pero que si consiguiéramos descifrar nos conduciría hasta la verdadera trama y el asesino.

—¿Qué hay de Gérard?

—Dejémoslo en la lista, por ahora. Es otro nivel.

Contaba Foxá con los dedos.

—Los Klemmer, Vesper, la señora Auslander, su amigo Malerba, la Farjallah —titubeó al nombrarla—. ¿Qué hacemos con ella?

—Déjela también en la lista.

Lo vi modular una sonrisa cínica.

—¿Guárdenos Dios del agua mansa?

—Nunca se sabe —asentí.

—Todavía quedan siete sospechosos.

Alcé un dedo objetor.

—No se olvide de usted. Ni de mí.

Me dirigió Foxá una ojeada silenciosa e indefinible. Al fin movió afirmativo la cabeza.

—Nueve, entonces.

—Sí.

—Y un Moriarty entre ellos. O entre nosotros.

—La araña en el centro de su tela.

—Me será difícil dormir esta noche.

—También a mí.

Miré el reloj y me puse en pie con un ademán de disculpa.

—Es tarde. Lamento haberlo molestado.

—Al contrario —sonrió amable—. Precisamente...

Se interrumpió, tan sorprendido como yo. Acababan de sonar tres golpes en la puerta. Fue a abrirla y allí estaba Gérard, demudado el rostro, trémula la voz.

—La señora Auslander les ruega que bajen. Ha ocurrido otra desgracia.

8. Lo probable y lo improbable

*Este engaño lo he llevado a cabo con la
meticulosidad de un verdadero artista.*
                              El detective moribundo

—Se han ensañado con él —dijo Raquel Auslander.

Señalaba a Hans Klemmer. El alemán estaba en el suelo, boca abajo sobre la alfombra encharcada de sangre que aún no se había secado del todo. En cuanto a lo de ensañarse, era evidente: el cráneo no existía como tal. De la nuca hacia arriba, el pelo rubio, machacado entre coágulos parduzcos, se mezclaba con los huesos rotos. Tres o cuatro golpes, al menos. O más. Ningún público de sala de cine habría soportado eso.

—Por Dios —exclamó Foxá, pálido, apoyándose en la mesa.

La dueña del hotel nos miraba indecisa. Su habitual calma había desaparecido y por primera vez me pareció superada por los acontecimientos. Gérard, solícito a su lado, se mostraba más sereno.

—¿Dónde está la mujer? —le pregunté.

—En su habitación.

—¿Lo sabe?

—Todavía no —miró de soslayo a Raquel Auslander y bajó la voz, cual si pudieran oírlo desde arriba—. Suponemos que duerme.

—Habría que comprobar si está bien.

Se sobresaltó Gérard. Parecía no haber pensado en eso.

243

—Oh, sí. Por supuesto... Subiré ahora mismo.

Lo retuve un instante.

—No le hable de esto, si puede evitarlo. Limítese a preguntar si sabe dónde está su marido.

—Muy bien, míster Basil.

—Y si es posible, evite que baje.

—Claro.

Se fue Gérard y nos miramos los tres. O más bien Paco Foxá y Raquel Auslander me miraron a mí.

—Es un disparate —murmuró ella.

Le temblaban las manos. Se había sentado en una silla, pues parecía incapaz de sostenerse de pie. Asentí, grave.

—Sin embargo, es real —dije—. Está ocurriendo.

Repuesto de la sorpresa inicial, Foxá estudiaba la habitación —Gérard había vuelto a conectar el generador eléctrico—: las paredes cubiertas de estantes con libros y revistas encuadernadas, la ventana cerrada desde dentro. La mesa central, las sillas y los sillones de lectura.

—No veo el arma —comentó.

Lo imité, estudiándolo todo detenidamente. En efecto: nada había a la vista que justificara el cráneo destrozado de Klemmer. Ningún objeto pesado que pudiera manejarse con facilidad, excepto la linterna del armario del vestíbulo, que estaba en el suelo, roto el cristal.

—¿Y esto? —pregunté a Raquel Auslander.

—Se le cayó a Gérard cuando vio el cadáver.

Examiné la linterna: no había sangre en ella. Me arrodillé junto al cuerpo. Klemmer vestía un cárdigan de lana, uno de cuyos faldones estaba manchado de sangre. Tenía los puños cerrados, la mejilla derecha apoyada en la alfombra, la piel amarillenta y los ojos azules muy abiertos, vidriosos e inmóviles. Con dos dedos toqué su cuello. Después le moví un poco un brazo mientras con la otra mano registraba sus bolsillos. Hallé un papel doblado en uno de ellos. Le eché un rápido vistazo aprovechando que Foxá y Raquel Auslander comprobaban el cierre de la ventana y me lo guardé, procurando que no lo advirtieran.

—Está frío, aunque no demasiado. Y todavía no hay rigidez.

—No hace dos horas que lo mataron —dijo Foxá, que se había vuelto hacia mí.

—Eso creo. Seguramente mucho menos.

Me incorporé con deliberada lentitud. Sobre la mesa había algunos periódicos, una guía ilustrada de Corfú y dos viejos volúmenes de revistas encuadernadas, uno de *Life* y otro de *Paris Match*. Había algo junto a ellos: una cuartilla escrita a lápiz con mano torpe, semejante a la escritura de un niño o un anciano. Sólo contenía una línea de letras y cifras:

$$S. M. 218-219 = 228$$

Se lo mostré a Raquel Auslander.

—¿Cree que es su letra?

—No lo sé.

Foxá lo leyó también y me dirigió una ojeada inquieta. Parecía desconcertado, y supe lo que pensaba. Aquella escritura era muy parecida a la nota anónima sobre Áyax y huellas en la arena que había acompañado el asesinato de Kemal Karabin.

—¿Qué significa eso? —quiso saber la dueña del hotel.

—No tengo la menor idea. ¿Y usted?

Negó ella, perpleja.

—Tampoco lo sé.

—¿Le sugieren algo las iniciales *S* y *M*? —insistí mientras le entregaba la cuartilla.

—No... Nada en absoluto.

Miré el cuerpo de Klemmer y después en torno, acopiando detalles. Al fin me volví de nuevo hacia Raquel Auslander.

—¿Fue usted quien lo descubrió?

Ella dijo que no. Gérard había visto el cadáver durante la última ronda antes de acostarse. La sala de lectura estaba a oscuras, pero con la linterna le pareció que había algo en el suelo; encendió la luz y se encontró con la escena.

—¿Qué hizo después?

—Subió para avisarme inmediatamente. Aún no me había dormido.

—¿Cuándo vio usted a Klemmer por última vez?

—Sobre las once, una hora antes de que se apagara el generador. Estaba sentado en una butaca, mirando libros o revistas.

—¿Solía hacerlo?

Se encogió de hombros.

—No sabría decirle.

—¿Estaba con su mujer?

—No, solo. Nos dimos las buenas noches y subí a mi habitación.

—¿Dónde lo vio sentado?

—Ahí.

Observé la butaca y la distancia hasta la mesa. Klemmer había caído a medio camino.

—No lo golpearon en ese lugar. Estaba de pie.

—Un ataque inesperado —intervino Foxá.

Me mostré de acuerdo.

—Era un hombre fuerte. Se habría defendido, pero no hay signos de lucha. Todos los golpes se los dieron desde atrás, porque tiene la frente y el rostro intactos. El primero por sorpresa, supongo, que lo dejaría aturdido. Los otros, seguramente cuando ya estaba en el suelo —señalé el cadáver—. Tiene el cráneo más destrozado hacia la nuca y en el lado izquierdo que en la parte superior.

Asintió Foxá. Su impresión inicial parecía dar paso a un interés nuevo. Advertí que los ojos le relucían de excitación.

—El criminal quería asegurarse —concluyó.

—Sin duda.

—¿Y esa sangre en el faldón del cárdigan?

Me agaché para estudiarla otra vez.

—Aquí no hay ninguna herida —comenté—. Y está lejos de la cabeza. Sangró cuando estaba en el suelo y es imposible que esa sangre llegase hasta ahí.

—Puede que no sea suya. Tal vez del asesino.

—Es difícil averiguarlo.

—Entonces, ¿Klemmer se defendió?

—No lo sé.

Me puse en pie y estuvimos un momento callados. Miré alrededor.

—A menudo el talento depende del lugar donde se ejerce.

—¿Cree usted que...?

—Sin duda.

Raquel Auslander nos observaba en silencio, pendiente de cuanto decíamos. Me volví hacia ella.

—¿Qué tenía que ver Klemmer con Edith Mander y con el doctor Karabin?

—No tengo la menor idea —respondió.

Arriesgué una vuelta de tuerca.

—¿Y con usted?

La superviviente de Auschwitz permaneció impasible.

—Eso es una impertinencia.

Miraba Foxá en torno.

—¿Qué estaría leyendo cuando llegó el asesino?

Me acerqué a la mesa. Nada había allí que llamase la atención excepto la extraña nota manuscrita. Abrí los volúmenes de revistas encuadernadas y los hojeé al azar. El de *Paris Match*, en un número correspondiente a junio de 1949, tenía una página arrancada. Me palpé con disimulo el bolsillo. En ese momento, el reloj situado en el vestíbulo, junto a la puerta de la sala de lectura, dio la campanada de las medias horas. Miré mi reloj, que marcaba la una y cuarenta.

—O mi reloj va adelantado —comenté— o ese otro atrasa.

—Imposible —dijo Raquel Auslander—. Yo misma lo compruebo al darle cuerda antes de acostarme. Sólo se retrasa un par de minutos a la semana.

—¿También le dio cuerda esta noche?

—Subí las dos pesas hasta el tope de las cadenas: la del reloj y la del carillón.

—¿Antes o después de ver a Klemmer leyendo?

—Un poco antes, creo recordar.

Comparé la hora de mi reloj con el de Foxá. Coincidían.

—Pues ahora atrasa diez minutos —dije.

Salí al vestíbulo y me siguieron, extrañados. El reloj era un viejo Junghans de casi dos metros de altura. La esfera de porcelana blanca tenía números romanos bajo la clásica leyenda *Tempus fugit*, y el péndulo —un disco de latón dorado—, las cadenas y las pesas cuya tensión hacía actuar el mecanismo estaban protegidos por una estrecha vitrina de tapa acristalada. Me detuve delante, estudiándolo de arriba abajo.

—¿Qué ocurre, Basil? —se impacientaba Foxá.

Aquello era espléndido, concluí. Tomé mi tiempo, sin prisa, antes de jugar esa carta; y confieso que lo disfruté. Sentía la tentación de decir «elemental» para dar trascendencia al asunto, y acabé cediendo a ella. Vanidad de artista, al fin y al cabo. Enigmático, Sherlock Holmes le sonreía a Watson desde una imaginaria pantalla de cine.

—Elemental —apunté.

Abrí la tapa acristalada, solté una pesa del gancho que la unía a la cadena y la sostuve en la mano.

—La costumbre nos lleva a ver los objetos como si sólo sirvieran para aquello a lo que fueron naturalmente destinados. Pero no siempre es así.

Les mostré la pesa. Era de bronce dorado, cilíndrica, en forma de barra, y tenía unos treinta y cinco centímetros de longitud. Suficiente para romperle el cráneo a cualquiera. Se había limpiado con demasiada prisa, y aún conservaba leves restos de sangre seca.

—El arma del crimen —dije, teatral.

Foxá me miraba de un modo nuevo, extraño, cual si de pronto yo le resultara desconocido.

—¿Cómo diablos...? —empezó a decir.

En ese momento apareció la señora Klemmer. Venía de la escalera, en camisón, descalza, apresurada pese a los esfuerzos de Gérard por retenerla. Pasó por nuestro lado, llegó a la sala de lectura, y al ver a su marido soltó un alarido de angustia y cayó al suelo desmayada, como si la hubieran abatido de un disparo.

Fue una noche en blanco, agotadora. Realmente horrible. Transcurrió entre interrogatorios, lamentos, reproches y desconcierto. Vesper Dundas, Pietro Malerba y Najat Farjallah, así como Spiros y Evangelia, se nos fueron uniendo, alertados por las idas y venidas de los demás. Puestos en contacto con la policía de Corfú, respondieron allí que el mal tiempo aún se mantendría durante las próximas veinticuatro horas. Nada podían hacer por ahora, así que nos recomendaban permanecer juntos y vigilantes, aunque sin especificar ante qué o quién.

—Cerdos incompetentes —se enfureció Malerba—. Malditos griegos inútiles.

Había cogido un cuchillo grande de la cocina y lo tenía cerca y a la vista de todos, desafiante, sobre el brazo del sillón en el que estaba sentado, junto al que ocupaba Najat Farjallah. La luz imprecisa del amanecer nos encontraba confundidos, agotados y temerosos, sentados en el salón bar mientras Spiros y Evangelia servían café como único desayuno. Vigilándonos unos a otros. Vesper Dundas estaba en un sofá, entre Foxá y yo.

—Parece una novela de terror —comentó, estremecida.

Durante un rato nadie hizo más comentarios. El cadáver de Hans Klemmer seguía donde lo habíamos encontrado, cubierto por una sábana. Su mujer dormía en el otro sofá, bajo los efectos del somnífero que le habíamos hecho ingerir. Ninguna de sus torpes respuestas a nuestras preguntas había servido para establecer nada. Sólo sacamos en claro que después de cenar, sobre las diez y media, Klemmer había bajado a leer un rato, o eso dijo, y no había vuelto a subir. En cuanto a los huéspedes del hotel, vivos o muertos, aseguró que ni ella ni su marido habían conocido a ninguno de nosotros antes de estar en Utakos.

Las miradas de todos se centraban en mí, en especial la de Foxá, que desde lo de la pesa del reloj seguía observándome de un modo singular, con lo que me parecía una extraña mezcla de estupor y de recelo.

—Suéltelo, Sherlock —dijo al fin.

Realmente estaba en lo cierto. Yo me hallaba, de manera formal, en condiciones de reconstruir, aunque no el móvil del último crimen, sí cómo se había llevado a cabo. Mi hipótesis confirmada sobre el particular. Pero antes decidí ofrecer al auditorio unas migajas del método:

—No es difícil encadenar una serie de inferencias si la observación permite establecer los hechos. Después se ocultan las inferencias centrales y se expone la conclusión... El efecto suele ser deslumbrante.

—La pesa del reloj —dijo Foxá.

—Elemental.

—¿Y eso es todo? —se sorprendió Najat Farjallah.

—Pues sí. O al menos, una pequeña parte del todo.

—Era fácil fijarse en eso —comentó Malerba.

—Por supuesto —ironicé—. Estoy convencido de que tú podrías hacerlo. Por ejemplo, establecer que el asesino empleó diez minutos en matar a Klemmer.

Fruncido el ceño, con cara de mal humor, iba el italiano a hablar, pero lo pensó mejor y se mantuvo callado. Miré a Foxá.

—Creo que cometo un error al dar explicaciones.

Sonreía el español, cómplice. Se engalló Malerba.

—¿Me estáis tomando el pelo?

—Un poco, Pietro —lo tranquilicé—. Sólo un poco.

—¿Y cómo lo imagina usted? —intervino Vesper.

—No me limito a imaginar, sino que tengo la más completa certeza —repliqué—. Por iniciativa propia o citado con alguien, Klemmer bajó a la sala de lectura sobre las diez y media de la noche. Puede que mantuviera una conversación o quizás estaba solo... En algún momento, el asesino abrió la vitrina del reloj del vestíbulo y cogió una de las pesas. Después se acercó a Klemmer cuando éste se hallaba de pie, tal vez dirigiéndose de un sillón a la mesa, y le golpeó la cabeza por detrás.

La Farjallah emitió una exclamación de horror y Malerba un gruñido.

—¿Y Klemmer no se dio cuenta de la maniobra?

—La alfombra pudo amortiguar los pasos o el movimiento del agresor. O tal vez todo coincidió con cuando se apagó el generador eléctrico.

Me dirigí a Gérard.

—¿Qué hizo después de apagar el generador?

—La ronda habitual alumbrándome con la linterna, para comprobar que todo estaba cerrado y en orden.

—¿No encontró a nadie durante ese recorrido?

—A nadie. Hasta que al llegar a la sala de lectura vi al señor Klemmer en el suelo.

—¿Sabía que él estaba allí? ¿No lo había visto antes, vivo?

—El interior no se puede ver desde el vestíbulo, ni tampoco desde el pasillo. Hay que asomarse.

—¿Se dio cuenta de que el reloj estaba atrasado?

—No me fijé —el rostro del maître permanecía impasible—. Es la señora Auslander quien se ocupa de eso.

—¿Y qué hizo al ver a Klemmer en el suelo? ¿Comprobó que estaba muerto?

—Había poco que comprobar. Me bastó ver cómo tenía la cabeza.

—¿Fue entonces cuando se le cayó la linterna?

—Sí, de la sorpresa.

—Recuérdeme qué hizo después, por favor.

—Acudí a avisar a la señora Auslander.

—Que aún no estaba dormida.

Fue la dueña del hotel la que se adelantó con la respuesta.

—No —dijo—. Todavía no lo estaba.

Nos quedamos callados. Malerba nos miraba a todos, suspicaz.

—Ese infeliz se confió demasiado —murmuró—, para cómo andan las cosas.

Raquel Auslander no apartaba los ojos de mí.

—¿A qué otras conclusiones llega, Basil?

Me recliné en el sofá, haciendo la pausa adecuada.

—Una vez en el suelo —dije—, el asesino siguió golpeando a Klemmer hasta asegurarse de que estaba muerto. Después limpió de sangre el arma en el faldón del cárdigan y la devolvió a su lugar.

—¿Y qué le hizo pensar en la pesa del reloj?

Iba a responder, pero Foxá se adelantó.

—El hecho de que atrasara diez minutos —aún me observaba largamente, pensativo—. ¿No es cierto?

Reprimí una sonrisa de suficiencia holmesiana.

—Exacto —confirmé—. Mientras el reloj estuvo sin la pesa, permaneció parado. Volvió a ponerse en marcha cuando el asesino la colgó de nuevo.

—Fantástico —se admiró la Farjallah.

—No, elemental.

—Nada de elemental —opuso Foxá—. La facultad de observar es su segunda naturaleza, Basil.

Sonreí, halagado.

—Hago lo que puedo.

—Tenemos el modo y la víctima... ¿Qué hay del móvil?

Miré a Renate Klemmer, que seguía dormida. Iba a dar mi opinión, pero esta vez se anticipó Malerba.

—Está claro —dijo, desabrido— que algo relaciona las tres muertes: Edith Mander, el doctor Karabin y Hans Klemmer tenían algo en común.

—Tal vez usted pueda decirnos qué —sugirió Foxá, irónico.

Gruñó el italiano y no añadió nada más. Todos me miraban a mí, y no a él. Hice un ademán negligente.

—Hay varias posibilidades —dije—. Podría haber algo que relacione a las tres víctimas entre sí, pero no descartemos una suma de azar y coincidencias... Sobre la base del presunto suicidio de la señora Mander, que la mayor parte de nosotros se inclina a considerar un crimen, pueden haberse dado factores indirectos.

—¿Por ejemplo? —inquirió Foxá.

—Que el doctor y ella no tuviesen ninguna relación previa, y que fuese el análisis del cadáver lo que inquietó al asesino.

El español parecía de acuerdo:

—Y tal vez el propio Karabin precipitó las cosas al ponerse en contacto con él, comunicándole sus sospechas.

—Con él o con ella —maticé.

Advertí a mi alrededor miradas de desconcierto o de asombro. Se removió Malerba, indignado.

—Y una mierda —dijo, asiendo una mano de la Farjallah.

Di por no oído el comentario.

—Tendemos a pensar en un hombre, y eso es un error de base. Cualquiera de las tres muertes pudo ser causada por una mujer.

—Dios mío —dijo la diva—. No creerán que yo...

Se quedó callada, incapaz de formularlo en voz alta.

—Yo sí podría matar —intervino fríamente Vesper, que había estado un rato pensativa, y miró a Raquel Auslander—. E imagino que ella también. De las cinco mujeres que estamos en Utakos, sólo descartaría a la señora Klemmer y a Evangelia.

—¿Y qué hay de los hombres? —pregunté.

Me clavó una mirada gris. Después la paseó por el resto de nosotros.

—Cualquiera de los cinco puede haber sido —su expresión se suavizó un poco al llegar a Spiros—. Aunque yo lo excluiría a él.

—¿Por qué?

—Demasiado bien construido para alguien tan joven, ¿no creen?... Lo que está ocurriendo requiere vida, mundo. Condiciones especiales.

Spiros y Evangelia parecían aliviados y agradecidos. Pero Foxá me miraba a mí.

—¿Su lista de sospechosos incluye a nuestro detective?

Asintió Vesper.

—También a él.

Lo asumí cortés, agradeciendo el honor.

—Todo nos lleva —dije— a otro aspecto desconcertante del problema. Si podemos establecer una hipótesis que vincule la somera autopsia de Edith Mander con el asesinato del doctor Karabin, ése no parece el caso de Hans Klemmer. Ahí no somos capaces de establecer un vínculo directo. Nos movemos con pocas posibilidades de éxito entre lo probable y lo improbable.

—Tal vez los pasaportes desaparecidos —apuntó Vesper tras reflexionar un momento.

—Puede... Pero ésa es una vía muerta mientras no aparezcan. Y la señora Auslander no parece recordar gran cosa de ellos, ¿verdad?

—Prácticamente nada —confirmó la dueña del hotel.

Gérard, que había guardado silencio hasta entonces, alzó una mano reclamando atención.

—¿Han considerado la posibilidad de que en vez de un asesino haya dos?

Brotó un coro de exclamaciones que iban del desconcierto a la indignación. Pedí calma y miré al maître con renovado interés.

—Explíquese, por favor.

—No sabría hacerlo —se excusó—. Es sólo una idea.

—Que no podemos descartar —concedí—. Alguien, en efecto, pudo matar a la señora Mander y al doctor Karabin, y una segunda persona al señor Klemmer... O, puestos a imaginar, también alguien pudo matar sólo a la primera víctima y ser otro quien matara a las otras dos.

—¿Y por qué no tres asesinos? —se burló Malerba.

—Eso ya es maquiavélico —dijo Najat Farjallah, aturdida.

—Me inclino por la posibilidad —dije— de que alguien aprovechase la ocasión para ajustar cuentas con el caballero alemán.

—¿Qué clase de cuentas?

Intervino Malerba.

—Cualquiera sabe, querida. Todos tenemos ropa sucia en el armario.

—Esta vez hay algunos elementos distintos —precisé—. Ahora, con Klemmer, no se trata de un crimen en una habitación cerrada.

Pestañeó la diva, confusa.

—¿En dónde, dices?

Se lo expliqué por encima, detallándole los casos de Edith Mander y Kemal Karabin: la puerta del pabellón de la playa, las dos puertas en el cuarto del doctor. Ella movía la cabeza, desconcertada.

—¿Y qué importa eso? ¿Qué más da un lugar cerrado o abierto?

—Importa mucho. En los dos primeros hay un toque común. Algo inequívocamente...

Me detuve ahí, estiré las piernas, junté las yemas de los dedos, apoyé la cabeza en el respaldo y alcé la mirada al techo igual que en la escena final de *El caso del aristócrata solterón*. Sir Arthur Conan Doyle habría estado orgulloso de mí.

—¿Artístico? —recordó Foxá.

Tardé unos segundos en responder, complacido. Disfrutando del efecto.

—No me decidía a expresarlo en voz alta —repuse al fin—. Todos sentimos el deseo, o el impulso, de realizarnos a través del arte. Aunque el género de éste ya dependa de cada cual.

—Qué barbaridad —exclamó la Farjallah.

—Eso no tiene pies ni cabeza —masculló Malerba.

Proseguí sin inmutarme.

—Quien asesinó a Mander y a Karabin posee un sentido macabro del juego, si me permiten la frivolidad. Y en cuanto a Klemmer...

Hice otra pausa dramática que volvió a llenar Foxá.

—La nota encima de la mesa —señaló.

—Pudo haberla escrito él —opinó Malerba.

Yo seguía mirando el techo, juntas las yemas de los dedos, consciente del otro papel que había ocultado en mi bolsillo. Me regocijaba la idea de que Sherlock Holmes estaba muy versado en escrituras secretas: incluso había escrito una monografía analizando ciento sesenta cifrados distintos.

De pronto bajé la vista.

—No —opuse, rotundo—. Esa nota la escribió el asesino.

Todos me miraron expectantes, incluso Foxá. Reclamé a Raquel Auslander el papel anotado y lo leí de nuevo: *S. M. 218-219 = 228*. Después me puse en pie.

—Letra *S*, letra *M* —dije—. Dos, uno, ocho. Guión. Dos, uno, nueve... Igual a dos, dos, ocho.

—¿Una fórmula? —preguntó ella.

—Una clave.

—¿Como en *El valle del terror* o *La aventura de los bailarines*? —inquirió Foxá, estupefacto.

—Sí, pero en este caso creo comprender a qué se refiere —me dirigí a los otros, disfrutando de su estupor—. Acompáñenme, si son tan amables.

Salí despacio al vestíbulo, seguido por todos, pasé ante el reloj y entré en la biblioteca. El cadáver seguía allí, cubierto por una sábana manchada de sangre en el lugar donde le tapaba la cabeza. Fui a los estantes y extraje el volumen adecuado: la edición ilustrada que contenía los facsímiles de la revista que entre 1887 y 1927 publicó las novelas y relatos de Sherlock Holmes.

—¿Tiro a ciegas? —quiso saber Foxá.

—Inferencia lógica —respondí.

—Pues nos tiene pendientes.

—Las iniciales *S* y *M* significan *Strand Magazine* —dije mientras abría el volumen—. Y si no me equivoco, doscientos dieciocho y doscientos diecinueve se refieren a páginas... Ah, en efecto, aquí están. Mire. Corresponden, como ve, a uno de los relatos cortos del doctor Watson.

—El titulado *La banda moteada* —comprobó Foxá.

—Eso es.

—¿Y el número final? ¿Ese doscientos veintiocho?

—¿De qué coño estáis hablando? —preguntó Malerba.

Sin prestarle atención pasé más páginas. En la 228 había una gran ilustración central: Holmes lámpara en alto, Watson pistola en mano y el personaje Grimesby Roylott con la banda moteada en torno a la cabeza. *He made neither sound nor motion*, decía el pie del grabado: *No hizo ruido ni movimiento alguno.*

Volví a la página 218 y se la mostré a Foxá. Realmente ahí estaba todo.

Leyó él en voz alta, vuelto hacia los demás:

Puso en evidencia que la puerta había sido cerrada por dentro y las ventanas atrancadas con postigos sujetos por anchas barras de hierro que se colocaban todas las noches. Se golpearon todas las paredes cuidadosamente, comprobándose que eran completamente sólidas por todas partes, y se examinó también el piso, con el mismo resultado.

—Dios mío —exclamó, interrumpiéndose.

—En efecto, Watson —confirmé—. También aquí tenemos un crimen en cuarto cerrado, aunque sólo sea por referencia literaria, simbólica, a modo de guiño siniestro del autor. Se diría que los tres crímenes responden a la misma mano, al mismo asesino.

Todos me contemplaban boquiabiertos. Disfrutando de la situación, hice una pausa escénica que habría envidiado Noël Coward.

—Aunque tal vez —concluí— lo que ocurre es que alguien pretende hacérnoslo creer.

Siguió un prolongado silencio. Miré a la dueña del hotel, que estaba inmóvil, observándome sombría.

—Señora Auslander... ¿Podríamos hablar un momento a solas?

La temperatura de la madrugada era agradable, casi cálida. El cielo clareaba por levante, definiendo ya el contorno de las montañas lejanas. Desde la terraza se oía el runrún amortiguado del generador eléctrico, más allá de la silueta oscura de la Venus de mármol.

—Klemmer era nazi —dije—. O lo había sido.

Raquel Auslander estaba a mi lado, inmóvil. Tardó un buen rato en despegar los labios.

—Creo que está perdiendo el sentido de la realidad —dijo al fin—. Va a lugares donde resulta difícil seguirlo.

Me encogí de hombros, indiferente a su comentario.

—Allí a donde voy podrá seguirme con facilidad.

Pareció confusa.

—¿De qué habla?

—Auschwitz —murmuré con delicadeza.

Surgió de nuevo un silencio, rematado en un suspiro hondo por parte de ella. Sonaba a desconcierto y fatiga.

—¿Qué tiene que ver? —dijo.

—Cuando de investigar se trata, un aspecto útil de la imaginación es trazar vínculos entre hechos que no parecen relacionados entre sí.

—¿Y qué insinúa?

Se le había enronquecido la voz. Más dura y seca.

—Hans Klemmer era un antiguo nazi —insistí—. Estuvo en las SS.

Me pareció oírla reír entre dientes, muy bajito. O tal vez sólo respiraba con más fuerza.

—Ya veo por dónde va.

259

Me incliné hacia ella, falsamente cortés.

—¿Lo sabe de verdad?

—Desde luego. Y no le consiento eso.

—Sólo planteo hipótesis —opuse—. Algo que permita formular una posible solución, aunque sin garantía de éxito en el resultado.

—Abducción a ciegas.

La observé con sorpresa, o más bien su perfil en la sombra. Admirado de que utilizase el término con tanta exactitud.

—Sí, en efecto —confirmé—. Y veo que usted...

—Son unos clientes más, como tantos —me interrumpió—. Sólo eso. Nunca supe nada de él ni de ella. No estaban...

Lo dejó ahí, aunque yo completé el comentario.

—¿No estaban en Auschwitz, quiere decir?

—Claro que no.

—Hubo otros lugares siniestros en Europa, además de ése.

Se movió un poco y su voz sonó sarcástica.

—No sabe nada de lugares siniestros.

Lo encajé con naturalidad. A fin de cuentas, tenía derecho a mostrarse tan sarcástica como quisiera.

—Tiene razón —admití—. La vida no es el cine.

—Puede apostar por eso. Le aseguro que no lo es.

Abordé otro punto que me interesaba.

—Usted tuvo en su poder los pasaportes ahora desaparecidos.

De nuevo me dedicó un breve y receloso silencio.

—¿Dónde pretende ir a parar?

—A que sabe quién es cada uno de nosotros.

—¿Olvida que me robaron los documentos del despacho?

—No olvido que *usted dijo* que se los robaron del despacho.

Pareció no dar crédito a lo que oía. Ahora sonó atónita, o irritada. Tal vez ambas cosas al mismo tiempo:

—¿Se ha vuelto loco?

—En absoluto —repuse con calma—. Me ciño al papel que me asignaron.

—Pues en lo que a mí respecta, puede considerarse relevado de él.

Sonreí con pesadumbre cortés.

—Demasiado tarde, me temo. Pidieron que estableciera los hechos, y de eso hablo: es judía, estuvo en un campo de exterminio y los Klemmer son alemanes.

—No son los primeros alemanes que se alojan aquí, míster Basil.

Eso no lo dijo Raquel Auslander. Era la voz del maître la que había sonado a nuestra espalda. Me volví, sorprendido. La pechera blanca del smoking destacaba como una mancha pálida en la penumbra.

—No es necesario, Gérard —replicó ella, seca.

El interrogatorio de Renate Klemmer, cuando por la mañana despertó y estuvo en condiciones de hablar, no aportó nada nuevo. Todavía bajo la impresión de lo sucedido, volvió a negar que su marido o ella conociesen de antes a ninguno de los inquilinos del hotel, ni que en los últimos días hubieran advertido indicios de peligro para ellos dos. Aseguró que estaban tranquilos en ese aspecto, aunque preocupados, como era natural, por las dos muertes ocurridas. En cuanto a su marido, que siempre procuró tranquilizarla, en ningún momento había dado la impresión de sospechar de nadie, ni de considerar la situación como amenaza directa para él o su esposa.

Sólo hubo un punto oscuro en lo que contó Renate Klemmer, y fue precisamente lo que no contó. Ninguna de mis preguntas sobre las actividades del marido durante la guerra obtuvo respuesta, y cada vez que sugerí el asunto me topé con vaguedades, silencios o presunta falta de memoria. Lo comenté con Paco Foxá al terminar, y él se mostró tan suspicaz como yo.

—Algo hay en la biografía de Klemmer que a ella no le apetece airear —dijo—. Aunque eso no basta para relacionarlo con lo ocurrido. ¿Qué opina, Basil?

Pensé en el papel que yo le había escamoteado al cadáver: una página arrancada de *Paris Match*. Era útil conocer detalles que otros ignoraban.

—Opino lo mismo. En su pasado puede haber algún hecho importante que desconocemos.

—Pero ¿qué?

—Lo ignoro —mentí.

Nos mirábamos de modo significativo. Estábamos solos, sentados en la terraza a la sombra del magnolio. El resto de huéspedes y personal del hotel seguía en el salón, vigilándose unos a otros.

Foxá dirigió una ojeada al interior y bajó la voz.

—¿Raquel Auslander? —deslizó—. Hace quince años salió de un campo de exterminio.

—Ése es un hecho obvio —admití.

—Por eso lo digo.

Moví la cabeza, dubitativo.

—Recuerde: nada hay más engañoso que un hecho obvio.

—¿Y qué hay de Gérard? Pudo ser el brazo ejecutor.

—Todo es posible.

—Incluso probable, ¿no? Usted me contó que, tras la derrota de Francia, él estuvo prisionero en Alemania.

—Es cierto.

Lo pensó un poco más. Al fin emitió un suave silbido.

—La señora Auslander y su maître de hotel...

Decidí enfriarle ese camino.

—Olvida usted, y me sorprende que lo haga, aquellas reglas para la novela policial de las que habló ayer: el asesino nunca puede ser el mayordomo.

—Aun así, no es una mala hipótesis.

—Hay otras.

—¿Por ejemplo?

—Vesper Dundas.

—No creo que...

Alcé una mano, descartando objeciones.

—Todo empezó con ella y con su amiga. Y las mujeres son animales complejos.

—¿Con Spiros de por medio?

—No necesariamente —negué—. No pasan todas las pasiones por ahí.

—¿Celos de otra clase? ¿Competencia? ¿Rencores?

—Ya la oyó. Se confiesa capaz de matar.

—Todos podemos hacerlo, ¿no cree? En las circunstancias apropiadas. Incluidos sus amigos Malerba y Farjallah.

Sonreí. Resultaba difícil imaginar a Najat Farjallah asesinando a nadie. Lo de Malerba parecía distinto, aunque otra cosa era que tuviese motivos para hacerlo.

—Observo que la mayor parte de sus conclusiones son equivocadas, Watson. Pero hay errores que, sin embargo, conducen a la verdad.

Mi interlocutor tardó un momento en sonreír, y fue más una mueca que otra cosa.

—Explíquese, Holmes.

—El verdadero arte del narrador policial, como usted sabe, no consiste en contar una historia, sino en hacer que el lector, equivocado o no, se la cuente a sí mismo. El buen narrador no hace sino incitarlo a ello. No sé lo mediocres que pueden ser sus novelas, pero es un buen narrador.

—Sigo sin...

—También lo considero capaz de matar —lo interrumpí—. Yo mismo podría.

Me dirigió otra de sus miradas extrañas.

—Claro, por supuesto. También usted... O yo.

Necesitaba una copa. Todo mi ser, mi cerebro y mi corazón, la exigían. Con un suspiro desesperado incliné la cabeza mientras me pasaba las manos por las sienes, alisándome el pelo. Hasta me habría inyectado una dosis de cocaína, de tenerla a mano, al siete por ciento o a lo que fuera. Tan cerca de todo, pensé inquieto. Me preocupaba un final demasiado próximo: regresar a los melancólicos atardeceres de tedio y niebla.

—Se trata —dije—, como usted sabe de sobra, de construir una hipótesis que relacione los hechos, por incoherentes que parezcan, y los explique. Después hay que ponerla a prueba examinando todas las combinaciones posibles; y si se revela equivocada, encontrar otra. ¿Estamos de acuerdo?

—Absolutamente.

Junté las yemas de los dedos bajo el mentón.

—Pues he estado lento en mis deducciones, Watson.

Pareció sorprendido.

—¿A qué se refiere?

—Me ha faltado esa mezcla de realidad e imaginación que constituye el fundamento de mi arte.

Alcé el rostro para mirarlo. Seguía contemplándome, confuso.

—Todo puede utilizarse para mentir —añadí—, y usted me dio las claves. El duelo en una novela policíaca no es entre el asesino y el detective, sino entre el autor y el lector.

Los ojos de mi interlocutor habían adquirido ahora una extraña fijeza. Ni siquiera pestañeaban.

—¿Ya ha decidido quién es cada cual?

Me puse en pie, señalando el camino del jardín y la playa, y cogí el panamá que estaba en la silla contigua.

—Demos un paseo —sugerí— mientras aclaramos ese punto.

Todavía me miró un instante. Después se levantó y vino detrás de mí.

Caminamos en silencio por los olivos, rodeados del chirriar de las cigarras. El sol casi vertical aplastaba nuestras sombras entre las de los árboles. Me detuve más allá de la linde, frente al tramo arenoso que nos separaba del cobertizo y el mar. Desde allí podía verse, a nuestra izquierda, el rastro de las últimas huellas de Edith Mander, junto a las que yo había dejado al medir la distancia entre ellas.

Miré a Foxá.

—¿Sabe cuántos problemas de huellas hay en las novelas y relatos de Sherlock Holmes?

—Una docena o más —repuso.

—Veintisiete... *Encontré escrita en la nieve una historia larga y siniestra.*

Estuvimos un momento inmóviles, contemplando el cielo sin nubes, el mar tranquilo hasta la punta del fuerte veneciano y encrespado más allá, los cipreses en lo alto de la colina que nos protegía del temporal.

—Sólo han pasado tres días —suspiró Foxá—. Pero parecen tres semanas.

Alzó los brazos y los dejó caer a los costados.

—En lo que a mí se refiere —añadió—, confieso que me doy por vencido.

Me sorprendió escuchar aquello.

—Anímese —dije—. La situación es confusa, pero no irremediable. Nada hay más estimulante que un caso en el que todo se vuelve contra uno.

—Demasiado en contra, me parece.

—Estamos juntos en esto.

—Ya no. Usted me deja atrás —me lanzó una ojeada suspicaz—. Es imposible que esté tan perdido como yo.

Lo miré muy atento, indagando en su tono. Parecía menos abatido que sugerente. Antes que una confesión de impotencia por su parte, sonaba a incitación para que yo jugara cartas que me abstenía de mostrarle. Lo que, por otra parte, era exacto.

—¿Cree que oculto hechos? —pregunté—. ¿O conclusiones?

Se quedó callado durante unos pasos.

—Sospecho que ha llegado más lejos de lo que aparenta. Que cada una de sus palabras, incluso de sus silencios, apunta a un lugar determinado.

Con parsimonia saqué del bolsillo mi última lata de Panter. Quedaban cinco. Le ofrecí uno, pero negó con la cabeza.

—El mundo está lleno de hechos obvios que a nadie se le ocurre observar —dije—. Edith Mander fue asesinada por alguien que quiso disfrazar el crimen de suicidio. Ese hecho podemos considerarlo independiente de cuanto vino después. Se produjo por un móvil que ignoramos, y tal vez no habría ocurrido nada más de no torcerse las cosas para el asesino —me detuve para encender un purito—. ¿Le parece correcto hasta ahí?

—Completamente —asintió.

—Al entrar en escena el doctor Karabin, llegó a conclusiones que también ignoramos. O bien el asesino lo sospechó, o bien el propio Karabin las puso en su conocimiento. El caso es que decidió suprimirlo a él. Y sospecho que las frambuesas tienen algo que ver con eso.

—¿Las frambuesas?

Hice una pausa mientras expulsaba el humo.

—Sí. Dientes manchados.

—No comprendo.

—Yo tampoco, es sólo una impresión. Algo que me intriga. Pero cada cosa a su tiempo. Lo que ahora importa es que entre la muerte de Edith Mander y la de Kemal Karabin se introdujo en la ecuación un factor que dio a todo un carácter distinto: nuestra intervención como investigadores de los hechos.

—¿Cree que eso lo precipitó todo?

—Lo alteró, más bien. Convirtió un crimen más o menos disimulado en un problema intelectual muy elaborado. En una partida de ajedrez, vaya. En un siniestro juego.

Con aire abstraído, Foxá contemplaba el cielo, el mar lejano, la playa tras el cobertizo donde seguía estando el cadáver de Edith Mander.

—O sea, que entró en escena el genio del mal.

—Es una forma adecuada de decirlo —admití—. A partir de ahí todo se convirtió en una trama de vanidades y desafíos: un reto a la inteligencia. Cuando se acordó que yo asumiera el papel del personaje que desempeñé en el cine, el asesino, que también era lector minucioso de los libros de Conan Doyle y conocía mis películas, decidió reservarse un papel... Participar en la farsa.

—Un tercero en escena.

Enarqué una ceja, displicente.

—A veces, de terceros a segundos hay poca distancia.

Lo vi titubear.

—No comprendo eso.

—No importa —repuse—. Lo que cuenta es que cuando mató a Karabin, el asesino ya estaba metido en el juego, disfrutándolo y provocándonos, sembrándolo todo de mensajes y pistas reales y falsas. Complicando, en fin, los efectos para oscurecer las causas.

—Destinado todo eso a usted y a mí.

—En especial, a mí.

—El cuarto cerrado...

—Sí.

—El bisoñé puesto al revés...

—Eso fue una pista falsa, que a nada conduce. Un MacGuffin como los que Hitchcock mete en sus películas. Una broma macabra.

—La nota con la mención a la tragedia griega...

—Y el arma del crimen metida por debajo de mi puerta.

Asentía Foxá igual que lo había estado haciendo las veces anteriores:

—Descífrelo, si tan listo se cree. Eso es lo que el asesino le estaba diciendo. Más que un ser humano, sea una fría inteligencia.

—Ése era el mensaje —admití—. Como la mano del muerto apuntando hacia la revista donde había una foto mía caracterizado como Sherlock Holmes. Y también iba destinada a mí la nota escrita en la Olivetti de Edith Mander.

Me quité el sombrero, sacudí distraídamente unas hojitas de olivo secas que le habían caído en las alas y volví a ponérmelo. Suspiré hondo, casi condolido, como quien se dispone a dar una mala noticia.

—El día que nos conocimos —proseguí—, usted dijo algo muy interesante sobre la capacidad de olvido de quien lee; y lo repitió después de que encontrásemos muerto a Klemmer. En una historia de misterio no se trata de iluminar al lector, sino de cegarlo. Conseguir que se centre más en indagar *cómo* que en averiguar *quién*. Por eso, el autor ha de evitar que el lector detecte las trampas que le tiende; y si por un momento las vislumbra o intuye, acumular pistas falsas, una tras otra: señuelos que le impidan volver páginas atrás para comprobar y reflexionar... ¿Entendí bien?

—Muy bien.

—Lo que equivale a conseguir que el lector elabore una teoría parecida a la Maud de Tennyson: defectuosamente sin defecto, fríamente uniforme, espléndidamente nula.

Lo admitió, admirado.

—Eso es.

—En tal caso —proseguí—, el desorden aparente no será sino un obstáculo que se interpone para impedir reflexionar en exceso. Porque un lector demasiado analítico siempre es un peligro para el autor.

La estatua de piedra en que mi interlocutor parecía haberse convertido se animó un momento.

—¿Tiene confirmación de alguna hipótesis? —preguntó con voz rauca.

—Alguna tengo. Lo que me falta es establecer los últimos elementos que permitan expresarla.

—¿Y todavía no puede hacerlo?

—Estoy a punto.

Me miró confuso, con renovada curiosidad.

—Tres y uno suman cuatro, Holmes, usted lo dijo ayer. No alguna vez o quizá, sino siempre.

—Eso es en la vida real —repliqué—. Pero recuerde que estamos dentro de una novela.

Me detuve a observar el humo de mi purito. Ascendía vertical, sin un soplo de brisa.

—¿Quién dijo —comenté— que la audacia y el romanticismo parecían haberse terminado para siempre en el mundo del crimen?

—Lo dijo usted —el amago de sonrisa no llegó a cuajar del todo—. Bueno, lo dijo Sherlock Holmes.

—¿En *La aventura del pabellón Wisteria*?

Arrugó la frente, queriendo recordar.

—Eso creo.

—Pues ya ve. Sherlock Holmes, o Conan Doyle, estaban equivocados. Todavía quedan asesinos románticos.

—Dios mío.

—Reconozco una vez más que hay virtuosismo en nuestro criminal. Es un maestro del ingenio, capaz de apostar fuerte. Arriesgó tanto desarrollando su juego que en realidad hasta ahora apenas ha corrido riesgo alguno.

Caminé por la arena, hacia la parte de playa que quedaba entre el pabellón y las ruinas del fuerte. El español me siguió, inquisitivo.

—¿Y Klemmer?... ¿Forma parte del juego? ¿Cree que lo mataron sólo por eso?

—Dudo que haya sido un asesinato puramente lúdico, si me permite la horrenda calificación. Y en cuanto a una improvisación repentina, las probabilidades en contra son abrumadoras. No hay números suficientes para examinarlas.

Di unos pasos más en dirección a las ruinas venecianas. A pesar del sombrero, el sol reverberante sobre la arena me hacía entornar los párpados. Más cerca de la orilla se oía ya el sonido del viento y el mar.

—Tampoco creo —añadí— que lo de Klemmer tenga relación directa con el móvil de los otros dos crímenes. Me inclino a pensar que parte de su pasado se cruzó casualmente con las razones del asesino. Y que éste, al descubrirlo, se limitó a aprovechar la oportunidad.

—Oh, vaya... Eso es interesante.

—Cuando algún suceso notable llama la atención, los espectadores suelen ser incapaces de advertir cualquier otra cosa, aunque ocurra ante sus propios ojos.

Me dirigió una mirada suspicaz.

—¿A qué se refiere?

—Uno de los inconvenientes de la vida real —respondí— reside en que pocas veces permite conocer el desenlace completo de una historia. La ventaja en las novelas, como en las películas, es que puede dejarse para el último capítulo.

Mi interlocutor seguía mirándome del mismo modo. Sin pestañear.

—¿Y en cuál estamos usted y yo?

—En el penúltimo.

—Pues todavía veo lejos la solución, Basil. De forma deliberada, o aprovechando con inteligencia las oportunidades, el asesino ha matado tres pájaros de un tiro, si me tolera el chiste, y a nosotros nos ha puesto en ridículo. Sherlock Holmes y Watson humillados por el Napoleón del crimen.

Me detuve, vuelto hacia él. Después alcé, objetor, los dedos con que sostenía el cigarro.

—Disculpe que me arrogue el protagonismo, pero ese plural no me parece del todo correcto.

—¿A qué se refiere?

—Al *nosotros* que acaba de emplear.

Lo vi parpadear tres veces.

—¿Cómo?

—Usted recuerda, supongo, *La aventura de la segunda mancha.*

—Sí, naturalmente —Foxá se mostraba desconcertado—. Pero ¿qué tiene que ver?

Me permití una vaga pedantería.

—*Quis custodiet ipsos custodes?*

—No lo sigo, disculpe.

Cité de memoria:

—*Estamos ante un caso, querido Watson, en el que la policía es tan peligrosa como los criminales...*

Parpadeó de nuevo. Una sola vez, pues sus ojos parecían congelados.

—¿De qué está hablando?

—De varias cosas —respondí con calma—. Entre ellas, su engaño al abrir la puerta presuntamente cerrada por dentro en la habitación del doctor Karabin.

—¿Qué?

—Sabe de sobra a qué me refiero. ¿No es cierto, querido Watson?... ¿O a estas alturas del relato prefiere que lo llame profesor Moriarty?

En las ruinas del fuerte veneciano, el viento de afuera y el socaire de la colina negociaban una brisa razonable. Desde el pie del muro, sucio de escombros y restos traídos por el mar, la playa dibujaba medio arco, con el pabellón a un centenar de pasos y madejas de algas moteando la arena. El verde esmeralda próximo a la orilla viraba al azul oscuro al distanciarse de ella, donde el temporal, que parecía aflojar en intensidad, arrancaba rachas de espuma blanca.

—La habitación del doctor Karabin no había sido cerrada por dentro, sino por fuera —dije—. Y usted tenía la llave en el bolsillo.

Me había quitado el sombrero y estaba sentado sobre un sillar desprendido de la muralla. Foxá se mantenía de pie frente a mí, recortado en la claridad del cielo como en un *backlight* cinematográfico. El sol cenital trazaba hondos surcos de luz y sombra en su rostro.

—¿Qué le hace creer eso? —respondió con mucha sangre fría.

Hice como que no había oído su pregunta.

—¿Sabe qué es un montaje de cine?

Asintió.

—Se cortan y pegan las escenas rodadas, ¿no?

—Exacto. La cámara muestra una escena y luego otra, pero hay un corte entre ambas. El director y el montador eliminan ese paso intermedio innecesario... Por ejemplo, para pasar del plano de un rostro al de otro sin necesidad de que la cámara recorra y muestre lo que hay entre ambos, ni la expresión de cada uno antes y después de lo que dicen o hacen.

—¿Y qué tiene eso que ver?

—Que el montaje da por sentado que el espectador rellena por su cuenta ese espacio vacío. Y es ahí donde pueden hacerse trampas... ¿Me comprende?

—No del todo.

—Las mentiras pueden revelar tanto como la verdad, si se las escucha con atención.

—¿A qué mentiras se refiere?

Para dar solemnidad a la situación, conté mentalmente diez segundos antes de responder.

—Usted tenía la llave. Se agachó a mirar por la cerradura y dijo que podía estar puesta por dentro. Mientras Raquel Auslander bajaba en busca de la llave maestra, antes de que regresara con ella y comprobásemos que no era cierto, usted dijo que le parecía oír un gemido dentro. Eso justificó la urgencia de lo que hizo a continuación.

—¿Y qué es lo que hice?

—Cogió el extintor de la pared y con él golpeó la puerta. Detalle significativo: no lo hizo sobre la cerradura sino más abajo, hasta abrir un agujero. Metió por él la mano y dijo que la llave estaba allí, pero no era cierto. La llave la introdujo en ese momento, oculta en el puño, y la puso en la cerradura. Fingió que no llegaba hasta ella y se retiró para que lo hiciese yo y la encontrase allí.

—¿Y el pestillo? Usted mismo comprobó que también estaba echado.

—Es verdad, y reconozco que fue un toque maestro: una buena improvisación sobre la marcha. Una vez puesta a tientas la llave, tocó el pestillo y se le ocurrió correrlo. Dijo que no alcanzaba la llave, sacó el brazo del agujero y me dejó a mí confirmar su versión.

—Excelente —admitió Foxá.

Le dirigí una ojeada irónica.

—¿Se refiere a mis deducciones o a su actuación?

No respondió a eso. Seguía de pie ante mí, las manos en los bolsillos, contemplándome pensativo.

—A veces —expuse— basta con cambiar el punto de vista para que detalles de apariencia irrelevante se conviertan en evidencia.

—¿Cuándo llegó a esa conclusión?

—La idea me rondaba la cabeza, pero sólo se concretó hace unas horas.

—¿Por eso ha estado más seco hoy conmigo? ¿Más frío?

—Es posible.

—¿Cree de verdad que soy el asesino?

—Estaría bien, ¿no? Y hasta con cierta perversa lógica. El doctor Watson resulta ser el criminal.

Sonrió al fin, por primera vez.

—Figuras confusas en la niebla londinense, donde nada es lo que parece... Reconozco que es una idea tentadora.

—Sí, mucho —dije—. Por eso llevo desde anoche preguntándome hasta qué punto puede haberlo tentado a usted.

Miró en torno, las piedras de la muralla caídas por tierra. Por un momento tuve el desagradable pensamiento de que estaba buscando una apropiada para partirme el cráneo.

—¿Edith Mander? —se limitó a preguntar.

Asentí, dispuesto a plantear las cosas de modo canónico.

—Hay dos hipótesis, una más probable que otra —expuse—. Una es que usted y ella se conocían de antes y se encontraron inesperadamente en Utakos. La marcha repentina de esa mujer que lo acompañaba puede haber tenido algo que ver... Hasta es posible que fuese usted el hombre que la abandonó en París.

Me escuchaba con mucha atención.

—¿Y cuál es la segunda hipótesis, Holmes?

Hice con una mano un ademán vago, propio de mi personaje.

—No excluye la primera, sino que tal vez la complementa: usted estaba en la playa, cerca del pabellón, cuando Edith Mander acudió allí. Quizá la acechaba sin que ella lo supiera, o tal vez estaban citados.

—¿Y qué pinta Spiros en todo eso?

—Las mujeres, le dije antes, son animales complejos. ¿Lo recuerda?

—Perfectamente.

—No puede excluirse que ella, sabiendo que usted rondaba por allí, requiriese al camarero para...

Soltó una carcajada, aunque sus ojos no reían.

—¿Organizar una escena que me pusiera celoso?

—Algo así.

—Y yo, exasperado por eso, la maté cuando el chico regresó al hotel.

—Reconozca que es una buena hipótesis: vulgar, pero buena. Después habría preparado la escena para simular un suicidio. Nada mal, por cierto, dadas las precarias circunstancias y el poco tiempo de que disponía.

—Eso es improbable.

—Lo improbable no es imposible.

Inclinó el rostro considerando aquello y lo alzó de pronto.

—¿Cómo puede demostrar que me ausenté del hotel para hacer todo eso?

—No puedo hacerlo. Pero esa noche Gérard tocó dos veces *Fascinación* al piano, y no una. La segunda fue cuando casi todos, excepto Najat Farjallah y Pietro Malerba, nos habíamos ido a dormir. Usted ignoraba que lo hizo dos veces, porque durante la segunda ya no estaba allí.

Lo pensó un poco más.

—Podía estar en mi habitación.

—Desde la suya y la mía, que están una frente a otra, se oye el piano. Yo mismo lo oí esa noche, *Fascinación* incluida. Gérard me dijo, y la Farjallah lo confirmó, que ella había pedido que la tocase por segunda vez.

—¿Y qué prueba eso?... Yo podía estar durmiendo y no haberlo oído.

—En tal caso, se durmió demasiado pronto.

—También pude salir a dar un paseo y fumar un pitillo.

—Es verdad.

—Por el jardín.

—Sí. Aunque también pudo dar un paseo hasta el pabellón de la playa.

Me dedicó una mueca sardónica.

—No me diga, Holmes, que encontró ahí una colilla de mis pitillos españoles. Y que su famoso tratado sobre ciento cuarenta clases de ceniza de cigarros, cigarrillos y tabaco de pipa le ha permitido identificarla.

—No, en absoluto —sonreí tranquilizador—. Ni siquiera su *nom de plume* Frank Finnegan, el autor de novelas policíacas populares, cometería esa clase de error.

—¿Y Karabin? ¿Por qué lo maté, según usted?

—Ésa es la parte fácil. Al analizar el cadáver, tal vez el doctor descartó el suicidio. Y lo comentó delante del asesino.

—Y también delante de usted, Holmes.

—Cierto, pero tal vez encontró algún indicio singular. Algo que apuntase directamente al criminal.

—O quiso chantajearlo, como en mis peores relatos. En *El gato que murió siete veces* conté una historia parecida.

—No es imposible, desde luego.

Me incorporé, sacudiendo el pantalón, y me puse el sombrero.

—A esas alturas de la trama, el asesino estaba disfrutando con ella. Reconozca que coincide con su manera de apreciar las cosas: connotaciones literarias y cinematográficas, guiños al género policial y yo mismo como avalista cualificado. De ahí la nota sobre Áyax, la escrita con la Olivetti de Edith Mander...

—Yo estaba con usted, abajo. ¿Recuerda?

—Pudo haberla escrito antes, dejándola en su habitación. Y además, tenemos la mano de Karabin apuntando a la revista con mi fotografía, las páginas indicadas del *Strand Magazine*... También el detalle del arma asesina de Karabin: la plegadera deslizada bajo mi puerta. Recuerde que yo se lo conté en el acto, mientras que la llave la mantuvo usted en secreto. No me dijo nada.

—Y la cuarta colilla del cenicero de Karabin era mía, ¿no?

—Probablemente. Por eso la hizo desaparecer.

Con la cabeza baja, mirándose los zapatos, Foxá parecía meditar sobre cuanto había escuchado.

—De ser yo el criminal, ¿por qué una tercera víctima? —alzó al fin la cabeza—. ¿Por qué Hans Klemmer?

Encogí los hombros.

—Como autor de novelas policíacas está acostumbrado a introducir misterios dentro del misterio. Sabe planear una estrategia para que el lector se vea fascinado y estimulado para seguir leyendo. Y también sabe, usando sus propias palabras, cegarlo cuando oye y ensordecerlo cuando ve.

—¿Y?

Alcé de nuevo una mano holmesiana, casi despectiva.

—Antes dije que debemos excluir lo lúdico, la locura y otros recursos fáciles. Sería disparatado como solución, incluso para un novelista mediocre.

—En *Crimen sin asesino* describí a un asesino loco.

—Seguramente esa novela no será de las mejores suyas. Por otra parte, yo hice de Polonio en el *Hamlet* que dirigió Robert Leonard, con Larry Olivier: *Aunque esto sea locura, hay método en ella.*

Foxá me contemplaba, ceñudo. Muy serio. Parecía menos guapo con aquella expresión en la cara.

—¿Qué tiene eso que ver con Klemmer?

—En las novelas y las películas —respondí—, los asesinatos suelen producirse tras una larga y minuciosa planificación. En la vida real, ocho de cada diez homicidios deliberados responden a circunstancias inmediatas, casuales. Lo que se elabora después, a veces, es la forma de ocultarlos o disimular su autoría.

—¿Y cómo sabe eso?... Me refiero a la estadística.

—Lo leí en el *Reader's Digest.*

—Vaya. Todo lo ha leído usted en el *Reader's Digest.*

—Casi todo, sí.

Eché a andar por el sendero que bajaba del fuerte a la playa. Foxá me siguió, y confieso que sentí un cosquilleo de inquietud al tenerlo detrás. Así que me detuve y aguardé a que llegase a mi lado. Entonces, con mucha parsimonia, saqué el papel que llevaba doblado en un bolsillo de la chaqueta.

—Eso sí: sobre Klemmer sigo a oscuras. Aunque tengo esto.

Miró el papel con curiosidad.

—¿Y qué es?

—No me diga que no lo ha visto nunca.

—Jamás hasta ahora.

—Probablemente es lo que nuestra tercera víctima estaba leyendo, o comentando con alguien cuando lo mataron.

—¿Dónde lo encontró?

—En un bolsillo del cadáver. Lo había cogido él o se lo puso allí el asesino. En tal caso sería un error por parte de éste, un acto de prepotencia. Pero tal vez no pudo evitar la tentación. El toque artístico, ¿se acuerda?

—No me dijo usted nada —Foxá parecía de veras desconcertado—. Ni lo vi escamotearlo.

Sonreí con suficiencia.

—Acuérdese de lo que dije sobre el montaje cinematográfico. El arte del detective, y también del criminal cualificado, tiene algo que ver con el del prestidigitador: modificar lo que la gente ve. No se trata de esa tontería de la mano más rápida que la vista, sino de desviar la atención. Hacer que el público mire una mano mientras se actúa con la otra.

—Diablos... Lo hizo muy bien.

—Recuerde que interpreté a Raffles en *El ladrón elegante*. Que es otra novela, por cierto.

—Sí.

—Como ve, todo puede ser literatura.

Habíamos dejado atrás la playa y nos internábamos en el olivar. Le pasé el papel, que desdobló con avidez.

—Es una página de *Paris Match* —dije— correspondiente a la segunda semana de junio de 1949, arrancada de uno de los volúmenes de revistas de la sala de lectura. En ella se informa sobre un proceso contra nazis responsables de crímenes de guerra, gente de menos categoría que los grandes conocidos... Fíjese en el undécimo nombre.

—*Sturmbannführer* Hans Ludwig Klemmer —leyó Foxá—. Campo de prisioneros de Gorbitz. Acusado de la ejecución de prisioneros aliados.

Se detuvo y parpadeó, extrañado.

—¿Nada de Auschwitz?

—No, sólo Gorbitz.

—¿Y dónde está eso? ¿En Polonia?

—No estoy seguro. Me parece que en la Alemania del Este.

Foxá seguía leyendo.

—Después de un año de prisión y el juicio correspondiente, absuelto por falta de pruebas —me miró estupefacto—. Increíble. ¿De verdad es él?

—Al menos, alguien creyó que lo era.

—Pero ¿es o no es?

—No resulta imposible, ni improbable. Carezco de una certeza, pero alguien creyó tenerla. Los pasaportes robados quizá tengan que ver con eso: confirmar sus datos de identidad.

Me dirigió una ojeada extraña. Quizá resentida.

—¿Y de verdad supone que yo...?

—¿Si supongo, dice? Toda suposición puede ser engañosa. Es la lógica la que proporciona respuestas correctas. Y esa llave es pura lógica. También el interruptor de luz de la habitación de Karabin.

Foxá se quedó con la boca abierta.

—¿Qué pasa con eso?

—Cuando entramos estaba con los postigos cerrados. Pero usted encendió sin dudar la luz, pese a que la llave se encuentra en el lado izquierdo de la puerta.

—¿Y?

—El de la suya está en el otro lado. ¿Cómo supo eso a oscuras?... La inferencia lógica es que ya había estado allí antes.

—Fue intuición, supongo.

—Demasiado certera, ¿no cree? Demasiado rápida. De nuevo contraviene aquellas reglas para la novela policial, ¿recuerda?... Las mismas que, según usted, prohíben usar como criminales a los mayordomos y a los chinos.

Me tomó por un brazo, haciendo que me detuviera.

—Puedo explicarle lo de la llave, Basil.

—Excelente. Hágalo.

Ahora me miraba sin el más leve parpadeo. Persuasivo.

—La de Kemal Karabin estaba en mi habitación. La encontré en el suelo, y comprobé que tenía grabado su número... Del mismo modo que alguien le metió a usted la plegadera bajo la puerta, me dejó la llave a mí. La llevaba en el bolsillo de la chaqueta, pensando qué hacer con ella. Y en contárselo en cuanto hubiera ocasión. Pero cuando me decidí estábamos con Vesper Dundas, en la terraza de la habitación de ella.

—Lo recuerdo muy bien —admití.

—No era momento para hablar de eso. Entonces aparecieron Raquel Auslander y Gérard en la terraza de Karabin, llamando nuestra atención, y todo se precipitó. De pronto vi la ocasión de librarme de la llave, y así lo hice.

—Ingeniosamente.

—Sí. Aunque el truco se lo robé a Pierre Boileau, de *La mano que cierra la puerta*.

Dobló otra vez la página de la revista y me la devolvió con dedos firmes.

—Confieso que he disfrutado tanto como usted. Ha sido una aventura increíble jugar a ser Watson. Pero, aunque justificada, su deducción es falsa. Es imposible como la expone, luego ha cometido algún error en la exposición. Yo no maté a nadie.

Me miraba con mucha serenidad. Estuvo así un momento, inmóvil, y después se encogió de hombros.

—También Sherlock Holmes, acuérdese, cometió errores.

—Es cierto.

—Hay detalles que vistos por separado pueden apuntar hacia una solución; pero que considerados en conjunto se desactivan solos...

Se detuvo mientras movía la cabeza con aire abatido.

—Se nos ha ido de las manos, Sherlock.

Estuve callado un buen rato. Al cabo asentí con desgana mientras me guardaba el papel en un bolsillo.

—Es posible —admití—. A fin de cuentas, como dije más de una vez, sólo soy un actor.

Hice ademán de seguir caminando, pero no lo consumé. Me detuve porque Foxá me contemplaba boquiabierto. Parecía paralizado de estupor, como si acabara de caer en la cuenta de algo.

—No —replicó extrañamente pensativo—. Es más que un actor. Hasta puede que sea el más genial que conocí nunca. ¿Cómo es aquello que le decía a Bruce Elphinstone en *La aventura de Charles Augustus Milverton*?

Dudé, o aparenté hacerlo.

—No sé a qué se refiere.

—Haga memoria. Algo así como *no me importa confesarle, Watson, que siempre...*

Lo asumí con una vaga sonrisa, halagado. Era uno de mis diálogos cinematográficos favoritos.

—*¿Sabe, Watson?* —declamé—. *No me importa confesarle que siempre he pensado de mí mismo que podría ser un criminal extremadamente eficaz.*

Foxá seguía mirándome inmóvil. Perplejo.

—Si esto fuera una buena y verdadera novela policial —añadí—, supongo que ya le habríamos dado al lector pistas suficientes para que, por sí mismo, capítulo a capítulo, identificase al asesino. ¿Piensa usted lo mismo?

—Cielo santo —lo vi asentir al fin—. Sería increíble que...

—Sí —lo interrumpí.

Estábamos cerca de la terraza. En ese momento observé que Raquel Auslander salía a nuestro encuentro acompañada por el inevitable Gérard. Cosa insólita en aquellos extraños días, la dueña del hotel se mostraba animada.

—Acaba de comunicar la policía de Corfú —nos dijo de lejos—. Al fin remite el temporal, y vienen en una lancha hacia aquí.

—Lástima —comenté en voz baja—. Parece que termina el juego.

Foxá lo había oído. Continuaba atónito, cual si de pronto se encontrara ante un desconocido, y deduje con facilidad lo que estaba pensando: descartado lo imposible, lo que queda, por improbable que parezca, tiene forzosamente que ser verdad.

Sonreí en mis adentros. O tal vez no, querido Watson, me dije. Tal vez no.

9. Análisis *post mortem*

*Al fin y al cabo, Watson, la policía no me
paga para que cubra sus deficiencias.*
El carbunclo azul

El sol de otoño, elevándose sobre las montañas que cercaban el lago de Garda, doraba las villas situadas en la orilla opuesta. No había ni un soplo de brisa. El agua estaba inmóvil como un espejo, reflejando el cielo sin nubes. La temperatura era tan agradable que dejé gabardina y sombrero en el taxi, dije al conductor que tardaría un par de horas y caminé con la mano izquierda en el bolsillo de la chaqueta, despacio, disfrutando del paisaje.

La punta de San Vigilio se adentraba un poco en el lago, poblada de cipreses, olivos y limoneros. Cuando me dirigía a la casa cuyo tejado se entreveía tras las copas de los árboles miré hacia la orilla, donde patos pardos y azules aseaban sus plumas al sol mientras dos elegantes cisnes se deslizaban lentos algo más lejos, sin aparente esfuerzo para recorrer el agua quieta.

Consulté mi reloj de pulsera. Eran las once menos cuarto de la mañana. Me detuve a admirar el lugar mientras ajustaba el nudo de la corbata y comprobaba el estado del cuello y los puños de la camisa. Pasados unos minutos, seguí adelante. El último trecho, franqueadas dos columnas rematadas con tritones de piedra picada por el tiempo, era un camino de gravilla que discurría entre laureles añejos. A su término, una escalera ancha ascendía hasta el pórtico de la villa: antigua construcción discreta, sin pretensiones, levantada en la orilla misma.

Me abrió una sirvienta italiana, a la que entregué mi tarjeta. La seguí hasta un saloncito en cuyas paredes, entre estantes cubiertos de libros, asomaban desconchados frescos neoclásicos. La habitación estaba abierta a una galería de tres arcos que daba directamente al lago.

—*Un àttimo, signore.*

—*Grazie.*

Me asomé a la galería y al paisaje. El antepecho bajo los arcos se hallaba justo sobre el agua, con ésta lamiendo suavemente las piedras en las que se asentaba el muro. La luz del sol incidía en la superficie azul, deslumbrante, y su reverbero parecía animar las figuras vegetales pintadas en las paredes, entre los muebles y el relieve de alabastro que coronaba la chimenea con una antigua y críptica leyenda: *Il mondo è il mio diàvolo.* El mundo es mi demonio.

—Dios mío —dijo una voz a mi espalda—. Qué inesperado.

No la había oído llegar. Me volví despacio.

—Siento no haberme anunciado antes. No conozco el número de teléfono.

—Oh, claro... No importa.

Los ojos color de niebla me miraban con sorpresa.

—Celebro verlo, Basil.

—También yo a usted.

Nos quedamos callados, estudiándonos. Vesper Dundas vestía jersey de cachemir de cuello alto, pantalón negro muy ceñido y calzado plano. El cabello rubio, algo más largo que en Utakos, estaba recogido en una corta cola de caballo que le confería un aspecto sano, ligero, rejuveneciendo el rostro apenas maquillado: sólo un toque discreto de *rouge* en la boca. No advertí cambios notables en los tres meses transcurridos. Tampoco recelo, ni desconfianza.

—¿A qué debo su visita?

—Simple casualidad —mentí—. Estaba con unos amigos en Verona y pensé en usted. Quizá le interese, concluí, conocer las últimas noticias sobre lo que dejamos atrás.

Me observó sin decir nada durante un momento.

—Pues claro que me interesa, se lo agradezco —repuso al fin—. ¿Hay alguna novedad?

Mi sonrisa era una disculpa contrariada.

—La novedad es que no hay nada nuevo. Ésa es la noticia. En Corfú acaban de cerrar la investigación: autor o autores desconocidos.

—Vaya —se acercó a la galería y contempló el lago—. Lástima que no llegaran antes a esa conclusión. Los cinco días de interrogatorios que sufrimos por parte de aquellos groseros policías griegos fueron muy desagradables. Y todo, para nada —se volvió a mirarme—. ¿Algún detalle importante?

—Ninguno. No hallaron evidencias contra ningún huésped del hotel, y ni las tres autopsias ni los análisis de huellas dieron resultado. Ni siquiera descartan la autoría de otra persona que estuviera escondida en la isla.

—Qué absurdo, ¿no?... A nadie interesaron sus deducciones detectivescas y las de su amigo español.

Busqué sarcasmo en el comentario, sin encontrarlo. Compuse un ademán resignado.

—Al contrario —dije—. Los policías se mostraron molestos conmigo. Casi hostiles.

—Recuerdo el mal tono. Lo miraban como a un intruso. Un entrometido que sólo complicara las cosas.

—Así fue.

—Al final nos dejaron marchar a todos. Y el asesino sigue libre.

—Eso parece.

Permanecimos de nuevo en silencio. Mirábamos el lago. Un barquito navegaba lentamente de norte a sur, vela blanca en la distancia.

—Un lugar precioso —comenté.

—Sí que lo es. La villa se construyó a principios del siglo pasado. Entre las dos guerras se convirtió en una *locanda*. Después mi marido la compró y empezó a rehabilitarla como residencia. Lástima que no llegase a verla terminada.

—¿Usted había estado aquí antes?

—No, nunca. Cuando nos casamos, el lugar aún estaba en obras.

—¿Y tampoco Edith Mander la vio?

—Oh, desde luego. Tampoco ella. Mi intención era que se instalara aquí conmigo, pero...

Se detuvo ahí.

—Pobre Edith —murmuró al fin—. Me subleva pensar que su asesino quedó impune.

Asentí comprensivo y volví a pasear la vista por la habitación: los muebles y lámparas de estilo veneciano, los libros, el relieve de alabastro con la leyenda sobre el diablo.

—¿Vivirá aquí de modo permanente?

—Es mi intención, no soporto Londres. Me gusta este lugar: es tranquilo y hay buena gente. Leo, paseo por el lago. He hecho amigos en los alrededores.

—La envidio.

Me dirigió una ojeada curiosa.

—¿Y usted?

—Nada de particular. Sigo en mi casa de Antibes.

—¿Qué hay de aquella propuesta para televisión que le hizo el productor italiano?

Sonreí.

—¿Se acuerda de eso?

—Naturalmente.

—La serie *Nuestros villanos favoritos* está en marcha. Empezaremos a grabar a primeros de año. No pongo grandes esperanzas en ella, pero al menos me permitirá seguir sintiéndome actor.

—Lo fue en Utakos, sin duda —sonreía alentadora—. Una experiencia singular, pese a su fracaso como detective.

La miré con detenimiento.

—Tampoco es grave —respondí—. Para conocer su propio punto flaco, el cazador debe fallar primero... El propio Sherlock Holmes fracasó varias veces.

—¿Y qué hay de aquel español, Foxá?

—No he vuelto a saber de él. Supongo que habrá escrito una novela con su experiencia de esos días.

—*Tres crímenes sin asesino* no sería un mal título.

—Desde luego.

Sonreímos. El sol seguía incidiendo en el lago, y el reflejo que rondaba la galería penetró al fin bajo los arcos, inundándolo todo de luz. Entorné los ojos, deslumbrado por la claridad cegadora que velaba el rostro de Vesper Dundas.

—Es interesante que antes haya mencionado mi fracaso —dije—. Porque en realidad no fracasé.

No sé cuánto tiempo estuvimos callados, mirándonos. Supongo que el suficiente para que todo quedara claro entre nosotros, aunque formularlo en voz alta resultaba más difícil. Con ese pensamiento me moví un poco, incómodo, dediqué una larga ojeada al lago y volví a mirarla a ella. Había cruzado los brazos y seguía observándome con atención. Muy serena.

—Creo que nunca llegó a contarnos sus últimas conclusiones —dijo al fin.

—Es verdad, no lo hice.

—¿Se las guardó para usted?

Asentí, amable.

—En cierto modo he venido a decírselas.

—¿Y por qué a mí?

No respondí a eso. Me limité a mover la cabeza y mirar el lago.

—Si alguien posee inteligencia para ejecutar un crimen —dije tras un momento—, siempre habrá alguien que tenga la suficiente para descubrirlo... La imaginación ayuda a llenar los huecos creados por la falta de evidencias, aunque implica el riesgo de sugerir pistas falsas o caminos sin salida.

Me contemplaba sin descruzar los brazos, entre el asombro y la burla.

—¿Aún juega a ser Sherlock Holmes? ¿De verdad ha viajado aquí para soltar esa...?

Lo dejó ahí, educadamente, y yo completé la frase.

—Pedantería —admití.

Toqué el nudo de mi corbata, titubeante. Ella tenía razón.

—Disculpe —añadí—. Abreviaré el prólogo.

La vi sonreír, irónica.

—Se lo agradezco.

—La astucia desarrollada por una mente perversa —continué— suele ser superior a lo normal. Hay quienes practican el crimen con talento. Nunca oímos hablar de ellos, y a veces ni siquiera sospechamos su existencia, porque nunca cometen un error.

—Concrete, por favor —parecía impacientarse ella.

—Usted cometió varios errores.

—¿Yo?

—Sí, en efecto. Pero no los cometió por falta de cerebro sino por exceso de confianza, e incluso de vanidad. Tardé en verlos porque eran detalles dispersos, pero al final los vi.

Di unos pasos hacia los estantes con libros. Era un simple efecto escénico para crear expectación. Pero un actor, por viejo que sea, nunca pierde por completo los hábitos. O los instintos.

—Kemal Karabin era lo más difícil —dije—. Me refiero al motivo. Fue un eslabón intermedio, sin relación directa con el primer asesinato ni con el tercero. No había vínculos con su vida anterior, ni jugaba otro papel en el asunto que haber hecho un estudio somero del cadáver de Edith Mander. De los tres crímenes, fue el único cuya relación con el asesino era sólo casual.

Me escuchaba atenta, realmente interesada.

—¿Había descubierto algo Karabin, entonces?

—Creo que, más que descubrir, adquirió sospechas fundadas. Las puso en conocimiento del asesino, y eso le costó la vida.

—¿Y por qué del asesino, y no de todos? ¿Por qué se reservó lo que había averiguado?

—No sé. Puede que intentara aprovecharse de la situación. Tenía apuros económicos.

—Sí, eso se comentó en el hotel.

—O tal vez sólo tenía la lengua larga. El caso es que se volvió una amenaza, o al menos una molestia, y el asesino decidió sacarlo del tablero. Lo hizo de forma elaborada, mezclando pistas falsas con auténticas. Creo que a esas alturas su inteligencia criminal estaba excitada por el papel que Paco Foxá y yo hacíamos en todo aquello.

—Se puso a jugar con ustedes, quiere decir —hizo una pausa casi imperceptible—. Con todos nosotros.

—Así es. Fue a la habitación de Karabin, a conversar con él. Fumó al menos un cigarrillo, cuya colilla hizo desaparecer, y mató al doctor clavándole la plegadera en la nuca mientras estaba sentado, tras situarse a su espalda con cualquier pretexto. Después, llevado por un impulso que podríamos calificar de artístico...

—Por Dios. No diga eso.

—Disculpe. Creo que es una buena definición. Artístico es la palabra.

—¿Y qué hizo, llevado por ese impulso?

—Dispuso, si me permite otra leve vanidad, algunos detalles dedicados a mí: el peluquín puesto al revés y el brazo, apoyado en unos libros, que apuntaba a la vieja revista *Zephyros* con el reportaje sobre las películas de Sherlock Holmes...

—¿Y de dónde sacó esa revista?

—Del pabellón de la playa. Una vez dispuesto todo, salió por la puerta ventana que da a la terraza. Pero un buen rato después, al menos una hora más tarde, cambió de idea y regresó a la habitación por el mismo lugar.

—Pues vaya sangre fría.

—Sin duda. Puede que cayera en la cuenta de que había olvidado una colilla en el cenicero y fuese a buscarla, o sencillamente cedió a la tentación de adornar más el asunto con ese toque del que hablé antes. O tal vez no era fumador, pero se llevó una colilla de Karabin para enredar más las cosas.

—O se limitó a encender un fósforo y dejarlo allí.

La miré con renovado interés.

—Cierto. No había pensado en eso.

Sonrió un poco, sin que hubiese nota de humor en la sonrisa.

—¿El toque artístico?

—Por supuesto. El caso es que al comprobar que el rigor mortis había vuelto rígido el brazo de Karabin, retiró los libros en que estaba apoyado. Después cerró por dentro el doble postigo de la terraza, cogió la plegadera, que tal vez había dejado clavada en el cadáver, pues no creo que antes la hubiera llevado consigo, salió de la habitación al pasillo y cerró la puerta con llave.

—Increíble.

—Una vez en el pasillo, introdujo la llave bajo la puerta de Paco Foxá y la plegadera con una nota de provocación bajo la mía, escrita con la mano menos diestra y con mayúsculas para que no se reconociera la escritura. El desafío estaba claro.

—Qué barbaridad. Podía haberlo visto alguien, ¿no?

—Imagino que era la sal del juego. Moverse al límite, corriendo riesgos.

—En cuanto a la llave...

—Al ver a qué número de habitación correspondía, Foxá supo desprenderse de ella con admirable habilidad.

—¿Se dio usted cuenta?

—Sí.

—¿Y eso no convirtió a su Watson en sospechoso?

—Durante cierto tiempo, en efecto.

Crucé las manos a la espalda mientras miraba los libros alineados en los estantes. Era una biblioteca ecléctica, con rara mezcla de autores y títulos: Phillips Oppenheim, Maugham, Scott Fitzgerald, Patricia Highsmith, Zweig, Mann, Joseph Conrad... Y también libros de matemáticas, contabilidad, música y ajedrez, novelas de Agatha Christie y viejos volúmenes, de lomos ajados y amarillentos, con novelas y relatos de Conan Doyle.

—¿Qué hay de Hans Klemmer? —preguntó ella a mi espalda.

Me volví despacio. La vi inmóvil en el mismo sitio, observándome.

—Se trata de un extraño caso que desafía a la ley de las probabilidades —expuse—. Quizás una entre mil, pero se dio: dieciséis años después, el camino de un criminal se cruzó con el rastro dejado por su víctima.

—¿Quién era el criminal?

—Klemmer.

—¿Y su víctima?

Tardé un poco en responder a eso.

—Confieso —dije— que al principio me despistó la historia de amor.

—¿Qué historia de amor?

Ahora parecía desconcertada. Proseguí como si no la hubiera oído.

—Los hechos no pueden ser explicados por una hipótesis más extraordinaria que los propios hechos. Así que relacionar eso con la mente homicida que actuaba fríamente en Utakos parecía tan absurdo como mezclar a Romeo y Julieta con las proposiciones de Euclides... Pero por fin apareció el factor que lo vinculaba.

Saqué del bolsillo un pequeño cuaderno de notas y consulté algunas fechas y datos.

—En la noche del 13 de febrero de 1945 —proseguí—, durante la incursión aliada que arrasó Dresde, la tripulación de un Lancaster británico alcanzado por el fuego antiaéreo saltó en paracaídas. Tres de sus siete tripulantes llegaron vivos a tierra: el copiloto, el navegante y el artillero de cola. Capturados, se los condujo a un campo de prisioneros cercano, el de Gorbitz. Una semana más tarde, esos tres aviadores y seis prisioneros más intentaron fugarse, pero fueron atrapados... El bombardeo había causado miles de muertos y los alemanes estaban furiosos, así que se fusiló a los nueve. La orden fue firmada por el segundo jefe del campo, el *Sturmbannführer* de las SS Hans Ludwig Klemmer.

—Dios mío.

—Apresado después de la guerra, Klemmer estuvo sometido a juicio con otros jefes y oficiales de Gorbitz. Pero se defendió bien, asegurando que la orden procedía del comandante del campo, un coronel llamado Eichenberg, y él se había limitado a cursarla burocráticamente. Otro oficial y un secretario del campo confirmaron la versión. El caso es que a Eichenberg lo ahorcaron, y el subordinado quedó impune y libre tras una corta estancia en prisión.

Cerré el cuaderno y lo devolví al bolsillo. Ella me miraba con estupor.

—¿Cómo ha averiguado eso?

—No fue difícil. El asesino, fiel a su osadía, le metió al cadáver de Klemmer un recorte de prensa en un bolsillo. De nuevo el toque artístico.

—Me refiero a todo lo demás.

—Cuando durante la guerra rodé *La escuadrilla heroica*, conocí a un comandante llamado Tom Openshaw que nos asesoraba en el rodaje. Ahora es coronel, trabaja en el archivo histórico de la RAF y nos mandamos una tarjeta postal de vez en cuando... Recurrí a él con lo de Gorbitz y me dio información interesante.

—Me tiene usted en vilo.

—El ametrallador de cola del bombardero británico derribado sobre Dresde se apellidaba Mander. Y fue fusilado con los otros ocho.

Era una mujer admirable, me dije. Ni siquiera la había visto pestañear.

—¿Mander? —dijo—. ¿Como...?

—Sí, como Edith —corroboré—. Que era su esposa.

Di unos pasos hacia la galería mientras volvía a meter una mano en el bolsillo. Extraje un documento doblado y se lo entregué.

—Es una copia del certificado de matrimonio del sargento artillero de la RAF John T. Mander con Edith Howell, nombre de soltera. Celebrado en la parroquia de Saint Mary, próxima al aeródromo de Scampton, el 30 de enero de 1945, sólo dos semanas antes de la incursión contra Dresde... Según ha averiguado el coronel Openshaw, Edith Howell servía en esa época en el cuerpo femenino de la WAAF y estaba destinada en Scampton. Sin duda allí se conocieron. Después, al menos hasta que ya viuda empezó a trabajar en Cromer, Norfolk, Edith estuvo percibiendo una pequeña pensión por su marido.

Las facciones de ella eran una máscara inmóvil.

—Klemmer en Utakos —se limitó a decir—. Es imposible que eso sea sólo azar.

—No lo es. O más bien el azar tiene reglas propias, pues hubo coincidencia fortuita: la viuda y él. Lo que ocurrió después ya fue deliberado.

—¿Y cree que ese alemán mató a Edith?

—No, para nada. Todo lo contrario.

Hice otra pausa, de nuevo teatral. Prolongada. Esta vez, tan teatral como pude.

—A Klemmer lo mató usted.

No sé cuánto duró aquel silencio, pero fue largo. Saqué mi lata de puritos Panter.

—¿Permite que fume?

—Por supuesto.

Le ofrecí un cigarro, atento a su reacción, y para mi sorpresa lo aceptó con naturalidad. Ni siquiera se le había alterado la voz, y sus dedos estaban tan firmes como si estuviésemos en una charla insustancial.

—¿Fuma, entonces?

Asintió, irónica.

—Hoy lo hago... ¿Le sorprende?

—Me desconcertó durante mucho tiempo. Siempre creí que no era fumadora.

—Lo dedujo de mis dientes y mis manos, según me dijo.

—Es posible que me equivocara.

—Sí, es posible.

Le di fuego con mi encendedor y luego saboreé el humo del mío.

—Usted —dije por fin— escribió en la Olivetti aquella nota que nos enseñó a Foxá y a mí, la cita de Thomas de Quincey tomada de *Del asesinato considerado como una de las bellas artes.*

La niebla de sus iris parecía congelada. Muy fija en mí.

—Eso es ridículo.

—También robó los pasaportes para conseguir el de Hans Klemmer. Los sustrajo todos para confundir las pistas, pero sólo le interesaba ése... Aunque sobre esto hay algo más.

—Vaya —aspiró despacio y dejó salir el humo—. ¿De qué se trata?

—Cada cosa a su tiempo... El hecho es que tras comprobar lugar y fecha de nacimiento para confirmar que era él, se citó con Klemmer en el saloncito de lectura, a menos que lo encontrase allí de modo casual. Eso da lo mismo. Cogió la pesa del reloj y le hundió el cráneo. Y no pudo sustraerse a la tentación de meterle el recorte de *Paris Match* en el bolsillo, ni tampoco de garabatear la clave de la página en la que Holmes y Watson descubren el cadáver en *La banda moteada* —sonreí un poco, pensativo, contemplando la espiral azulada de mi cigarro—. A esas alturas, usted y yo éramos ya una perversa especie de asociados.

—¿Misterio de cuarto cerrado?

—En efecto.

—Otra vez el toque artístico.

—Exacto —repliqué—. Iba ganando confianza y se volvía más arrogante y atrevida.

—Como en el caso del doctor Karabin, quiere decir.

—Le gustaba coquetear con el peligro, desde luego. Y hay otro detalle. Lo advertí cuando bajó a la sala de lectura y vio el cadáver de Klemmer. Lo miró directamente a él y luego a mí, nada más. Ni pestañeó ni miró otra cosa intermedia.

—¿Y eso qué significa?

—Que ahí se traicionó, comprendí más tarde. Cualquiera, por poner un ejemplo, haría un gesto de sorpresa al descubrir que su café contiene sal en vez de azúcar. Si no lo hace, es que tiene motivos para disimular —hice una pausa deliberada—. Algo semejante al extraño incidente del perro a medianoche: que no ladrase fue el extraño incidente.

Me escuchaba inexpresiva como una máscara. Era imposible averiguar si apreciaba o no el guiño holmesiano, de manera que seguí hablando:

—Fue como un corte cinematográfico, ¿comprende?... No hubo movimiento de cámara. Usted ya había estado allí y no necesitaba ver nada más. Se limitó a comprobar si todo estaba en el cadáver como debía estar, y si yo lo encajaba del modo conveniente. El resto de la habitación no le importaba.

Señalé el purito que ella sostenía entre los dedos. La leve mancha de carmín que sus labios dejaban en él.

—Y ahora comprendo también que la colilla desaparecida no fue un hecho banal. La hizo desaparecer porque estaba manchada de *rouge*, y eso me habría conducido hasta una mujer.

—La mujer, querido Watson.

Lo dijo con una calma que me estremeció. Asentí admirado.

—Es brillante, querida señora.

—También usted lo es, después de todo. Mucho más de lo que pensaba.

—Gracias.

—Me sorprende, de veras.

Me correspondía jugar de nuevo, así que dispuse la pelota y la raqueta. Sin apresurarme.

—Todavía puedo sorprenderla más —repliqué.

—¿A qué se refiere?

—Cuando al fin llegué a establecer una hipótesis sólida sobre usted, advertí en ella un grave defecto: era una hipótesis imposible.

—No comprendo.

Señalé los estantes con libros.

—Conoce las novelas de Sherlock Holmes tan bien como Paco Foxá y como yo, aunque procuró no demostrarlo nunca.

—¿Qué le hace pensar eso?

—Volviendo un momento a Klemmer, ¿recuerda lo que aparece escrito en la pared en la novela *Estudio en escarlata*?

Aparentó forzar la memoria.

—No estoy segura, no recuerdo.

Sonreí, paciente.

—Por favor.

—*Rache*, ¿no?... Venganza.

—Exacto.

—¿Y por qué habría yo de querer vengarme de quien dejó viuda a mi amiga?

—Antes he mencionado las proposiciones de Euclides. ¿También se acuerda de la sexta del libro primero?

—¿La de los lados del triángulo?

—Esa misma. Si los dos lados de un triángulo son iguales, los ángulos opuestos a dichos lados también son iguales... ¿Verdad?

—No comprendo —fruncía el ceño con aparente desconcierto—. Y tampoco por qué desearía yo vengarme de Hans Klemmer.

—Porque Edith Mander es usted.

Para mi asombro, se limitó a suspirar. Un suspiro hondo, más de cansancio que de irritación o perplejidad.

—Confieso que eso no me lo esperaba, señor Sherlock Holmes.

—Celebro ser todavía capaz de sorprenderla, señora Irene Adler.

Nunca ella me había mirado así. Ni en Utakos ni tampoco allí, esa mañana. Una mirada indefinible y fría, desprovista de sentimientos.

—¿Y cómo llegó a esa extraña conclusión?

—Como a casi todo: leyendo —señalé la biblioteca—. ¿Conoce el cuento *Cuatrocientos mirlos* de Agatha Christie?

—No recuerdo.

—Se sorprendería si lo recordara.

Dio una lenta chupada al cigarro y lo arrojó al lago entre los arcos de la galería.

—Sorpréndame más, por favor.

—Las frambuesas —dije.

—¿Qué pasa con ellas?

—Manchan los dientes. El cadáver de su amiga tenía los dientes manchados.

—¿Y en qué se relaciona eso conmigo?

—Puedo aventurar una hipótesis. En la ficha militar de Edith Mander figuran sus datos médicos: hemicráneas periódicas y alergia asmática, en especial a la fruta. El coronel Openshaw también me remitió copia de ese documento. Y una foto.

Como los buenos prestidigitadores, yo había reservado el mejor truco para el final. Introduje una mano en el bolsillo interior de la chaqueta y saqué la fotografía. Era de tamaño carnet. En ella, una muchacha de uniforme —que la hacía parecer más joven todavía— con insignias de la WAAF en las solapas, descubierta la cabeza peinada al estilo de los años cuarenta, miraba a la cámara esbozando, seguramente a petición del fotógrafo, una tímida sonrisa.

—Por aquella época todavía era usted morena.

Tomó la fotografía y la estuvo contemplando un buen rato sin decir palabra. No se alteró en absoluto y ni siquiera vi moverse un músculo en su cara.

—Es imposible —añadí— que Edith Mander comiese pastel de frambuesas esa última noche, pero es probable que lo hiciera Vesper Dundas... Ignoro si lo que averiguó el doctor Karabin tuvo que ver con eso o con otro indicio, pero es lo de menos: él dedujo que algo no encajaba y se lo contó a usted. Confieso que soy incapaz de establecer qué y con qué motivo.

Ella seguía mirando la foto.

—Puede que Karabin intentara un chantaje —dijo.

—Es posible, sí. Dinero a cambio de silencio. En todo caso, sabemos que tenía problemas económicos con su clínica de Esmirna. Eso explicaría el toque grotesco que usted dio a su cadáver; otro toquecito de *rache*, una especie de burla: te has equivocado conmigo, doctor.

Me devolvió la foto con absoluta indiferencia.

—Sígame sorprendiendo, Holmes. Vuelva a Klemmer.

—Poco más hay que decir sobre eso. Si a uno lo mató con desprecio, al otro lo mató por venganza.

—¿Y Edith? ¿Qué ocurrió en el pabellón de la playa?

—Usted siguió a su amiga y la vigiló de lejos mientras ella coqueteaba con Spiros. Después la mató de forma que pareciese un suicidio, dejó la puerta cerrada con el ingenioso truco del chal y regresó borrando sus propias huellas.

—Vaya... ¿Todo eso hice?

—Hizo más. Porque al día siguiente, en un alarde de sangre fría, fue desde el fuerte veneciano al pabellón, por la playa para no dejar huellas, y escondió la cuerda.

—¿Dónde?

—De eso no tengo ni la menor idea, pero lo hizo.

—Puestos a barajar hipótesis, ¿no se le ha ocurrido que el propio Karabin pudo llevarse la cuerda como prueba de lo que había descubierto, y que se la mostrara al asesino?

Lo pensé. Era razonable.

—Ah, pues no. Lo cierto es que no caí en eso.

—Me decepciona, Holmes —sonreía sarcástica—. En cualquier caso, le ruego que no sea tan burdo. ¿De verdad cree en un crimen por celos?

—No he dicho eso. Más bien creo en la ejecución de un proyecto largamente meditado. Algo despiadado y sutil.

Mi cigarro se había consumido. Lo arrojé al lago, como había hecho ella.

—El otro motivo por el que robó los pasaportes —continué—, que coincide con el de Klemmer, pero en este caso no es secundario sino principal, fue escamotear el medio directo de comprobar las identidades de ambas. Después de Utakos, con la verdadera Vesper muerta, no habría tenido, como realmente ocurrió, ningún problema en que el consulado británico en Atenas le extendiera otro pasaporte, esta vez con una foto suya. Y así fue: la nueva identidad, refrendada por un legítimo documento oficial.

La vi hacer una mueca sarcástica.

—Es sorprendente, Basil. Me refiero a su manera de llenar huecos con suposiciones.

—Se esforzó demasiadas veces en que el as de trébol quedase debajo del montón de la baraja. Atrapada por su propio virtuosismo, no supo prescindir de lo innecesario. Por eso ahora manejo hechos, más que suposiciones.

Movió los hombros con ademán escéptico.

—Usted sabrá. Continúe, por favor.

Obedecí.

—No sé desde cuándo tenía previsto suplantar la identidad de Vesper Dundas; pero en Utakos, aislados por el temporal, vio la ocasión perfecta... No era mal cambio de vida: de mujer sola, decepcionada de los hombres y sin grandes perspectivas, a heredera de un marido fallecido en fecha reciente. El parecido físico con su amiga era enorme, y sólo faltaban algunos pequeños detalles. Imagino que el proyecto lo concibió apenas se conocieron, pues se tiñó el pelo y procuró parecerse a ella todo lo posible, consciente de que las fotos de pasaporte podían ser confundidas una con otra... Supongo que ella lo tomó como una travesura divertida; pero desde el principio, me atrevo a suponer, usted pensó en matarla. Sólo necesitaba la ocasión.

Vacilé en ese punto, dudando en añadir o no un farol. Decidí arriesgarme.

—Sospecho que llenó uno de los blocs del hotel con marcas repetidas de firmas en el papel que estaba encima. Hasta el último día, imagino, estuvo ensayando copiar la de su amiga.

Me miró primero con desconcierto y luego con sorna.

—¿Usted vio ese bloc?

—No. Pregunté a Evangelia, que arreglaba su habitación. Hay uno en cada cuarto, pero el suyo había desaparecido. También me dijo que había encontrado cenizas en la papelera.

Emitió una risa áspera.

—No haga trampas, Basil. No recuerdo haber hecho eso.

Encogí los hombros sin apenas inmutarme, con desenvoltura.

—Bueno, era un tiro a ciegas. A veces puede uno llegar a la solución exacta mediante un razonamiento equivocado.

—Pues lo falló por completo. Es más propio de noveluchas baratas.

—Da igual. Puede que lo hiciera en Utakos o puede que no, pero en algún sitio tiene que haberlo hecho. La firma de Vesper Dundas es necesaria para los cheques, o para cualquier orden dada a los bancos.

Me detuve un momento, mirando alrededor.

—Un lugar excelente, desde luego. Ni a usted ni a su amiga las conocían aquí. Nunca habían estado antes, así que no tuvo dificultad en presentarse como señora Dundas, heredera del difunto Edward Dundas. Lejos, además, de un Londres donde podía cruzarse con quien conociera a una u otra de los viejos tiempos.

Ahora me contemplaba inquisitiva.

—Usted ha recibido hace poco el informe de su amigo de la RAF, luego en Utakos no sabía nada de eso. ¿Qué le hizo sospechar?

Sonreí con suficiencia.

—Muy torpe es el investigador que considera insignificantes los detalles en apariencia insignificantes.

—Por favor —hizo un ademán exasperado—. Me aburre.

—Lamento aburrirla, pero lo que he dicho tiene importancia.

—No sé a qué se refiere.

—A sus manos.

—¿Perdón?

—En cuatro relatos de Sherlock Holmes, éste demuestra su capacidad de observar los efectos de diversos oficios sobre las manos.

—¿Y?

—Tal vez recuerde que, al conocernos, comenté que las suyas eran semejantes a las de quienes tocan un instrumento musical. Pero resulta que las manos de los músicos y los mecanógrafos se parecen mucho. Hay una agilidad característica en ellas... Por eso me equivoqué en mi apreciación inicial. No era un piano lo que usted manejaba, sino teclas de máquina de escribir.

Vi que se miraba las manos, pero no dijo nada.

—Las del cadáver —continué— eran de una mujer que nunca había trabajado, y le aseguro que de ésas conocí a unas cuantas... Tardé en caer en ello, como digo; pero una vez considerado, lo de las uñas resultó revelador. Las de la mujer asesinada en el pabellón de la playa eran largas, cuidadas, propias de una persona ociosa. El lacado era impecable. Ninguna secretaria, amiga o no, las llevaría así. Por el contrario, las de usted son romas: mordidas, incluso.

Había dejado de mirarse las manos y me observaba de nuevo, impasible. Parecía ausente, cual si no escuchara lo que yo estaba diciendo. Reflexioné un momento sobre los pocos cabos que aún quedaban por atar.

—Se inscribieron en el hotel Auslander con los nombres ya cambiados... ¿Me equivoco?

Tampoco respondió a eso. No era necesario.

—El juego —dije.

La palabra la hizo reaccionar, sacándola del aparente ensimismamiento.

—Puede que sí —murmuró en tono opaco—. El mundo actual tiende a menospreciar a quienes juegan.

—A los que se atreven —corroboré—. Y sobre todo, a cualquiera que pretenda convertir el juego en un arte.

—Cierto.

—La diferencia es que para Vesper Dundas era una travesura; y para usted, un plan premeditado.

Ella volvía a callar. Proseguí:

—Hay algo que aprendí interpretando a Sherlock Holmes: a extraviarme donde se extravió el asesino, a detenerme donde se detuvo mientras planeaba el próximo movimiento. A ver el mundo como lo veía él y a reflexionar con su mirada, no con la mía.

—Lo dice como si fuera fácil.

—Oh, no lo es en absoluto. Y menos en el caso de las mujeres.

—No me diga.

—Sí.

—¿Y qué pasa con nosotras?

—Por algún misterio que no me corresponde esclarecer, no siempre se mueven en línea recta. Incluso las inteligentes persiguen más de un propósito al mismo tiempo. Eso puede hacerlas parecer volubles o frívolas, cuando en realidad las hace...

Rió en tono quedo, pero la oí perfectamente.

—¿Peligrosas?

—Sí, puede ser la palabra adecuada —concedí—. No suelen ser lo bastante ecuánimes u objetivas, pues a menudo mezclan útero, corazón y cabeza. Pero cuando están heridas y deciden herir a su vez, adquieren una frialdad admirable, a veces mortal. Se vuelven perfectas.

—¿Usted me ve así?

—Reconozco a una mujer herida en cuanto la veo.

Ahora me contempló largamente. Los iris color de niebla se habían transformado en minúsculos discos de acero.

—¿Eso lo aprendió haciendo películas?

—Eso lo aprendí mirando.

—¿También hiriendo?

Vacilé un instante, pues no esperaba ese comentario. Ella me contemplaba de una manera distinta.

—Debo reconocer que tiene una vista portentosa —dijo.

—Gracias. Lo que no acabo de comprender es cómo su amiga facilitó tanto la situación. Aceptaba hacerse pasar por usted, y viceversa... ¿Por qué motivo?

—Eso que supone es improbable.

—Pero no imposible.

La oí suspirar otra vez. De nuevo aquel susurro de fatiga.

—En caso de ser cierto lo que sugiere —respondió—, pudo ser simple diversión. Imagine a dos amigas, una con dinero y otra pobre, que se parecen mucho y de vez en cuando cambian los papeles para hacer cosas distintas a las acostumbradas: viajes, restaurantes, hoteles... La verdadera Edith Mander podía jugar a ser una mujer con dinero, segura de sí y de su posición, olvidando por un rato a la otra: la mujer de amores y vida frustrados, con una infeliz opinión de sí misma, recelosa de que el mundo pudiera compartirla.

—Y la otra...

—Bueno. Con el intercambio de identidades, la otra podía darse toda clase de caprichos, perversos incluso. Hacer cosas que no se habría permitido con su verdadera identidad.

—Hombres, por ejemplo: Spiros y aventuras parecidas.

—Algo así. Quizá fuese un poco ligera. Incluso promiscua.

—Entiendo. En resumen, dos amigas jugando como adolescentes a cambiar identidades y biografías. Y comentándolo luego entre risas, antes de irse a dormir.

—Es una forma de verlo —reflexionó un momento—. Pero antes dijo que eso no era todo. Que quedaban incógnitas sin resolver.

—Sí, desde luego. Hay algo que no termino de encajar.

—Pues formule, señor Holmes. No volverá a tener una ocasión como ésta.

—¿Por qué yo? ¿Por qué ese ensañamiento conmigo, la provocación continua? ¿El esfuerzo por ponerme en ridículo?... Por muy lectora de las novelas y relatos de Conan Doyle que haya sido...

Para interrumpirme le bastó con una sonrisa seca y fría.

—El azar es el mayor bromista del universo —dijo lentamente—. En Utakos pudo darse no sólo una coincidencia con Klemmer... Quizás hubo otra.

—¿Conmigo?

—En el cálculo de probabilidades que mencionó antes, podría reducirlas mucho. En este caso, tal vez una entre diez mil.

Ahora era yo quien se sentía confuso. Sin la menor idea de a dónde se encaminaba ella.

—Teatros del West End —añadió—. Cinco años antes de la guerra.

Ignoro cuánto tiempo había transcurrido desde sus últimas palabras, con aquella alusión a los teatros de Londres. Yo estaba petrificado. De improviso todo giraba en torno a un eje inesperado. Discurría por un territorio distinto.

—¿A qué se refiere? —logré decir al fin.

—El paso del tiempo no altera los hechos. Se limita a presentarlos bajo un aspecto diferente... ¿Recuerda esas palabras, señor Holmes?

—Eran parte de mi diálogo con Watson en la película *El soldado pálido*. Pero sigo sin comprender.

—Imagine... —me contemplaba burlona—. Porque estamos imaginando, ¿no es cierto?

Yo seguía aturdido. Incapaz de reaccionar.

—Imagine —insistió ella— a una jovencísima actriz, o más bien a una muchacha que sueña con ser actriz. Por esas fechas usted estaba a punto de irse a Hollywood y ya era conocido en Inglaterra. Hacía *Bulldog Drummond* en el Old Clyde Theater, ¿lo recuerda?

—Oh, sí —hice memoria—. Fue a principios de 1934. Pero...

—¿Qué edad tenía? ¿Treinta y tantos?

—Treinta y ocho.

—Aquella jovencita tenía diecisiete. Se conocieron durante una fiesta en casa de Robert Donat. La aspirante a actriz había ido con una amiga y estaba deslumbrada por hallarse entre tantos rostros famosos. A usted le gustó: bebieron juntos y estuvo ingenioso, encantador. Seductor, incluso. Tan alto y delgado, tan elegante. Quedaron en verse al día siguiente...

—¿Y se vieron?

—Oh, sí. Muy de cerca. Esa noche la pasaron juntos en casa del actor.

Yo intentaba recordar, sin lograrlo. Demasiado tiempo. Demasiados rostros superpuestos en la memoria.

—En varios momentos —prosiguió ella—, durante aquella noche que seguimos imaginando, la muchacha habló de sus deseos de ser actriz, de abrirse paso en el mundo del teatro y el cine. Usted la escuchaba con aparente interés y le dio varios consejos. Y prometió ayudarla. Se despidieron con esa promesa.

Por fin comprendí.

—Pero nunca lo hice.

—Exacto... Nunca. Ninguno de los intentos de aquella pobre ingenua por ponerse en contacto dio resultado. Había sido la historia vulgar de una noche, y a él le era indiferente.

Yo la miraba con estupor. Seguía escrutando su rostro en busca del recuerdo, pero era inútil. Adivinándolo, me dedicó una extraña sonrisa.

—Quiere hacer memoria y no lo consigue, ¿verdad?... Seguramente hubo muchas historias semejantes a ésa. Londres estaba lleno de jóvenes aspirantes a actriz.

—Era otro tiempo.

—Claro. Siempre nos queda la justificación de que las cosas sucedieron en otro tiempo. También lo del *Sturmbannführer* Hans Klemmer y el campo de prisioneros sucedió en otro tiempo.

Se movió al fin. Había estado quieta en el mismo lugar, cerca de la galería, iluminada por el resplandor del sol en el lago. Ahora fue despacio hasta los estantes de libros y me dio la espalda. Miraba sus lomos cual si buscara algo entre ellos.

—Como hombre que es —comentó—, le será difícil imaginar la decepción y la amargura de aquella muchacha. La ilusión de una noche, mantenida durante unos días, y el sueño roto ante la evidencia, poco después. El vacío y el fracaso.

—¿Nunca lo consiguió?

—Jamás... Se sumió en el olvido, como tantas otras que usted habrá conocido en los teatros de Londres y en las fiestas de Hollywood.

—¿Y qué ocurrió después?

—Después vino una guerra. Y aquella joven, como tantas otras, se alistó para defender a su país.

—En la fuerza aérea.

—Sí. Allí conoció a un hombre del que se enamoró.

—El sargento artillero de la RAF John Mander.

—Y fíjese en las ironías que reserva la vida: la joven y el aviador se conocieron en un cine, viendo una película...

Eso lo vi venir.

—De Sherlock Holmes —aventuré.

Había cogido un libro. Uno de los ajados volúmenes amarillentos con las obras de Conan Doyle. Se volvió a mostrármelo.

—*Un escándalo en Bohemia*, se titulaba aquella película... Se enlazaron tantos factores en eso, tantas conexiones cruzadas, que mientras el sargento Mander volaba jugándose la vida en misiones sobre Alemania, la joven novia y luego esposa devoraba las obras de Conan Doyle —señaló los otros libros en los estantes—. Las mismas viejas y sobadas ediciones que puede usted ver aquí.

Vino hasta mí y me puso el libro en las manos. Era un volumen de relatos que contenía *Las aventuras de Sherlock Holmes* y *Las memorias de Sherlock Holmes*. Resultaba difícil encontrar una página que no estuviera llena de párrafos subrayados a tinta o a lápiz, con notas en los márgenes. Aquel ejemplar había sido leído docenas de veces.

—Esa joven llegó a conocer a Holmes y a Watson mejor que a sí misma. Es más, llegó a observar el mundo con la mirada que esas lecturas le dejaron. Pero de todas, su favorita fue siempre *Un escándalo en Bohemia*. Se obsesionó con ser...

—La mujer, querido Watson.

—Eso es. Lea lo señalado en esa primera página, por favor. En voz alta.

Leí.

Para Sherlock Holmes ella es siempre «la mujer». Raras veces lo he oído mencionarla con otro nombre. A sus ojos, ella eclipsa a la totalidad de su sexo y la supera. Y no es que él tuviera hacia Irene Adler un sentimiento semejante al amor. Todos los sentimientos, y éste en particular, parecían abominables a su mente fría, precisa, admirablemente equilibrada. Lo considero la máquina razonadora y observadora más perfecta que ha conocido el mundo, pero como amante no habría sabido desenvolverse. Nunca hablaba de las pasiones más tiernas sino con sarcasmo y desprecio... Un grano de arena en un instrumento de precisión o una grieta en una de sus potentes lupas no serían más perturbadores que una emoción intensa en un carácter como el suyo.

Cuando llegué a ese punto, ella alzó una mano para que interrumpiese la lectura.

—Ocho meses después de ver juntos la película basada en ese relato, la noche del 13 de febrero de 1945, el avión de John Mander fue derribado sobre Alemania. Ella quedó destrozada de dolor y desesperación, pero el tiempo todo lo calma. Encontró trabajo como mecanógrafa y contable, pues tenía buena cabeza para las matemáticas —me dirigió una mirada turbia—. Le aseguro que muy buena.

—La creo —admití, convencido.

—Durante ese período, ella vio una y otra vez todas sus películas: las quince de Sherlock Holmes y también las otras. Encontraba cierto doloroso placer en esa especie de obsesión. En la antigua herida. También siguió leyendo sin cesar. Llegó a ser capaz de recitar de memoria páginas y más páginas de Conan Doyle...

Tomó de mis manos el libro, acariciándolo con una delicadeza repentina que me sorprendió. Después me lo devolvió.

—Años después encontró a un hombre que se parecía al que había perdido en la guerra, y lo siguió. Fue un error, y todo acabó en París. Usted ya conoce el resto de esa historia imaginada.

—Dios mío —exclamé.

—¿Sabe?... Si Conan Doyle hubiera escrito un relato sobre aquella joven, el título adecuado habría sido *La mujer que no sabía reír*.

—No era el profesor Moriarty, por tanto, quien actuaba en la isla de Utakos. Era Irene Adler.

—Eso parece.

—Lo siento.

—Ya da igual lo que usted sienta. Es la vida, Basil —torció la boca en una mueca amarga—. Es la vida, Holmes... *Il mondo è il mio diàvolo*.

Hizo una pausa reflexiva, larga.

—Soy mujer —añadió de pronto—, luego todos los diablos residen en mi corazón.

Señalé la biblioteca.

—¿Patricia Highsmith?

—Chesterton.

—Ah.

Permaneció callada un momento. Miraba pensativa los libros de los estantes y por fin se volvió despacio hacia mí.

—¿Sabe cuáles fueron las últimas palabras de Hans Klemmer antes de que le aplastaran el cráneo, cuando alguien le preguntó si no se arrepentía de haber ejecutado a aquellos aviadores durante la guerra? ¿Le gustaría conocerlas?

—Por supuesto —respondí.

—De lo único que me arrepiento es de no haber vencido... Eso fue lo que dijo.

—Comprendo.

—Sí, quizás empiece a comprender algunas cosas. Como la sórdida ambición de Kemal Karabin y la frivolidad cruel de Vesper Dundas.

—Frivolidad cruel —repetí, desconcertado.

—Precisamente eso. Para ella, Edith Mander no era de verdad una amiga, sino los restos de un naufragio que el mar arrojó a sus pies. Una sirvienta útil, más o menos cualificada, sometida a su dinero, su egoísmo y sus caprichos.

La cabeza me daba vueltas. Nunca había estado tan lleno de confusión y remordimientos.

—Debo confesarle algo —dije al cabo de un momento—. Cuando vine aquí no tenía decididos mis siguientes pasos.

Por un par de segundos pareció sorprendida.

—¿A qué se refiere?

—A lo que haría con cuanto averigüé y aún me proponía averiguar.

Ahora, su aparente indiferencia resultaba inquietante. Tenía hielo en los ojos.

—Me imagino —se limitó a decir— que lo pondrá en conocimiento de la policía griega, o de la italiana.

—Bueno, eso debo hacer. Hubo tres muertes en Utakos y el criminal ha de pagar por ellas, supongo.

—¿Supone?

—¿Qué haría usted si le dijera que nadie más que yo está al corriente?

Me dirigió una larga ojeada de curiosidad.

—¿Que es el único testigo, por así decirlo?

—Eso es.

Sonrió como nunca la había visto hacer antes. Tan seca y malvada que sentí el impulso de retroceder un paso. Me contuve a duras penas.

—Si esto fuera una novela —dijo con mucha naturalidad—, alguien procuraría cerrarle la boca, ¿no?

313

Me había rehecho lo suficiente para apuntar una sonrisa.

—Un cuarto crimen, quiere decir.

—Sí.

—¿Ahora?

—¿Cuándo si no?

—Pero es que esto *sí es* una novela, señora Mander. ¿De verdad no va a intentar asesinarme?

Miró hacia el contraluz de la galería, donde el resplandor del lago creaba una atmósfera casi irreal.

—No sea estúpido.

Pasé las páginas del libro hasta dar con lo que buscaba.

—*Una o dos veces a lo largo de mi carrera tuve la impresión de que haría yo más daño descubriendo al criminal que éste al cometer su crimen...*

Se había vuelto hacia mí, sorprendida.

—¿Eso es lo que cree?

—No, en absoluto. Sólo me acuerdo en este momento de que, en una docena de ocasiones y por motivos diversos, Sherlock Holmes no entregó a un delincuente a la policía.

—Trece —puntualizó fríamente—. Eso ocurre en trece ocasiones.

—Eh, sí. Por supuesto. También eso lo sabe mejor que yo.

Parecía reflexionar.

—Sin embargo... —empezó a decir, y se quedó callada.

—No, por Júpiter —me apresuré a establecer—. No se sienta a salvo. Eso es lo que acabo de leer y lo que recuerdo sobre Holmes. Pero no significa que yo vaya a hacer lo mismo: dejar libre al criminal.

Por un largo rato todo fue silencio. Después surgió su voz, muy serena.

—No sé lo que pretende, Basil. Realmente no lo sé.

Tardé en responder, pensando en lo que iba a decir. Y al fin lo dije.

—Usted vivirá con eso. Quizás una mañana me despierte y decida contarlo todo, o tal vez guarde silencio lo que me queda de vida. Acudir ahora a la policía me parece vulgar. Un final más propio de las historias que escribe nuestro amigo Paco Foxá.

Callé un instante, dándole pie a que contribuyera con su parte al diálogo, pero no lo hizo. Así que continué yo.

—Antes dije que esto es una novela, y prefiero que sea una buena novela. Yo me iré con mi silencio y usted se quedará con su incertidumbre.

—¿Qué incertidumbre? —reaccionó al fin.

—La de que, un día u otro, yo piense distinto y la delate. No es un gran castigo, pero es endiabladamente literario. Quizás en previsión del futuro deba usted desaparecer, para que si cambio de idea resulte difícil seguirle el rastro... Tiene dinero y eso puede ayudarle a borrar sus huellas, como hizo en la playa de Utakos. ¿No cree?

Tras decir eso, miré alrededor.

—Tengo la impresión —añadí— de que esta hermosa casa estará pronto cerrada, o en venta.

Ella parecía contener el aliento.

—¿Por qué hace eso? —quiso saber.

—Porque puede que tenga usted un poco de razón. Porque el hombre que interpretó a Sherlock Holmes tiene una vieja deuda con cierta muchacha que quiso ser actriz, y a la que no supo ver, ni ayudar, ni amar. Tal vez sea eso lo que me hace cambiar la idea original que me trajo aquí, que era atar los últimos cabos antes de acudir a la policía... Como dijo nuestro común detective, o tal vez fui yo quien lo dijo, a mí no me paga la policía para que haga su trabajo. Personalmente nunca tuve interés en restablecer el orden social. No, desde luego, en el mundo en que vivimos.

Sin decir nada, ella se acercó a la galería; y al hacerlo se situó ante el resplandor del sol en el agua. Entorné los párpados, deslumbrado.

—Quizás así restañe en cierto modo aquella herida que hice —añadí—. Y que sangra todavía.

—¿Qué sabrá usted de eso? —comentó, despectiva.

—Me sangra a mí, ahora. Deben de ser cosas de la edad.

Miré el libro que aún tenía en las manos. Pasé despacio las páginas hasta llegar al relato titulado *El problema final*.

—En eso quedamos entonces, ¿no? —dijo ella, cual si de pronto despertara de algo.

—Más o menos —admití—. En un extraño empate.

Se quedó unos segundos pensativa.

—Tardaré en hacer las maletas. Puede que le apetezca visitarme, mientras tanto, para analizar ese supuesto empate.

La estudié, no sin sorpresa.

—¿Necesita tiempo para idear el modo de añadir otro cadáver a su lista?

—Es posible... O tal vez sólo desee saber cómo le va a usted con sus villanos favoritos.

Nos miramos sin despegar los labios. Luego volví al libro. Había encontrado el párrafo que buscaba y leí de nuevo, en voz alta:

—*Un cerebro adiestrado es capaz de leer en otro cerebro, si dispone de signos visibles en los que apoyarse...*

Ella permanecía inmóvil en el contraluz de la galería, ante los arcos que daban al lago. Guardaba silencio. Cerré el libro e incliné la cabeza, a manera de vago homenaje.

—Conocerla —resumí— ha sido una experiencia asombrosa, señora Adler.

Se movió un poco entre los arcos y pude verla mejor. Sus ojos grises se habían vuelto insólitamente luminosos, como si de pronto toda la claridad de afuera se asentara en ellos.

—También para mí lo fue conocerlo a usted, señor Holmes... ¿Queda algo por decirnos?

—Todo lo que me queda por decir ya le ha pasado a usted por la mente.

Sonrió entonces, al fin, y lo hizo de un modo que habría derretido los cubitos de hielo en los vasos de whisky de todos los clubs londinenses, o disipado hasta el último jirón de niebla en Baker Street.

—En tal caso —dijo—, tal vez mi respuesta haya pasado por la suya.

Corfú, enero de 2023

Índice

1. El hombre que nunca existió y nunca murió   11

2. Huellas en la arena   45

3. El misterio de la cuerda rota   75

4. Olfato de perra laconia   109

5. El misterio del cuarto cerrado   139

6. Un recurso de novela policíaca   163

7. Un problema de tres pipas   197

8. Lo probable y lo improbable   243

9. Análisis *post mortem*   285

El problema final de Arturo Pérez-Reverte
se terminó de imprimir en septiembre de 2023
en los talleres de
Impresora Tauro, S.A. de C.V.
Av. Año de Juárez 343, col. Granjas San Antonio,
Ciudad de México